U1070560

现当代长篇小说典藏插图本

替身

张之路◎著

长江出版传媒
长江文艺出版社

图书在版编目（C I P）数据

替身 / 张之路著. -- 武汉 : 长江文艺出版社,
2020.10
（现当代长篇小说典藏插图本）
ISBN 978-7-5702-1711-3

Ⅰ. ①替… Ⅱ. ①张… Ⅲ. ①长篇小说－中国－当代
Ⅳ. ①I247.5

中国版本图书馆 CIP 数据核字(2020)第 140459 号

内文插图：陈明贵
责任编辑：杨　岚　　　　责任校对：毛　娟
装帧设计：天行云翼 • 宋晓亮　　　　责任印制：邱　莉　胡丽平

出版：长江出版传媒 | 长江文艺出版社
地址：武汉市雄楚大街 268 号　　　　邮编：430070
发行：长江文艺出版社
http://www.cjlap.com
印刷：武汉中科兴业印务有限公司

开本：700 毫米×1000 毫米　1/16　印张：18.25　插页：1 页
版次：2020 年 10 第 1 版　　2020 年 10 月第 1 次印刷
字数：256 千字

定价：36.00 元

版权所有，盗版必究（举报电话：027—87679308　87679310）
（图书出现印装问题，本社负责调换）

目录

contents

第一章　问　医

在复兴精神康复中心的一个房间里，窗帘低垂，房门紧闭。

男医生正在和一个病人说话。

“放心吧，我们这里既没有摄像头，也没有录音……”医生的脸长得有点冷，说话还比较体贴。那人点点头。

“叫什么名字？”医生看着病人，觉得有些眼熟。

病人是个年轻人，看病的时候居然还戴着墨镜，他没有说话，拿起笔在一张处方白纸上写上：苏文斗。

医生想了想，他的记忆库里似乎没有这个名字。

“年龄？”

“二十八。”

“职业？”

“自由职业。”

“有什么不舒服的吗？”

“失眠，有时候一夜都睡不着，这两个月体重下降了十几斤……”

“是入睡困难还是早醒？”

“都有……”

医生一边在病历上写着，一边问：“最近碰到什么事情了没有？不顺心的……”

“也没有什么大事，小不顺心谁都有，和以前一样……”

医生愣了一下，凡是到他这里看病的人，说话没有这么豁达的，看得出病人想隐瞒什么。于是又问：“心情怎么样?”

“不怎么样，就是觉得生活挺没有意思……听人说这叫抑郁症，是吗?”

医生的目光变得专注了：“有过想自杀的念头吗?”

病人一愣，抬起头看着医生。医生却很平静，就像询问病人最近是否咳嗽一样平常。病人回答：“那倒没有……”

“死了有意思吗?”医生又问。

“我没有想死，我跟你说过我没有自杀的想法……”病人生气了。

医生停住笔：“不要紧的，有那种想法也不要紧，我们慢慢来，没有什么大问题。你吃安眠药吗?”

“有时候吃点安定，也不敢瞎吃，怕对身体不好。”

“那也不一定，还有别的吗?”

“有时候回家，觉得房间里面进来了人，有点担心……”

“挺焦虑的是吧……”

“有点吧，有时候开车也总有点心慌，有点担心。”

“你有心事，心里很焦虑，说说吧!”

“真没有什么大事，您给我开点治抑郁的药吧。”

医生把笔搁在桌上：“对不起，药是有的，但不能随便开，希望你配合，我给人看病有两个条件，第一要照我说的去做，第二要说实话。当然你有权利保持沉默，不过，你的所有病历我将当作废纸处理!”

说这句略带幽默的话时，医生脸上没有任何表情。

“好，你问吧。”

“把墨镜摘下来好吗?”

“眼睛怕光。”

医生看看已经垂下的窗帘说：“那是你的心理作用，没有关系，摘了吧。”医生静静地看着对方。病人把墨镜摘下来，他不但有一张英俊的脸，还有一双很忧郁的眼睛。医生总觉得在哪里见过这个人。

“刚才你说你自由职业，能告诉我你在哪儿‘自由’吗?”

“我唱歌。”

“在哪儿唱?”

“歌厅。”病人像挤牙膏，一点一点地，医生有些不高兴：“实话对你说，像你这样的症状我见得多了，都是心里有事，遇到了为难的事情，解不开，放不下……和医生说说这些事，其实是治疗的开始……信任医生，不要较劲儿，从今天开始我们是朋友对吗?”他观察到，说这些话的时候，对方不吱声。他知道估计得没错。

苏文斗不说话，躲避着医生的目光。

“哪方面的?爱情?事业?”医生启发着。

“都有一点吧……医生，不是我不想说，我脑子里很乱，你让我想想。”

“对不起，我冒昧地问一句，你吸毒吗?”

苏文斗又是一愣，连连摆手：“这个绝对没有，我从来不沾那个。”

“那就说说爱情或者事业遇到什么坎儿了?”

接下来的时间里，苏文斗要么不说话，要么就支支吾吾，欲言又止。半小时以后，他走出房间。医生还换成很和蔼的口气说：“没有关系，想好了再来找我!”

这位医生不太关心当下的流行歌坛，他不知道眼前的这位病人是位很有知名度的歌星，有大量的粉丝，观众熟悉的是他的艺名——苏眠。苏文斗是他的本名，身份证上的名字。医生几次觉得在哪里见过他，就是因为他的脸经常在电视里出现。当然如果苏文斗说出“苏眠”这个名字的话，医生没准能够想起来的。

刚才医生问他最近有什么不顺心的事情，算是问到根儿上了，何止是不顺心呢！简直就是折磨！可是他没法说，不能说。说了就等于向公众暴露了许多秘密。最近发生的事情太多了。说祸不单行都不确切，简直是接二连三，今年是龙年，都说龙年不太平，对于苏眠来说简直就是灾难之年。

现在是九月，今年年初的时候，网络上有人发文章说苏眠的学历造假。苏眠很受折磨，但后来的事实证明，那不过是折磨的开始。

华佗神医
攻克疑难杂症
感谢大夫医德
医效神速
华佗转世

所谓学历造假，实在出于偶然。去年秋天这个时候，当地管文化的领导接见文艺界青年代表，他也有幸参加。谈得很亲热，也很具体！领导说：大家虽然都是很有成绩，很有知名度的艺术人才，但是大家还要不断地提高文化素养，尤其是青年人。说到这里，领导忽然问：诸位都是什么学历呀？在苏眠的印象中，流行歌手的学历都不太高，中专毕业就算不错了，他自己就是初中毕业的文化水平。刚开始他还没有太多的心理负担，不料大家一路说过去，美声唱法和民族唱法的歌手不是中央音乐学院的就是中国音乐学院的，那些影视话剧演员不是北电的就是中戏的，流行歌手就两个人，一个是他，另一个就是女歌手邱东东，不料人家邱东东居然是师大艺术系毕业的。苏眠愣住了，怎么好意思说自己只有初中文化呢！怎么好开口说自己没有大学学历！说是虚荣，也是舆论的压力使然，苏眠回答的时候，声音虽然不太高，但是声音很清楚，他说他是大学本科，师大艺术系毕业的。他记得他说的时候，邱东东就使劲地看了他一眼。

一个艺人，凭着自己的“艺”吃饭，学历高低其实没有什么太实在的意义，这和专家、教授的学历不能同样看待。可谁也没有想到，苏眠的学历却受到了关注，不但网上的百科马上被更新，有次会上一位记者居然也把这件事情当成个问题来问，而且问得很具体，哪一个师大？哪一年毕业的？苏眠没有办法，只能错上加错，说自己是华东师大某年的毕业生。就这样，他的谎话被他自己夯实了。

为了有点底气，他找了个做假证件的，特意做了一个华东师大艺术系的毕业证，与此同时，他还到处寻找那种发学历证书的大学专修班，很想真的进修一下，以求做到“名副其实”。不料，还没有来得及“进修”，某晚报的一个记者调查又把他的谎言戳穿了：据记者在华东师大调查，华东师大艺术系根本就没有毕业过一个名叫苏眠的学生……

在当下，学历造假被揭露的实在太多了，上自大学教授、著名“海龟”，下至没名没姓的公司小白领，甚至一些地方的主政官员，网上一搜一大堆，但至今也没有相关的法律进行调查和惩治，苏眠本人又是个个体的歌星，没有公家单位的束缚，于是苏眠的经纪人吴维平就硬着头皮发声明表示抗议，说苏眠上学用的不是这个名字，但具体什么名字也说得含含糊糊，苏文斗算是其中一个。于是这件事情就这样拖着，拖着拖着还有了副作用——知名度更高了，苏眠也变得更立体了、更丰富了。他的粉丝——有个专门的名称叫梦丝——开始抗议揭发的人多事儿，他们力挺苏眠说，一个歌星学历真假有什么关系，你倒是有学历，能唱得像苏眠那么好吗?！哈哈！你是羡慕嫉妒恨！

这件事情对于脸皮厚的人是件小事，可是苏眠还没有修炼到那个程度。他有些心虚，怕见记者，甚至怕演出。吴维平再三告诉他不要紧，说就像童谣里唱的那样，常在江湖漂呀！怎能不挨刀呀！你太娇气了！可是万万没有想到，这件“小事”却连带产生了另一件更大的事。

诊室外，一个中年男人走过来，他就是苏眠的经纪人吴维平，人称吴总。他体态偏瘦但显得矫健，戴一副黑框眼镜，他不苟言笑，初次见面就给人精明干练的印象。他是苏眠的经纪人也是苏眠的精神支柱。

“大夫怎么说?”吴维平问。

苏眠把看病的经过和吴维平说了一遍。吴维平拍拍苏眠的肩头：“没关系，慢慢来……”

“有找我的电话吗?”

“没有什么要紧的，我都回了。”

“那个人来电话了吗?”

吴维平点点头：“他说下个星期要找你坐坐。”

苏眠心中掠过一阵很不舒服的感觉。“那个人来电话”就是目前他最大的心病，或者说是最大的心病之一。

学历被打假的第二个月，苏眠去外地演出，这个外地其实说起来也真不能算“外”，它就是苏眠老家所在地，浙江的一个城市。那个城市很有钱，这次邀请苏眠参加一个庆典活动，算一次商演。出场费一场十万元，一共三场，总数是三十万元，还是税后。

演出结束后在后台有市领导接见，一个西服革履的矮胖官员走到苏眠面前，亲热地叫着他原来的名字说：“文斗，祝贺演出成功呀！”苏眠一愣，那位官员接着又小声说：“文斗，你不认识我了？”

苏眠定睛一看，有些眼熟，忽然想起来了，原来是自己以前待过的某县越剧团的副团长。旁边一个秘书模样的人走上来介绍说：“这是我们市的文化局局长。”苏眠大吃一惊，眼前这个人担任原来那个小剧团副团长的时候，见到镇长还要低三下四地拍马屁，怎么这些年就升成这么大官了！如今这是怎么回事呀？庄稼长得不怎么样，杂草怎么就这样呼呼地往上蹿呢！这位官员名叫范常红。

“哦——范局长，您好！”苏眠急忙赔上三倍的笑容。

“在首都发达了，出名了，别忘了给家乡做贡献呀！”

苏眠连连点头称是。范局长又问他最近回没回家乡看过。说实话，十几年来，苏眠从来就没有回去过，他厌恶那个地方，也厌恶眼前这位曾是副团长的局长。那个地方虽然有他的父母，有他的童年，也有他隐约的初恋……可是那个地方也伤透了他的心。这一刻，他非常后悔来到这个市参加演出。要不然他也不会遇到这个他一生都不想见到的人。

就在这时候，范局长说了一句话，让苏眠更加悔恨。范局长说：“真得感谢网络呀！以前我们光知道在京城有个著名的歌星叫苏眠，我们做梦也想不到苏眠就是从我们这里走出去的苏文斗呀！前些日子，网络上关于你文凭造假的争论铺天盖地，有人证明你的真名是苏文斗！我们大吃一惊！我们惊喜万分！你给咱们家乡争了光呀！我们家乡的人支持你！说你学历造假那就是一派胡言，你就是乡亲们亲自送进大学门的嘛！”

范局长就像在作报告，引得周围的人都倾听他的发言。只有苏眠不说话，范局长的话，尤其是最后一句话，让他预感到了一种莫名的威胁，他想尽快地逃离这个地方。可惜他还有一个晚上的演出。

第二天晚上演出之前，范局长又来了，他把苏眠拉到一旁很亲热地说：“给家乡做点事情吧，尤其是你原来的剧团。”苏眠一激灵，他意识到对方要谈钱了。不过如果真的是给剧团点钱也是应该的。于是他说：“您说怎么办？我听您的！”

范局长说：“虽说你挣的钱很多，才三天就是三十万，当然这也是你们演员辛辛苦苦的劳动所得。"说着，范局长递过一张名片，苏眠接过一看，上面写着剧团的名称，下面是个不认识的名字，职务是剧团团长。范局长又说："后面有个账号，是他们的财务账号，你把钱通过银行打到账号里就成了。"

"打多少合适?"苏眠小心翼翼地问。

"你不用把三十万都打到里面……"范局长笑笑，很体贴的样子。事后苏眠想起来，这个姓范的真是流氓。幸亏这个时候，经纪人吴维平来催场了。

苏眠小声地在几分钟的行走过程中把范局长要钱的事情说了一遍，说他想给对方二十万。

"这不是明抢吗?"吴维平皱皱眉头。

演出间歇的时候，吴维平还是反对，苏眠说了句，有些话以后告诉你，吴维平沉默了一会儿还是摇摇头："二十万不是小数，再说这钱要是到不了剧团怎么办?"苏眠说："就是他本人要我也给。"

吴维平盯着苏眠的眼睛："你有什么短处在他手里吗?"

"实话对你说，没有!"苏眠说。

最后，吴维平叹了口气："那就破财免灾吧!"

第二天早晨，苏眠与当地演出公司结账的时候，签了一张三十万的收条，然后到银行把二十万打到范局长留下的那个账号里。什么收条也没有。

谁也没有想到，演出回来还不到两个月的时间，有消息传来，范局长被"双规"了。苏眠高兴得请吴维平和助手们吃饭喝酒。这本来是件好事，正所谓"善有善报恶有恶报"。不料有一天，苏眠接到一个电话，电话里说，范局长让我告诉你，那钱就是你赞助剧团的。苏眠正有点奇怪，对方又说，别乱说话，否则对谁也没有好处！电话挂了!

过了一个星期，又有两个人亲自找到苏眠，说他们是范常红所在市的检察院的，问到那二十万元钱，苏眠说那钱是范局长让他赞助剧团的，人家说：据调查，剧团根本没有收到这笔钱。苏眠把当时的情况说了一遍，说他是按照范局长提供的账号把钱汇过去的。人家又问：有剧团的收据吗?苏眠说没有要，也没有人给。对方怀疑地笑了笑说，你再想想你和范常红还有什么没有说明的关系。听见这话，苏眠觉得脑袋忽的一下就“大”了。

从那天以后，隔三岔五的就有检察院的人找苏眠，有时候是电话有时候是来人，让他说明那钱到底是什么钱。按照常理，一个人怎么会没有任何理由就把这么多钱白白送给人家呢！苏眠说，就是那个情况，你们查吧，我没有什么亏心的事情。

他妈的，真是领导得病，群众吃药，上哪去讲理呀！苏眠经常骂道。

话是这么说，可从那些日子以后，苏眠就开始睡不好觉，检察院的人一来电话，他的心就紧缩一阵。他天天盼望范常红的事情早早结案，他就可以结束这种折磨。没有想到，都快半年过去了，这件事情还拖着，那边的检察院还接二连三地找他。他真的不知道哪个地方出了问题。

说苏眠是个胆小怕事的人，这话有点过了，但他是个小心谨慎规规矩矩的人，他受不了检察院的这种带着怀疑口气的询问。现在好像被“双规”的除了范常红，还有一个同伙苏眠等在外边。尽管他没有任何错误，但是他害怕，因为他知道有的时候有理也说不清楚的，况且有些时候有些地方是不讲理的。

这些日子，多好的饭菜刚一摆上来，他心里就先饱了。夜里睡不着，白天也睡不着，有时候中午忽然能睡着半个小时，就觉得幸福极了。

有一天他在洗浴中心的穿衣镜里看见自己的裸体，看见了肩膀上的骨头都显露出来，他怎么也想不到瘦成这个样子。他联想起一斤猪肉的体积，这些天掉了十几斤的体重，那得多大的体积呀！现在他坐在椅子上总觉得椅子硬得硌屁股。他觉得浑身无力，唱歌的时候开始没有底气，他意识到他要垮掉了。

苏眠着急，吴维平更是着急，只不过他为了安慰苏眠，勉强装作平静。现在最重要的事情就是苏眠的身体。一个歌星连唱歌的力气都没有，就意味着他的艺术生命结束了。况且眼前的许多演出合同马上就要兑现呀！想起这些事情，吴维平真是心急如焚。

第二章　电影“场”

国人都知道出境旅游有个线路名叫“新马泰”，那是新加坡、马来西亚、泰国的简称。北京也有个地方被人叫作“新马太”，这是附近居民对新街口、马甸、北太平庄这三个紧密联结区域的戏称。“新马太”地区有个特点，这里聚集着北京几乎所有的电影单位，北京电影制片厂、中国儿童电影制片厂、北京电影学院、中央新闻电影制片厂、科学电影制片厂、电影洗印厂、中国电影发行公司、青年电影制片厂、电影乐团、电影资料馆，还有冰窖口内的电影片库……眼下，这些地方房子还在，内容却发生了很大变化，就说北影厂吧……

北京电影制片厂的南大门现在是个很热闹的地方。每天早晨从八点钟开始，这里便人来车往，上班的职工、拍戏的演职员、参观游览的游客……除了停车要收费之外，这里最大的优点是出入不用任何证件，这可能也是热闹的原因之一。往日电影厂的神圣、神秘、神奇都被市场消解了。

路过的人稍加注意，就会发现在南门外东侧的小树林里已经聚集了上百号人。这就是等着找活干的群众演员。论穿着，既没有穿得太时尚的，也没有穿得太寒酸的。这里除了青壮年之外，还有老头老太太，除了外地人，还有许多当地的居民。

大约八点半的光景，就有几个人从大门里走出来，朝小树林这边张望。他们虽然不穿什么制服，但打扮却很有职业特点——手里拿个塑料壳的文件夹子，身上穿件上下全是口袋的马甲或者夹克，衣服后背上大多有字，“某某情仇”摄制组、“某某秘史”摄制组之类，脖子上不是挂块跑表，就是挂块测光表，或者是个手机或者是个塑封的证件或者是支签字笔，总之，脖子上不能空着。他们满脸的倦容，仿佛一夜没睡，但依然强打精神。知情的人明白，这几个人大多是摄制组的副导演或者制片人。

这时，等待的人群中便有熟人迎了上去。

今天，一个被称作“老李”的中年人上前和一位里面出来的人打过招呼，简单说了几句，老李便回头振臂一呼：“跟我来的人都上这儿来——”

呼啦啦，二十个青壮年就从人群中“脱颖而出”，围在了老李的周围。老李这时就显得格外神气。

其他的人没有跟上去，因为人家是事先约好的。大家眼里都露出羡慕的神色，进去的人这一天五十块钱就算拿着了，还管一顿盒饭。这是眼下当群众演员的时价。不过需要说明的是，剧组是按人头五十块一天结账的，至于群众演员本人能得到多少那就看老李这些“中介”黑不黑了。老李还算厚道，这是小树林的舆论。

像老李这样经常在电影厂门口“晃荡”的“中介”有五六个。他们虽说是退休或者离职在家的无业人员。但他们的工作却忙得要命！一点不比上班的人轻松。老李们的工作是承上启下的。上面是导演和摄制组的制片，下面是群众演员和场工。老李们是桥梁，老李们是纽带。如果说，影视界有个职业介绍所的话，老李们就是这个介绍所的经理。因此，管老李叫个“总”也不算过分。

大门口等着找活干的群众演员只是老李视野和资料库中的一小部分。许多群众演员，尤其是“大群众”，经常是在“家里”坐等，接到有活儿的电话才到小树林来。

“按大小个儿排成两队！”老李大声喊道。

青壮年们立刻排成两队，由老李领着跟随副导演走进电影厂的大门。这二十几个人进去的时候都是普通百姓，进了摄制组就说不定是什么身份了。了衣服，这二十个人可能是一队日本兵，可能是一群土匪，也可能是一帮地痞流氓，也可能是举着小旗欢迎进城解放军的市民，也可能是码头工人，也可能是一队清兵……这五十块钱可不是好挣的，如果今天的戏里既有土匪，又有鬼子兵，又有解放军，只要是“群众”，那也都是你的活儿！

电影厂的大院里有好几个摄影棚，其中有一个当年曾号称是亚洲最大的摄影棚。许多影视基地出现以后，它连排名的资格都没有了。幸亏还有条“明清一条街”，加上现在拍电影电视的摄制组多如牛毛，于是每天也有好几部电影电视片在里面同时拍摄，临时需要些群众演员那是常有的事情。因此，这些“群众演员”既解了摄制组的燃眉之急，摄制组也给了这些人一碗饭吃。

个把小时过去，“事先约好”的群众演员都陆续进厂，或者被带到其他外景地。小树林冷清起来。不过，剩下的几十人也不太着急。他们当中大多是这里的常客，其中也不乏见过世面的老群众演员。他们参加过许多著名的电影和电视剧的拍摄，虽然名不见于字幕，甚至脸不见于银幕，只是个背景或者远景，但他们目睹过明星的芳容、大腕的风采，还知道摄制组里许多奇闻逸事。虽说都是一鳞半爪，但这就是他们的谈资、他们吹牛的本钱。他们知道，待会儿还有机会。保不齐一会儿哪个摄制组缺个银号的伙计，缺个大宅门的轿夫，缺个掀门帘的丫鬟什么的。

这会儿，如果来个特型演员那就有意思了。特型演员一出现在大门口，身上就带着“相”，有的不但带“相”还带着“戏”。他们初来乍到的时候往往自我感觉良好。他们自以为长得很像某位逝去的国家领导人或者哪位革命先烈，实属不易。正所谓“千军易求，一将难得”于是在心态上便有些“自恋”，自以为天下第一，身价不菲，与那些等在小树林的“普通人”不可同日而语。更有效果的是，他们在着装打扮，包括发型这样的细节上都力求与那些革命先辈相似。因此，他们一出现往往就非常惹眼。

这时，大门口等着拉活儿的出租车司机脸上就莫名其妙地浮出一丝冷笑。

这些特型演员不往小树林走，他们径直走进电影厂的大门，走进办公楼，他们也不知道找谁，就随便敲开一间办公室。屋里的人就会问：您找谁？

他们往往不说找谁，而是矜持地问，您看我像谁？他们以为对方端详他一会儿，就会惊讶地大叫起来，啊！你真像某某。于是他就会像贵宾一样被领到摄制组，领到导演跟前……那时候，他们就可以“货卖与识家”了。不料，里面人的态度忽然变得很不友善地说：“我管你像谁！我问你有什么事？”他们只好忍气吞声地说：“你看我像某某吗？你们需要不需要演某某的演员？”

电影厂内部的人遇到这样的事情多了，见怪不怪！这种自荐的特型演员往往是“自以为”像谁。还甭说神似，就是形似也谈不上。即便是形似，摄制组也不一定需要。哪有那么多的革命领袖的戏呀？另外，还有个会不会演戏的问题。再者说，演领袖的几位专业演员已经有了定评，被称为饰演领袖的专业户！光长得像可不算稀奇！中国人多了，找几十个、甚至上百个像某某的，那不是轻而易举的事儿吗?!

因此，办公室的人就客气或者不客气地将他们打发出来。

转了一圈，碰了几个钉子，这些人的锐气被削减了不少，但他们仍然认为是怀才不遇，没有碰到识千里马的伯乐。当他们怏怏地走出电影厂的大门，那些等活儿的出租车司机就来劲儿了。他们首先对“领袖们”发难：“怎么样？没戏吧？告诉你，领导们没有走着进这个大门的……”

“什么意思?”“领袖们”还不明白。

告诉你，领导们都是坐着高级轿车进去的！

“领袖们”不说话，但他们不甘心就这样离去，只好走进小树林等待机会。

这时候，“老百姓们”就围上来，问长问短。而“领袖们”也正有牢骚没地方诉说，双方似乎一拍即合。但其实，听的人只是把他们的每一个“挫折”和“痛苦”都转化成开心的作料。有的司机还跟过来进一步地进行打击：“哥们儿，不是我给你泼冷水，像你这种脸型儿的人，演不成领导人，演普通人也没戏！你想啊！哪个摄制组敢要你呀，比如让你演一个匪兵，观众一看，咦！这匪兵好眼熟呀？长得怎么那么像某某啊！这不就穿帮了吗?!”

围着的人便哈哈大笑。

“领袖们”自然有种“虎落平阳受犬欺”的感觉。于是默默不语。他越矜持，大家越逗他；他越难过，大家越高兴！其实大家倒也没有什么恶意。

今天，没有特型演员为大家提供欢乐。小树林显得很安静。

老李出来了，许多等候的人马上围了上去，问李总还有什么活儿。老李也不答话。只是直眉瞪眼地在人群里转悠。看定了一个人，上下打量一番，然后指着人家的鼻子：“你——”说完就接着转悠。那个被点到的人就紧紧地跟在他屁股后面。

“你——”老李又点了一个鼻子。“你——”又点了一个，然后说，“你们三个到二号摄影棚门口候着，就说我让你们去的。”

三个人点头哈腰地走了。

老李的目光盯在了一个小伙子的身上。

小伙子长得挺清秀，肤色偏白，身高在一米七四上下。人显得很文静。他虽然也站在小树林里，穿着也没有什么特别，却有点鹤立鸡群的味道。首先他比别人年轻，比别人好看，眉宇之间还显出几分书卷气。老李刚才转悠的时候，已经注意了他，心里就开始琢磨。

在这里等着当群众演员的人没有太漂亮的，基本就是“民工”的水平。俊男靓女一般不在这里等候，他们自恃相貌出众，看不上这种身份偏低的活路，用不着为这区区的几十元钱吃这个苦，还降低了自己的身份，耽误了前程。他们的目标是想方设法投考艺术院校。北影厂的隔壁就是北京电影学院。考不上的，也要到“超女快男”那些选秀的热闹地方闯闯，绝不会在这里“抛头露面”。他们想的是要在影片中演个角色，哪怕是个小角色。那是艺术！小树林里出不了角色，当然也出不了艺术，更出不了名。这里只提供“招之即来，挥之即去”的大拨儿轰的群众。

引起老李注意的除了小伙子的年龄和长相之外，他还觉得这个人有些眼熟，可能是在哪里见过，但一时又想不起来。据他的观察，这小伙子八成是个没有考上大学的高中应届生。

老李上前打招呼。说着话，他紧紧地盯着小伙子看，一面看一面不住地点头。

“来这儿干吗呀？”

“找点活干……”

“什么文化程度？”

“高中毕业。”

“没考大学呀？”

小伙子抿着嘴不说话。老李觉得自己估计的八九不离十：“是外地来的？”

小伙子点点头。

“说话没什么口音？”

“上学都说普通话。”

“你在这儿靠什么生活呀？”

“瞎混呗……”

“你有什么特长吗？”

“当群众演员还要什么特长吗？”小伙子反问。

“那倒不是，有特长不是挣的多点吗？”

停了一下，老李又问：“是第一次来这儿吗？”小伙子点点头，接着说道：“能麻烦您给我找点活儿吗？”

老李想了一会儿说：“摄制组有活儿找我，我就有活儿给你，要是没活儿，我也没有办法。不过，群众演员这个活儿也得对路，人家需要什么样的人，我就得给人家找什么样的人。你这么英俊，让你演匪兵不是屈才吗？人家要是找一个宫女，我总不能让你去吧！”老李今天的话太多。

“我可以男扮女装呀！”小伙子歪着脑袋笑着说。老李看着小伙子，有意思！不管是不是玩笑，这小子脑子活泛，嘴头利索。老李举起手机给小伙子照了两张相，接着又问：“人家要是需要场工呢？”

“什么是场工？”

“……啧啧啧，场工都不知道，还来这儿找活？我告诉你，场工就是拍摄现场的工人。场工也分好几等，好的场工知道怎么布灯，知道怎么安装使用‘大炮’‘刀螂’，知道怎么铺滑轨……差的场工就不行了，只能给人家搬搬东西打打杂儿。”

小伙子专注地听着，许多等活儿干的人也围过来听老李“讲课”。

老李来了精神，他向小伙子，实际上，向大家——就像举行一场场工工作前的培训。

老李的声调明显偏高了：“我告诉你们，组里要是有这样的好场工，副摄影、照明组长、置景这三个人可就省大事了，这样的场工就用不着三天打鱼两天晒网了，组里抢着要，天天有活儿干。”

“什么是‘大炮’和‘刀螂’？”小伙子又问。

这时候，所有脑袋都探过来，就像老李要公布彩票获奖号码。

老李看看周围，微笑着说：“你们这么听我说，可是长学问长本事啊！”

大家不住地点头。

“你们可不能白听，可得交学费。”老李半真半假地说。大家又傻傻地笑着，谦恭地点点头。老李正要接着开讲，一个“不长眼”的家伙突然说：“我知道什么是‘大炮’。”

老李转过脸，瞪了那个小子一眼，冷笑着：“好！你给他们讲吧，我歇会儿去。”说着就往人群外走。人群一下子乱了，一部分群众挤成一堵人墙阻挡老李，另一部分群众围住了那个“不长眼”的家伙。

“你是什么东西呀！你懂得个屁呀！”群情激奋，好像要把他给吃了。那个家伙都傻了，慌慌张张的不知所措，不知道自己犯了什么滔天大罪。

这些等活儿干的人虽说都知道老李，但和老李这样“零距离”接触还是头一次，虽说不指望老李能够记住他们，但混个半熟脸儿，以后老李在挑人的时候，多少也会有些关照。老李是他们的衣食父母啊！这五十块钱在有些人眼里不算什么，可他们就指望着这五十块钱养家糊口呢！再说，也不是每天都有这五十块钱呀！老李可不能走啊！知道不知道“大炮”是小事，得罪了老李可是大事呀！

一个岁数大点的男人表达了大家的意愿：“李总，您别生气，这小子是个生瓜蛋子，刚从农村来，他知道什么是‘大炮’呀！他以为就是打炮弹的大炮呢！”

大家试探着笑，看着老李的脸。

不知道是谁又喊了一句："他整个就一恐怖分子，自己不要命，还想把咱们也炸死。"

老李笑了，大家这才放心地笑起来。老李的心情好了。大家表现出来的对他那拥戴的举动已经让他感到满足。刚才那句笑话的比喻虽说牵强，但离题不远，正是大家此刻的心情。

老李心情好了，心胸自然就开阔起来，也就没有执意要走的意思了。

"李总，接着给我们说说吧。"

老李问那个"不长眼"的小子："你说说'大炮'是什么？"

那小子哪敢再说话。

"你进过摄制组吧？"

那小子点点头。

"告诉大家什么是'大炮'。没有关系，知道就说。"

"说呀，拿什么架子！"刚才那些围着要"吃"他的人催促着。

"就是……就是一个带长胳膊的升降机。摄影师可以坐在前面的椅子上来回活动……"

"不错，"老李点点头，就像一位老师肯定自己的学生，"你知道什么是'刀螂'吗？"

那小子摇摇头。

"知道什么叫斯坦尼康吗？"

那小子又摇摇头。老李的目光转向大家："看过《红高粱》吧？"不少人点头。

"记得姜文在高粱地里跑吧？上气不接下气的。"

"记得，记得……"

"怎么拍的？摄影师得背着摄影机跟着他跑。跑是跑，可那机器不能晃得太厉害。那种机器是特制的，装着减震器，就叫斯坦尼康！"

"哇——"大家真是长了学问。

"什么是刀螂？"有人不失时机地问。

"刀螂就是小升降机，知道螳螂吧？"

大家点头。

“咱们当地管螳螂就叫刀螂，土话！那个升降机就像个大螳螂，大长胳膊……”

“李总，当替身演员是不是可以挣好多钱呀？”有人问。

老李看了一眼对方，眼前是个很结实的胖子，于是眯起眼睛问：“替身演员？你有什么本事能当替身呀？”

“我有功夫，摔跤、打拳，我还会使刀耍棍子，听说李小龙、成龙都当过替身演员……”

“哈！你有功夫，给我打个旋子。”

对方怔了一下，老李说：“没看过京剧，武生都会做……”

胖子脸上呆呆的，他做了几个常规的武术动作，马步出拳、虚步亮掌……有点业余，也没有什么难度。老李笑了：“就你这水平，你能替什么呀！”胖子不好意思地站在一边。

“想多挣钱没错，你也不用灰心，我跟你说……”老李又开讲了，“替身也是一门艺术，可要说多挣钱，那得看你是什么替了。”老李的“讲课”充满了悬念，大家不由得竖起耳朵。

老李说：“替身分‘文替’‘武替’和‘光替’……”

老李的手机响了起来。老李接电话，大家知趣地散到四周。只有那个清秀的小伙子站在他身边。接完电话，老李问眼前的小伙子：“你叫什么名字？”

“肖子航，孔子的子，航行的航。”

老李把肖子航的名字记到了他的小黑本子上。周围的人很羡慕，长得好看就是占便宜，又给拍照又给记名字。科技是生产力，漂亮也是生产力！

“有手机吗？”

肖子航点点头，老李把手机号也记下来，说：“好，以后有活儿我就找你。”

肖子航说：“您还没说完‘替身演员’的事情呢！”

老李笑了一下：“好，给你们说说。替身嘛，大家一想就是武术演员替不会武术的演员拍打戏，拍功夫片，做惊险动作……大家都知道李小龙、成龙原来都是给人当替身演员的，这叫‘武替’。除此之外，还有的替身演员叫‘文替’‘光替’。”

“文替？”大家都很好奇。

“一般演员是没有文替的，只有大腕演员才有，大腕演员的时间很金贵，拍远景、拍后背的时候看不清脸，找个替身就成，大多数洗脸呀、跑步呀的镜头都是替身完成的。‘文替’其实就是给大腕演员省事儿、省时间的，最大好处是省钱还能加快拍摄进度。”

“哦，这种活儿可美！”

“可美！你身材也得和大腕差不多不是？价格也比武替差远了。”

“哎，李总，那种替大腕洗澡上床的替身算文替还是武替呀？”有人嘻嘻地笑着问道。

“咱们行里管这种活儿叫‘裸替’也属于‘文替’的一种，那价码就比较高了，腕儿越大，这种替身的价码就越高。”

“哦，我还以为替明星拍裸体床上戏叫‘光替’呢，敢情这也叫文替呀！”那个胖子说。老李没搭理他，接着说：“怎么样，还有什么不明白的？”老李要走的样子。

“那，什么是‘光替’呢？”又有人问。

“告诉你，‘光替’不是脱光了替，这种人主要是替演员站位，等着灯光师调整灯光。有些场景，调灯光特别费时间，怎么办？总不能让大腕儿干站那等你调灯光吧？这会儿，就需要‘光替’站在演员的位置，等着灯光师调光，调好之后让主要演员来开拍。”

“哦——原来是这么回事儿。”大家有点失望。

老李盯住肖子航说：“看你的运气了……”

“谢谢您，我不挑活儿，宫女场工都行。替身也成，光替我也不在乎……”肖子航半开玩笑地表达了自己急切要找到活儿干的心情。老李注意到了，这个小伙子在求人的时候，有求人的内容，却没有求人的口气。

老李走了，虽然没有给肖子航留下任何许诺，可是肖子航的生活从这一刻开始发生了重大的变化。

第三章　大学生

肖子航没有跟老李说实话，他实际上是个正经八百的在校大学生，一年前迈进大学校门。这次老李看人看走眼了，以为人家是“不及第的秀才”。

肖子航喜欢“酷”，但是他的“酷”和其他年轻人理解的“酷”不一样。他觉得周围家伙的酷都是装的，都是浅薄的。他觉得一个人特有钱而穿着普通，关键时刻一掷千金帮助穷人那叫酷；一个人武艺高强而显得特怂，关键时刻见义勇为拯救弱者那叫酷……可惜他现在既没有钱也没有武艺。把自己的表面装得比实际上低一点就算有这个意思吧，所以当老李问他什么文化程度，他说高中毕业……也算是一种小小的酷吧！肖子航自称为“侠”，尽管现在不时兴了。

肖子航的爸爸是位小县城里的小学音乐老师。虽然生活清苦，但他很活跃，也很敬业，除了当音乐老师，他还负责整个小学学区的儿童合唱团。上小学的时候，肖子航就在爸爸的学校读书，他跟着爸爸上学，跟着爸爸去合唱团唱歌，再跟着爸爸回家。现在，肖子航只要闭上眼睛，就想起老家的旧戏台，就会看见爸爸在眼前打拍子，花白的头发一颤一颤的，特有风度。现在想起来，也特酸楚……爸爸没有机会上大学，他希望儿子一定要上大学，而且一定要上清华北大，要不就是中央音乐学院。

爸爸希望儿子长大了能当个音乐家，于是有机会便对儿子进行音乐方面的“熏陶”。他首先发现儿子的嗓子不错，接着又发现儿子的耳朵也不错。搞音乐，耳朵比嗓子还要重要。当然，如果学声乐那就另当别论了——耳朵和嗓子都要好！

肖子航小学五年级的时候就是合唱队的领唱，上中学的时候学校只要搞联欢会，肖子航的独唱是全校最受欢迎的节目。最受欢迎的一个重要原因是他能模仿好几位歌星的演唱。如今的所谓“艺术”，讲的就是一个好玩！你的音色再美，旋律再准，不好玩也没有用。尤其是唱通俗，舌头可不能捋直了。捋直了，吐字一清楚就没有那个“味”了。模仿秀是肖子航的一绝，虽说不能惟妙惟肖，尽善尽美，可不就是那么个意思嘛，一个中学生你还能让他怎么样！能有多高的要求！

看到儿子的“天赋”，爸爸喜在心中，儿子在他的心目中简直就是整个县城的音乐翘楚！爸爸不是科班出身，心里没有底。一个暑假，爸爸带着肖子航来到省城的音乐学院，找了一位声乐教授给肖子航“听听”。听完了，教授问：“谁教的？”

爸爸没有说话。肖子航说是听着录音自己学的。教授摇摇头说：“这是野路子。甭说什么中央音乐学院，就是咱们这儿也不认这个！”

爸爸连忙说：“这孩子耳朵特好。”

“学过试唱练耳吗？”

爸爸没说话，他觉得这个教授有点卖弄。

“试唱练耳得练，正规地练。”说着，教授的三个指头一起在钢琴上按下去，“这个和弦是哪三个音？”肖子航一时有点发蒙，及至教授说出了那三个音，肖子航稍稍有些明白。

一个小时过去了，肖子航知道了试唱练耳是怎么回事。这一趟整个上了一节音乐课！出门的时候，肖子航看见爸爸往教授手里塞了二百块钱。教授说了句：“我们家不缺这俩钱，留着自己花吧！”爸爸的脸上有点挂不住，从那天以后，爸爸不再提上中央音乐学院的事情。

高考的雷声由远及近，滚滚而来。肖子航认为自己不是考得上考不上的问题，而是考上重点大学还是非重点大学的问题。

不能说肖子航没卖力气，但是成绩却没有像他的相貌一样名列前茅。高考发榜后，肖子航以两分之富余，险上了北京的一所不太知名的大学的中文系。他的学号排在最后一名。

这排在最后一名有个讲究，不是最后一个被录取的，就是考分最低。后来，肖子航知道了，他是最后一个被录取，但分数却不是最低，不过那几个分数比他低的都是北京本地的学生。这让他稍稍有些扬眉吐气却又让他愤愤不平，凭什么北京的考生就有这样的待遇——分数比他低却比他提前录取。

上了大学，肖子航最突出的感觉有两个。第一，大学的学习比起中学，尤其是高中三年要轻松多了。理科没有了，最头疼的数学可以选修。学习的气氛淡了，学习的压力小了，那种“十二点睡五点钟起”的紧张感消失了。辅导员和班主任一个星期都见不着一回。严肃没有了，团结也没有了。那个著名的校训——团结、紧张、严肃、活泼，现在只剩下活泼了。就是这个活泼也不是操场上的龙腾虎跃，而是小饭馆里的推杯换盏、卡拉OK厅的引吭高歌。有些家伙在宿舍里没日没夜地上网，做梦似的喃喃自语，昏天黑地的，傻子一样。面对这样的局面，一开始，肖子航觉得没着没落的。他经常想，好的大学是不是不这样啊！有几个在北京上其他大学的同乡告诉他，彼此彼此，这叫补偿，这是对高中三年“寒窗苦读”的疯狂的补偿。现在是补偿期，过了这段时间就正常了。

还有一个突出的感觉就是寒酸！在老家读书的时候，肖子航只觉得家里不富裕，却没有感到生活像现在这样窘迫。在家里，他不理财，吃喝都在家里，没有感到生活的艰难。到了这里，每个月的那点生活费都归他自己支配，他才发现“不当家不知道柴米贵”。

如果同学们都像他一样，他的心里可能也会平和些。偏偏大家都和他不一样。有一天，他看到他的“下铺兄弟”有条被子特别柔软还有弹性，随便问了句：“你这被子不错，要多少钱？”

下铺兄弟说：“六百多吧。”

“什么？六百多！一条被子要六百多！”

下铺兄弟说：“你以为呢？这叫安睡宝。名牌！”

肖子航第一次听说“安睡宝”这个名字。衣服、鞋子有名牌，怎么被子还有名牌！肖子航知道自己露怯了，摇摇头说：“在我们老家，也是这种包装的被子也就一百五十块钱……”

下铺兄弟愣了一下：“不会吧，是不是假冒伪劣呀？”

“正经大商店里卖的，北京的物价太贵了。”肖子航硬着头皮说。

“倒也是，不过差这么多有点玄。”

他们的谈话从“安睡宝”的生活主题一下子转到了“地区发展不平衡”的社会问题上。肖子航松了口气，觉得手上汗津津的。安睡宝的宝字也不知道是保证的保还是宝贝的宝？

见识多不多，生活穷不穷也不能光靠嘴上来找齐啊？你用的东西，你花钱的架势不是让人一目了然吗？如果你的床上也摆着一条安睡宝，还用编那么多“故事”吗？

肖子航和一个在工学院的老乡聊起这件事的时候，那个老乡说：“我们学校统一交钱，统一买被褥，都一样！什么安睡宝啊，谁也甭牛！”肖子航激动地说：“就是啊！就是啊！这才叫大学啊！”

他发现自己好像是这个班里最穷的，北京的消费怎么这么高呀？

同宿舍的都有笔记本电脑，他那台最笨重，拿在手里就像捧着个哑铃，表面旧，配置也低，那是爸爸一个朋友用过的。

“你还用这样的笔记本呀？”下铺兄弟大惊小怪地说，就好像他没有穿衣服一样。他回答，家里那台好的忘带了，过两天再买一个……

他最反感的就是听见有些家伙谈“气质”。他们说：“你看，有些人长得也不难看，穿得也不错，有的还是名牌！可就是怯垮怯垮的，透着那个土！就是气质不行……”

那些人也不一定就是说他，可肖子航就觉得“吃心”。

一个从北方农村来的同学说：“什么狗屁气质！还不是拿钱说事。我一定让你们看看我是谁！小时候胖不算胖，长大了胖压塌了炕！”

肖子航还从他那里学了一句土话：“拉屎攥拳头——暗地里使劲！”

穷富是相对的，在老家，肖子航不算是穷的，来到北京的大学，肖子航算是穷的。穷同时也是一种自我感觉，对生活要求低的，不觉得自己穷；对生活要求高的就觉得自己穷。穷还看你如何对待，有的人，君子固穷，仍然昂首挺胸，大有燕雀焉知鸿鹄之志的心态；有的人还没怎么穷，就开始自叹自怜。这些道理肖子航都明白，可是处在这个环境，道理就显得那么苍白……

肖子航想挣钱。他有时间，也有多余的精力。前些年大学后勤部门曾让学生承包学校里的勤杂事务，比如打扫楼道、厕所，给树木浇水养护等等。不知道什么原因，又慢慢销声匿迹了。在校外给饭馆打工似乎又不符合中国的国情，反正在中国餐馆打工的，没有大学生……举目望去，大学生好像没有什么可以挣钱的地方。

过了些日子，肖子航才明白，刚入学的大学生人生地不熟，到了后来都会有点事情干，当家教的，帮助人家编书的，到肯德基、麦当劳打工的，有点歪才的还给人家当枪手写小说编剧本……

前两天爸爸来电话说妈妈最近身体不太好，虽然没有提钱的事情，但是肖子航还是感到家里最近生活的困难。

有一天，他听说在电影厂的门口有个机会，当一天群众演员可以挣五十块钱。一半是好奇，一半是为了挣钱，肖子航选了个周六来到了电影厂门口的小树林。没有想到，得到当群众演员的机会也不容易！他原以为就是排队，排到了就进去，只要进去就有活干。结果白白等了一个上午，幸亏还碰到了一个老李。

肖子航和电影厂好像有着什么必然的联系，他似乎命中注定要求助那大门里的人给他一口饭吃。

十一年前，肖子航上小学一年级，有一天，一位全国著名的女演员来到了他居住的那个城市。这位演员岁数大了，改当导演了，专门拍摄儿童电影，在全国影响很大，提起她的名字几乎无人不晓。

那位演员的莅临，对这座小城来讲，是件大事，报纸电台采访登消息自不必说，电影院、文化馆，甚至有些商场都在门楣上挂起了大字横幅——热烈欢迎某某莅临我市。

肖子航的妈妈非常激动，倒不是因为她是那位演员的崇拜者，而是认为自己上小学的儿子遇到了难得的机会！

肖子航的妈妈是幼儿园的老师，她很能干，她打听到那位女演员下榻的饭店和房间号码，晚上就带着肖子航来到了女演员的房间。那时子航还很小，还是那个让人随意摆布的年龄，妈妈居然给他的脸上搽了红粉，打扮得像庙里观音菩萨身边的招财童子。

“听说您是来挑选小演员的?”妈妈先说了一些非常崇拜、非常喜欢的“废话”之后又对那位女演员说，“这是我的儿子。来！给阿姨唱个歌儿。”

女演员连连摆手：“不！不！我们是来搞影片展映活动的，不是来挑演员的……”

妈妈非常执著，她根本不相信女演员的话，尽管尴尬，也尽管脸红，但她坚持让女演员听他儿子唱完了一首歌，还念了两首唐诗。

除了“鹅鹅鹅”之外，就是那首“两只黄鹂鸣翠柳”，现在想起来，肖子航都觉得脸红。

肖子航像个木偶似的给摆布了一番之后，被女演员客客气气地打发走了，人家说要休息了。本来，肖子航以为这件事就这样过去了。不料，两天以后，他班上的伙伴中间就流传着一个让他非常震惊的消息——他已经被那位著名的女演员选中了，他将要参加一部电影的拍摄，一个星期以后，他就要和那位著名的演员阿姨一起坐飞机飞到北京，飞机票都买好了。

他回家问妈妈这是怎么回事。妈妈说：“你不用管，让咱们去，咱们就去；不让咱们去，咱们就不去!”他不明白妈妈是什么意思。年龄要是大一些，他一定会问，到底选中没选中啊?

这个奇怪的消息还没有消失，一天以后，又传出一个让他既恐怖又伤心的消息——肖子航的妈妈是个大骗子！听见“大骗子”这三个字，还不清楚是怎么回事，眼泪就忍不住掉了下来。他对小朋友们喊叫：“胡说，我妈不是大骗子！你妈才是大骗子——”

一个小朋友说：“你妈不是大骗子，你妈是女骗子。”

肖子航认为“女骗子”比“大骗子”还要难听，就和那个小朋友扭打起来……

肖子航不知道，事情的经过是这样的：妈妈带他去见了那位著名女演员之后，幼儿园的同事们都问她怎么样，她对大家说她的儿子被选上了，那位女演员这次就准备把儿子带走。那些同事听得眼睛放光，羡慕得不得了。

她们羡慕完了还不甘心，有三个老师的孩子都与肖子航年岁相仿，听说消息的当天晚上，三位妈妈带着三个孩子又找到那位女演员。其中的两个女孩子打扮得就像花蝴蝶，一个男孩打扮得像饭店门口穿制服的门童，一进门就把那个女演员吓了一跳。

她们说明来意，那位女演员正色道："我跟你们绝不说谎，我这次来是专门参加电影展映活动的，和挑选演员没有什么关系，再说选演员也不是我的事情，那是导演……"

三位妈妈都含蓄地微笑："您别瞒着我们了，您就是导演，我们同事的孩子就被您选中了，叫肖子航，男孩！"

女演员很是惊讶："你们这是从哪儿听说的，我根本不认识什么肖子航！"三位妈妈说："就是昨天晚上到您这儿来的，我们和孩子的妈妈是同事，她亲口对我们说的，这还能有错？"

女演员想起昨天晚上来的母子俩，便明白了，但她闹不清是眼前的三个人诈她，还是昨天来的那个妈妈撒谎。女演员激动了："如果她真是这样对你们说的，我可以郑重地告诉你们，这是撒谎！"三位妈妈互相看了看，还有些疑惑，女演员补充说："不是说那孩子要跟我走吗？到时候，你们看看孩子走没走不就明白了吗？"

三位妈妈释然了，心态平和了，人家说到这个份上，也就不好再说什么。临走的时候，女演员指着三个孩子说了一句话："孩子还是天真点自然点好……"

三位妈妈脸稍稍有些发红。

可以想象，三个女人，三个大喇叭，相当于三家广播电台。于是，第二天，肖子航的妈妈是个大骗子的消息就这样"漫山遍野"地传开了。

对于一个一年级的小学生来说，能不能当上演员，被什么样的名演员选中或没选中，都没有太清晰的概念。对他们来讲，能当上演员甚至没有比他们在班上得到老师奖励的一朵小红花和一面小红旗更有价值和意义。可是妈妈是不是大骗子，是不是女骗子这件事儿对幼小的心灵可就关系重大了。尽管肖子航不知道事情的来龙去脉，但他觉得妈妈让他蒙羞！那时候，同学们见面就问："嗨！你不是当演员了吗？演什么呀？你不是坐飞机走了吗？"

这件事给童年的肖子航心中留下了深深的刻痕。很长很长时间，他认为妈妈说谎，她不是一个诚实的妈妈，她做了一件可耻的见不得人的坏事！

妈妈为什么要这样做呢？她为了在同事们和朋友中显得自己荣耀吗？可她不知道这件事是经不起"时间考验"的吗？女演员走了，肖子航没走，还得继续到学校上课，不是一切就都真相大白了吗？她为什么那么蠢呢！这点推断，连他一个小学生都做得出，妈妈为什么就那样管前不顾后呢?!

肖子航慢慢长大了，也渐渐懂事了。当他第一次知道了"虚荣"这个词儿时，他首先想到的就是妈妈当年做的那件蠢事儿，这不是缺心眼儿吗?!后来，当他在中学课本中读到《项链》这篇小说的时候，他又想起了那件事儿，但这次对虚荣的感觉稍稍有些不同了。他惊异地发现，还真有作家把虚荣写得这样传神，这样让人同情，这样让人心酸……作者莫泊桑的名字立刻被记住了。

当同学们讨论这篇小说的时候，都以嘲笑和幸灾乐祸的口吻来评价小说中的女主角，肖子航却不是这样，他写了一篇短文贴在教室后面的壁报上，题目叫：《同情虚荣》。

文章中有一段这样写道："虚荣的人往往是社会中的弱者，他们没有钱！他们没有权！他们没有可以与人争强斗狠的武艺。但他们也想与有钱的人、有权的人、有武艺的人一样平等地生活在这个世界上，他们只好虚荣！他们借钱买好衣服！他们撒谎说他们是有权有势人的亲戚！他们明知失败了，却咬着牙，硬着头皮向别人讲述自己的成功！他们的虚荣是可怜的，是冒着风险的。他们没有想伤害别人，他们顶多想生活得和别人一样，风光一些，体面一些，他们的虚荣是一种自我安慰……"

有一次，语文老师在监考的时候，踱到教室后边的壁报前仔细阅读了这篇文章，拿出笔在旁边批了一行字：虽然有些偏颇，但对生活有领悟，观点有见地！

肖子航的手机突然响了，铃声大得把他吓了一跳，打开一看是个短信，上面写着：你要是真想离婚就甭想要孩子！

肖子航鼻子差点气歪了，对方肯定是把号码搞错了。

“怎么样，是不是老李？”旁边的人热心地问。

“发错了！”肖子航摇摇头。

不料，大家不甘心，不停地说：“是老李也没关系呀！我们又不会抢你的饭碗。”

肖子航本来想把短信的内容给他们看，但觉得这样很无聊。他冷笑一声，走出二十米开外，停在一个破水泥管子旁边。他的心情差极了，人与人之间怎么这样互相猜疑啊！

他给自己定下指标，再等半个小时，有人来找群众演员说明自己有运气；如果半小时之内没人来，马上回学校，再也不来。以后如果老李找自己就说明有缘分，如果不找，也就死了这条心。

二十分钟过去了，天突然阴了下来，还没阴透，四下有不少亮光，雨点却掉下来了。肖子航急忙向汽车站跑。

一会儿工夫，汽车站的候车棚子下挤满了人。

肖子航的手机又响了，还是一条短信：明晨九点务必到电影厂门口。署名是老李。

肖子航心中一阵高兴，老李既然让自己去，想必是有活儿了。而且不是一般的群众演员，说不定能当个有台词的大群众！

第四章　美女作家

进了校门，雨已经停了。绕过一个巨大的花坛就是主楼，向主楼的两侧走去，右手是教学区，左手就是学生宿舍区。在通往宿舍区的一条水泥甬道上有两排布告栏。

一则寻人启事引起了肖子航的注意。

寻人启事

兹有余高中密友戴丹（女）进入北京××大学中文系之后失去音信，余日夜思念，遂不远千里到××大学寻觅，一寻不得见，二寻不得见，N寻仍不得见。望有知道伊踪迹者速与段元生联系。

下面留了一个手机号码。

这是什么意思啊？戴丹就是肖子航现在的同班同学，正是位女生。肖子航还和她坐过同桌呢。她经常在班上出现啊，怎么会“N寻仍不得见呢”？

戴丹很骄傲，骄傲得不但不主动和别人说话，就是别人主动找她说话，她也爱答不理。刚刚坐到一块儿，肖子航曾笑着朝她点点头“你好！”不料，那位同桌根本没有回应。肖子航下定决心，从今天开始，只要她不主动和我说话，我永远都不会跟她打招呼。

他们真的创造了奇迹，一个星期过去了，他们之间没有说过一句话。让肖子航稍稍感到安慰的是，这位同桌不但不和他说话，她和其他男生也不说话，和女生也很少说话。她好像是这个班上的一个旁听生。她不需要别人，别人也不需要她。她不住女生宿舍，听说在离大学不远的地方租了房。

有一天，自习课的时候，教室里没有多少人。肖子航听到一个声音：“你是从哪儿来的？”肖子航本能地转了一下头，同桌的脸看着黑板，像是在自言自语。肖子航怕自讨没趣，人家没和你说话，你接什么茬儿呀！再说了，肖子航也不是那种追着巴结别人的角色，在中学里，多少女生都巴不得和他聊天。

肖子航转过头来继续做自己的事情。同桌的音量“调大”了一些：“你怎么这么不尊重别人！”分明是生气了。肖子航急忙抬起头：“你是在和我说话？”

“当然是和你说话。”即便在这个时候，她的眼睛也还是盯着前面。

“对不起，你说什么，我听着。”

“不说了。”

她就这样生气了。真是莫名其妙，他怀疑同桌有颈椎病或者面部神经麻痹。当然他不敢说。肖子航私下里和同宿舍的同学交换意见，下铺兄弟说：“甭理她，都是家里惯的，以为自己长得漂亮就不知道姓什么了。”

同桌的确长得漂亮，看见她你会不由自主地想到那种中国古代美女造型的绢人或者牙雕。

班上有个男同学叫赵明，他的外号从高中带到大学，叫“邪恶势力”。

肖子航虽然不知道“邪恶势力”的“来历”，但接触几次发现这个人不但长得粗，性格也狂妄自大，粗俗不堪。他和肖子航这种长相的人似乎是天敌，肖子航庆幸自己没有和他分到一个宿舍。

由“邪恶势力”一手制造的一个谣言开始在班上传播：这位美人的脸是整容手术的结果——鼻子是垫的、下巴是垫的、双眼皮是割的。因为那些材料都是没有神经的东西，所以这位美人的面部肌肉根本不会动。她不但不会笑，她连哭也不会！所谓“人造美女”是也。

“有什么可神气的，整个一个假人儿！”“邪恶势力”撇着大嘴说。

尽管谣言十分猖獗，而且找不到出处，但美人儿也不是好惹的。有一天美人儿查到了“真凶”，居然拽住“邪恶势力”的衣袖：“你卑鄙，你给我造谣！”话还没有说完就号啕大哭。哭泣的时候，表情非常生动，每块肌肉都会动。于是谣言不攻自破，还弄得“邪恶势力”一个星期以来，见到这位美人就急忙逃开。

“真他妈的，唯女人与小人难养也。”“邪恶势力”无可奈何地说。

肖子航对着寻人启事发了会儿呆。是不是恶作剧啊！说不定是戴丹自己或找人贴的呢！

据肖子航了解，戴丹最近就具备“作秀”的动机。

回到宿舍，肖子航推了一下房门，没推开，他掏出钥匙打开门，果然房间里空无一人。

今天是星期六，家住本市的三位可能都回去了，另外两位也不知道去哪儿玩了。

肖子航突然想起了于牧强，于是急忙锁上门，往四楼走去。

于牧强是肖子航一个月前认识的，本系三年级的学生。那天中午在食堂吃饭，吃完饭洗碗的时候，肖子航看见水池上面的窗台撂着一本书。拿过来一看，封面上写着：《围棋中步》。

肖子航举起书向周围喊着：“嗨！谁的书？谁的书？”周围的人都看着他，没有人搭茬。肖子航翻了翻里面，也没有人名，就把书带回了宿舍。

半个小时以后，有人敲宿舍的门。一个男生走进来，个子和肖子航差不多，小寸头让他的脸显得有些圆有些胖。上身一件没领儿的T恤衫，脚上一双拖鞋，很随便的样子。

“听说你们宿舍有人捡了一本《围棋中步》？”

肖子航正在漫不经心地翻着那本书，急忙站起来把书递过去：“是这本吗？”

那男生接过书说：“正是，谢谢你！”男生又说，“我是三年级的，叫于牧强。你也喜欢围棋？”

肖子航在中学的时候和同学们玩过围棋，大致知道围棋的规则，什么叫

“有气”“没气”，什么叫“活”、什么叫“飞”、什么叫“尖”、什么叫“长”，也知道怎么做“眼”。于是便随口答道：“马马虎虎吧。”

于牧强眼睛亮了，他邀请肖子航到他们宿舍来一盘。来到于牧强的宿舍，于牧强从书架上拿出围棋，两个人“比划”起来。

还没有摆完五个棋子，肖子航发现自己根本不具备与于牧强下棋的资格，因为他看不明白于牧强为什么要把棋子放在那个地方。肖子航只好硬着头皮往下“走”。果然，棋还没有到“中步”，他已经被杀得“片甲不留”了。

肖子航苦笑着说：“我没法跟你下，我们根本不是一个档次。”

于牧强当然也看出了肖子航的水平，这水平让他连谦虚的余地都没有，一谦虚就虚伪了。因为肖子航属于基本不会下的那种，于牧强微笑一下，把棋子一个个地往盒子里捡。

在低年级学生的心目中，三年级的学生就已经很大了，很成熟了，甚至有点“老”了。他们从里到外都透着稳重，透着世故。

“你一定有段位吧？”肖子航问。

于牧强笑笑不说话，肖子航也不好追问，这于牧强让人觉得挺深的。一来二去，经常在校园和食堂碰上，又住同一栋宿舍楼，肖子航和于牧强渐渐熟悉起来。

于牧强的话不多，但肖子航和他聊天并不觉得费劲，因为他的谈话有内容，有信息量。他为人随和，总能微笑着听你把话说完，你说够了，他再有一搭无一搭地说上几句，经常闹得肖子航大吃一惊。

于牧强有些独来独往的味道，像个赤脚大仙！不着急不上火，整日优哉游哉的，骨子里是个很有主意的人。这次肖子航一个人到电影厂门口去寻找当群众演员的机会，也不找个伴儿，也不和别人商量，多少是受了于牧强的影响。

于牧强的宿舍没有锁，门一推就开了。谢天谢地，总算找到一个可以说话的人了。

于牧强正在和另外一个人下棋，肖子航知道那个人是数学系三年级的。看见肖子航进来，于牧强点点头也不说话，继续下他的棋。数学系那位更是专注，头都不抬。

看了一会儿，肖子航觉得没滋寡味儿的，正要开门离去，于牧强却对他说：“你怎么没去乐坊呀！”

“去那儿干吗？”

“你们班的戴丹召开新闻发布会，你们班没回家的同学都去了。”于牧强说。

“什么？戴丹……新闻发布会……”肖子航从来没有听说过这件事。

肖子航低头看看手表，已经是三点半了。他有些犹豫，赶到那里，说不定会已经开完了。于牧强却催促他：“没事儿，这种会说是三点，等张三领导，等李四名人，三点半才开，再说还有发言呢。”

“还要发言，我什么都不知道怎么发言？”肖子航说。

数学系的瞥了他一眼：“叫你们去是为了站脚助威，会场显得热闹，你还认真了！”

于牧强连忙说：“去吧！不会叫你发言，见识见识，回来跟我们说说。”

“乐坊”是大学里的一处“豪华级”的小礼堂，就面积来讲，叫大会议室更为贴切。它坐落在图书馆东侧的一片郁郁葱葱的小树林里。

“很久很久以前”这里是座小庙，兵荒马乱的时候这里没有了香火，再后来安定了，这里成了一个小乐器厂，制作的乐器是各种胡琴，京胡、二胡什么的。大学刚刚建设的时候，小庙被划进了大学的范围。乐器厂搬走了，小庙留给了大学，可大学里怎么能有庙呢？

按原来图纸的设计，这里要起一座新楼。

当时的老校长真是个好人啊！他望着庙门口那几棵参天的古松，庙不足惜，破除迷信嘛，当拆则拆。这几棵古松可惜呀！俗话说，十年树木，百年树人，这树都在几百年以上，说它们是“仙树”也不为过了。虽然当时砍几棵古松也是家常便饭，但老校长想方设法，费尽心机让这里盖了一座中国民族风格的平房庭院。他为这一处建筑起名叫“乐坊”。

新生入学的时候，肖子航他们被人领着参观过，大厅两侧的墙边各竖着一排镶着玻璃的乌黑锃亮的展示柜，里面陈列着学校历年获得的奖杯、奖状，国家领导人视察学校的照片，校长与世界顶尖名校校长的合影……这里既是荣誉室，也是大学举办重要活动的场所：会见外宾呀，表彰优秀教师呀，聘请教授的仪式呀……

肖子航刚刚靠近乐坊的大门，一个男人走过来问："是来开新闻发布会的？"

肖子航点点头。

"哪个报社的？"那人的手里举着个信封准备交给他。

肖子航急忙摇摇头："我是中文系的学生……"

"好！赶快进去！"拿信封的手又缩了回去。

肖子航看见签名册旁边堆着一摞书，又问："能给我一本书吗？"

坐在桌子后面的女士似乎犹豫了一下，说："好！你签个名，我给你一本！"

肖子航签了名，拿过书仔细端详：淡蓝色的封面上头顶着边缘橘红色的四个大字——"青春小记"。下面是戴丹的名字。那名字的字体也做得玲珑，隐隐透出戴丹的神韵。

肖子航穿过院子，迈上正厅的台阶，他听见了里面发言的声音。

迟疑片刻，他轻轻推开了大厅的门。

大厅里既不拥挤也不显得稀疏。因为主宾席在最里面，"观众"现在都背对肖子航，这使他紧张的情绪一下子放松了。迟到进会场的人都有这样的感觉，刚进来的时候因为紧张，觉得一个空座位都没有，待了一会儿，平静了，就发现隔三岔五的就有个空位。肖子航在倒数第二排看见了一个空座位，于是慢慢走过去，他发现自己宿舍的下铺兄弟和另一个哥们儿，正经八百地坐在那里。

肖子航坐下了，下铺兄弟探过头来："你干吗去了？一个上午都找不到你，戴丹还特意问你来了没有。"

肖子航小声说："我刚知道有这么个会。"

“我们也是上午才知道的……”

肖子航开始关注主宾席，他的视力很好，能看见主宾席每个人前面的台卡。不看不知道，一看大吃一惊！今天这会好隆重啊！

主宾席上坐着九个人，除了本校的一位副校长和中文系的主任之外，一水儿的名人：一位电影界的泰斗，一位文学界的泰斗，居然还请来了现在非常走红的青年歌星苏眠，还有一位生面孔的人端坐在中间，估计是位领导或者是为这次活动“埋单”的大款。他面前的台卡上写着——宋万成。

戴丹虽然坐在主宾席的最边上，但这不影响她成为这个大厅的中心。

戴丹微微扬起手，朝肖子航这边摇了摇。那一定是对肖子航的“光临”表示谢意。肖子航有些受宠若惊。让肖子航感到惊讶的是戴丹今天的表现和她平时相比简直是判若两人。平时她对肖子航说话不转眼珠，今天隔着“千山万水”，她居然主动打招呼。想都不敢想，联想起刚才下铺兄弟说“戴丹还特意问你来了没有”，心中非常受用。

环顾整个大厅，肖子航还看见了一个熟悉的身影，那是外语系的女生何一梅。她就坐在苏眠左侧的第二排。

听了一会儿，肖子航听明白了，第一个话题是：戴丹是位“才女”。考大学之前就出了一本十五万字的长篇小说，就是肖子航现在手中拿的这本。还有一个话题就是：这本书被一家电影公司看中，今天的会就是这部电影即将开拍的新闻发布会。那位偶像歌星苏眠将出演这部影片的男主角。

肖子航仔细地端详着苏眠，这是他熟悉的歌星，虽然不是非常喜爱，但也会唱几首他的歌。以前都是在电视里见到，今天是第一次看见真人。

主持人宣布下面由那位电影界的泰斗发言。那位泰斗拿起话筒开始讲话，讲了没有两句，不料，却有两个记者走到歌星苏眠前面大拍照片，拍完照片还不算，干脆举着录音机现场采访，虽然声音不大，但却极不礼貌。只一小会儿，其他的记者也蜂拥而上，苏眠的脸都看不到了。

那位泰斗原来是位著名导演，虽然已经过景，但也不至于遭到这样的待遇，这些记者也太猖狂了！不过老人家真是见多识广，并不生气，继续发言，看他的样子，肖子航觉得他像是在唱卡拉 OK，心中不免感到几分悲哀。

他知道这位泰斗的地位，他常听爸爸说起，爸爸是看着他导演的片子长大的，可惜他老了……

“滚蛋!”大厅里突然爆发出一声吼叫。那“一团”采访的记者有些混乱，向四处散去。一位记者赶忙抢拍苏眠发怒的镜头。那声音是苏眠发出来的，也不知道为了什么。

主持人这时才不咸不淡地说：“请大家安静。记者采访请等到会后。”

那位电影界的泰斗继续唱他的卡拉OK。

记者散开了，有几个干脆径直退出了会场。

苏眠的脸露出来了，他双手抱着肩，一副极不耐烦的样子。

苏眠的确很帅，英俊和自信让他带着一股令人仰慕的傲气。

有掌声响起来，女生居多，大家鼓掌是对苏眠的喜爱，再加上对苏眠刚才举动的支持和赞赏!

下铺兄弟高兴了：“天啊，真受刺激啊!”

主宾席上的人都讲了一遍，话筒递到苏眠面前，苏眠眼也不眨，手也不动，表情都没有一个，主持人不敢勉强。最后轮到戴丹，此时的戴丹已经是眼含热泪了，她说：“我感谢各位前辈的厚爱，感谢诸位师长对我的培养，感谢苏眠大哥的支持，感谢同学们的光临，尤其我要感谢宋总的大力支持……”说着，戴丹站起来，朝主席台上的人深深地鞠了一躬。那位被称为“宋总”的宋万成举手朝大家打了个招呼，他就是这部影片的投资人。

肖子航明白了，戴丹不是不会正眼看人，不是说话不会转眼珠，原来她只是不愿意与她的同学为伍，她觉得她上这所大学是埋没了她。

戴丹很会说话。

“我靠，真是受刺激呀!”下铺兄弟又说。不知道他受刺激是因为那位电影泰斗遭受冷遇，还是看到苏眠的威风，还是因为戴丹取得这样的成绩让他受刺激。

肖子航心中也暗暗附和：真是的，自己到电影厂门口想当个群众演员还捞不着机会，人家上高中就写了长篇，现在长篇又要被拍成电影。人家的名字要放在影片字幕的第一个，哇！编剧！不是编剧也是原著作者啊！名字能上书，名字能上银幕，这是多么光彩的事情啊！能得到这样地位的人都是站在云里雾里的大人物啊！怎么会就是自己班上的这个小女子呢！

如果是别人，肖子航的心里可能还平衡一点，可眼前这个戴丹怎么看怎么不像应该享受这样荣誉的人啊！

漂亮就是生产力！尤其对女人来讲，这话真是千真万确！

美女作家！美女作家！是不是美女自然就可以成为作家呢？是不是女的当了作家就一定是美女作家呢？其实绝大多数美女的脑子都是一团糨糊！

肖子航领略过戴丹的文字，那是什么呀！除了好词儿、新词儿、时髦词儿堆在一起，连语言都不通顺，怎么就发表了长篇小说呢！

考上大学的人心态是不一样的，考上名牌大学的人更是踌躇满志，认为自己是从几十万考生当中脱颖而出、出类拔萃的人物。当别人称他们为精英的时候，心中开始一愣，但马上就心安理得，那感觉、那锐气、那少年得志的精神面貌真是溢于言表。

而考上普通大学甚至所谓“垫底”大学的学生就没有精英的感觉了，有的人不但不高兴，还在名牌大学的门口哭上一场。有的人根本不想想还有那么多“名落孙山”的同学，他们甚至“自轻自贱”。如果你光是“轻”自己，“贱”自己则罢了，要命的是他们“轻”别人，“重”自己；“贱”别人，“贵”自己。

戴丹可能就属于后者中的一个。她一生气就肆无忌惮地说：“这也算大学吗？都是些什么人啊！连我们班最差的都进来了，我根本不想来报到……”

听她那口气，好像她是被别人绑架了，生拉硬拽扯进这所大学校门的。

她刚刚迈进大学时的那种凡人不理的表现，倒不是因为她有什么毛病，而是她觉得自己是“明珠暗投”，好像一只天鹅落进了鸭场，天鹅和鸭子是没有什么共同语言的。

不过最近这些天好多了，尤其是现在。

主持人微笑着：“好！新闻发布会到此结束，让我们大家预祝影片成功，也预祝戴丹同学写出更多更好的作品。”

戏剧性的场面发生了。一个男生从后排的座位上站起来：“我要发言！”全场的目光一下子集中过去。

肖子航没有见过这个男生，是不是别的系的？这时候，他跳出来，显得非常不合时宜。

戴丹的表情突然变得非常难看，她急不可待地代替了主持人，对大家说：“大家都挺忙的，散会吧！”主持人大声说：“散会！”

那个男生张张嘴没出声，很颓唐地坐下了。

副校长、系主任拥着泰斗们慢慢朝大门走来。而余下的几位记者又一拥而上把苏眠团团围住，并没有因为苏眠让他们滚蛋他们就滚蛋。关于苏眠在会上“动粗”的消息是非常有价值的，丑闻也是卖点！肖子航还注意到了，有个记者立刻凑到了那位要求发言的男同学身边。下铺兄弟和另外一个哥们也凑了过去。

肖子航站起来但没有离开座位，他专注地看着几位名人朝他这边走来，好像要把他们的风采收入心中。

电影泰斗和文学泰斗路过肖子航身边。尽管他们老了，现在也没有什么新的作品，也没有什么新闻价值，但肖子航对他们还是肃然起敬。肖子航微笑着朝他们点头示意，注视着他们从自己身边走过，然后马上就尾随在他们身后。这时候，他要有照相机就好了，请求和他们照一张照片。

肖子航默默地跟着他们走出乐坊的大门，看着学校领导、戴丹和泰斗们握手告别，坐上小汽车。戴丹就站在自己前边，肖子航以为戴丹马上就要回过头来与其他的人握手，这样，那些想对戴丹表示祝贺的人也就有机会表达了。

不料，小汽车刚一离开，戴丹脸上的微笑马上就凝固了。她没有再和任何一个人说话握手，而是头也不回地就朝图书馆方向走去。这真让肖子航百思不得其解。

“乐坊”的大门还有许多人陆续走出来，他们四下张望，似乎是寻找戴丹，有的还莫名其妙地与肖子航握握手。背后有人推推肖子航的肩膀：“干吗呢？又不是开你的新闻发布会！”回头一看，是“邪恶势力”，他居然也来了。

肖子航冲他点点头，没说什么。

“邪恶势力”很高兴地说：“我靠，这下有好戏看了。”

肖子航心中一愣，但他不愿意向“邪恶势力”打听为什么，只是点点头，表示他也知道为什么。这时，肖子航忽然看见何一梅从大门走出来。肖子航朝她举举手，何一梅眼睛里露出一丝微笑。

等到苏眠离开了会场，人群才渐渐散去。

第五章　身　世

吴维平开着车，苏眠坐在后面一言不发。吴维平转了一下头说：“是不是特难受？”

苏眠嗯了一声。吴维平问他怎么难受，苏眠回答说就是难受，有点心慌，说不出来。吴维平叹了口气说：“不让你来参加会，你非要来。”

“你别说了，不就是为给宋万成看嘛。”

“以你现在的身体情况，你能演戏吗？还是主角！”

“可是我能怎么办呢？宋万成邀请我……我这一辈子，遇到两个小人，一个是范常红，这个混蛋‘双规’了吧，又遇到一个王八蛋宋万成。”

说起宋万成，吴维平太了解了。他们曾经合作过，这家伙黑白两道都有熟人，占便宜没够，吃亏难受，心很黑，而且特别记仇，但和人一说话脸上却总是笑眯眯的。

“走一步看一步吧。你别跟我说话了，让我休息一会儿。”

吴维平回了一下头，他看见苏眠消瘦而苍白的脸，心里不由得有些伤感。他又说：“你爸爸可能要来看你。”苏眠大声喊起来：“是不是你告诉他说我生病了。”吴维平说：“你病成这样，不跟家里说怎么成。”苏眠骂了一句，不再说话。稍停了一下又说：“你给他电话，不要让他来！”

那时候他还没有“苏眠”这个艺名，就叫苏文斗，他的父亲是南方一个县越剧团的木匠。其实按照他所做的工作应该叫“道具”的，更体面一些的叫法应该是“美工”。比如要唱《西厢记》的《听琴》一场，张生和崔莺莺之间，或者背景上一定要有段院墙和窗户的。那段院墙就是苏文斗的父亲做的，包括墙前那棵歪脖子的老柳树。苏文斗的父亲用锼弓子在三合板上先“锼”出一个树形儿，背面钉上几根“龙骨”，怕它变形。柳树干刷上棕色的漆，树枝上粘了许多绿色的细麻绳，垂下来。灯光一打，谁都说好！关键是省钱而且效果一点都不差！演现代戏的时候，长枪短枪也都是苏文斗的父亲做的，做得那个像！以至于派出所的公安都说，剧团的“枪支”要严格管理，被坏人拿去抢银行，连警察都看不出来是假的！

做得这么好，大家还叫他苏木匠。

有一天，省里来的艺校老师称他一声“苏老师”，说他这个“美工”很有水平。苏文斗的父亲很高兴，对苏文斗的妈妈说，究竟还是省里来的人有文化！

苏文斗问爸爸：“什么叫美工？是美丽的工作吗？”

爸爸笑了：“你这个说法我倒没有听说过，美工就是美术工人吧！”

“那他们为什么叫你苏木匠，不叫你苏美工呢？”

妈妈插嘴说：“有文化的叫美工，你爸爸没有文化，就让人家叫木匠！你可得好好读书啊……”

爸爸狠狠地瞪了妈妈一眼：“不是我没有文化，是团里的头头没有文化。人家省里来的为什么叫我美工？”

苏文斗的姐姐插嘴：“人家说，你那个工作应该叫道具。”

苏文斗笑起来：“爸叫苏道具！”

“胡说，叫苏道具还不如叫苏木匠呢！”妈妈说。

苏文斗的父亲没有读过多少书，但是他崇拜文化人，希望自己的孩子能上大学，能当博士！他给女儿起了个名字叫文秀，给儿子起个名字叫文斗。戏词里唱的某某“才高八斗，学富五车”，他知道才华是可以用斗来量的。

起名字好办，可是要让孩子随着自己的意愿发展可就不那么容易了。

苏文斗自小长得眉清目秀，人人见了都要夸奖，以为这是个秀外而慧中的孩子，将来不是能不能上大学的问题，而是进北京还是到省城上的问题。

自然父亲也格外地重视儿子的学习，家里的杂事一律不用苏文斗插手，都由姐姐来干。上小学的时候，苏文斗还基本能让爸爸如愿以偿，学习成绩总在前十名左右晃荡。不料，上了初中，那成绩可就晃荡下来了。他还不是那种学习努力但成绩上不去的笨小孩，他是压根儿就对学习不感兴趣，看见书本就头疼。苏木匠狠狠地管教了几次都没有获得理想的效果。

妈妈说："唉，老天爷给每个人的福分都是个定数。长得好看的你还指望他学习优秀怕是不容易！爱怎么样就怎么样吧，你也不用逼他！"

苏木匠手里正提着一把刚做好的木宝剑，气得一撅两截说："你还有理论不成！都是让你给惯的！"

苏文斗学习不太行，可是老师和邻居却都很喜欢他，因为他很活泼，又会哄人，一天到晚总是笑眯眯的。姐姐文秀对爸爸说："爸，人家说我弟是贾宝玉……"爸爸说："人家贾宝玉能出诗答对，元妃省亲的时候，他能给大观园里的景致起名字……你弟会什么！什么也不会，他就是个驴粪蛋，表面光！闹好了也就是个绣花枕头！"

"绣花枕头"初中毕业了，死活不愿意再上高中，不要说没有兴趣，就是有兴趣，以他的学习成绩，想上也难！爸爸左托右请，最后请来了剧团老团长说情，才让一所镇高中以"文艺特长生"的名义招收苏文斗入学，文化成绩只作为参考。就这样，苏文斗勉强上了高中，爸爸心中的一块石头落了地。不料，一学年下来，苏文斗在文化课上的成绩差得离谱，除了语文，余下的功课门门挂红灯。他还主动对老师说："我真的不是学习的料，你就别对我抱什么希望了……"

苏文斗离开了学校。

爸爸说："文斗，你再复读一年，爸爸供你。"

苏文斗说："爸，亲爱的爸，再复读两年我也跟不上。你就别操心了。"

"你才十五岁，不上学你干什么？"

"我跟你到剧团做道具，将来我当美工！"

听见这话，苏木匠的鼻子差点气歪了。半个月没有和苏文斗说话。最后实在没有办法，只好让苏文斗跟他到剧团帮他做道具。和剧团里谈妥的条件是，不算正式职工，前两个月试工，一分钱不拿，但是团里要管饭。两个月以后，团里要是觉得行，就留下他做临时工。

就这样，苏文斗进了剧团，跟着爸爸做杂活儿。

苏文斗和爸爸不一样，他的年轻俊俏引起了剧团上上下下的注意。大家第一次见到他总以为是剧团来了新学员，几乎每一个人都会拦下他问："哎，你是新来的吧？"

"对。"

"叫什么名字呀？"

"我叫苏文斗！"

"多俊的小生啊！"年长的女演员往往这样说。苏文斗有些腼腆，白净的脸红红的。

剧团这些年经济状况不好，很久没有招收新人了，苏文斗的到来给剧团增加了几分活力。当大家知道苏文斗是苏木匠的儿子，而且眼下的工作就是跟着他的父亲做道具，没有人不发表感慨的。

苏木匠居然有这样一个漂亮的儿子，是议论的第一个话题，话题虽然很热烈，但是没有什么持久性，人家就是苏木匠的儿子，你说不像可没有办法，人家还有个闺女呢，也长得特别好看！第二个话题就是苏文斗这样的孩子跟着爸爸做木匠活可不是回事，这不是把孩子给耽误了吗？可话又说回来，不耽误怎么办？当演员？咱们正经演员还没有什么演出呢！工资还发不出来呢！况且他还不会唱戏，眼下团里也没有培养学员的打算，要是以前剧团红火的时候，培养接班人可是大事情，剧团里的一二号角色带徒弟是有任务的，寻中了一个好苗子，是要拜师傅的，拜师的那天，文化局的领导，甚至副县长都要亲临拜师仪式现场表示祝贺……

可那是以前！现在的剧团，尤其是地方戏的剧团，演员就像《贵妃醉酒》中的贵妃，总等着皇上的宠幸，可皇上总不来，贵妃只好整日在花园里唱："这才是酒入愁肠人易醉……平白诓驾为何情……恼恨我主爷凭自把奴撇……只落得冷清清回宫去也……"皇上是谁？演员的皇上就是花钱买票看戏的观众啊！皇上哪儿去了？皇上都上歌厅了，皇上都唱卡拉 OK 去了，皇上都上洗浴中心了……弄得贵妃好不伤心！

苏文斗天生就不是念书的料，可他天生就是唱戏的料！进了剧团，苏文斗就像回到自己的家，甚至比自己的家还亲！

听父亲说，剧团红火的时候，抖擞精神排个新戏，动不动就嚷着要进京参加文艺汇演，你还甭说，从剧团成立到现在，还真的进过一次京、三次省城。那会儿这里还是个县，剧团也是县剧团。进京之前，县长亲自设宴，为大家把盏饯行。县长总爱说："你们是代表我们全县上百万人们去接受国家领导人检阅的……"那时候，剧团的人个个牛得很，就好像他们每个人身后随时都有上百万人支持似的！苏文斗的父亲苏木匠也很神气！虽说是木匠，但那是"鲁班"级别的木匠，要不怎么在剧团工作呢！

对于苏文斗来说，那都是父辈的历史，好汉不提当年勇！现在的剧团可是放下了架子，苏文斗进入剧团的时候虽然还有演出，但却换了地方。其中一个地方就是离县城东北二十里地的一个大庙，叫文殊寺，那里的香火很旺。因为文殊菩萨很灵，许多人往往是不远百里赶到这里！还愿的人里有不少有钱人，他们最高的还愿规格就是搭台唱戏！一个月十几场是没有问题的，县剧团这才算有了生路。剧团演出的另一个地方就是逢到有钱人家办红白喜事，到村子里唱戏。让人最伤心的是，人家让唱什么就得唱什么，素的里面要加点荤的，红的里面要加点黄的，开始不愿意，时间久了，领导和演员也就习惯了。

苏文斗年轻勤快，跟车搬东西打杂都是把好手，又是个好脾气，别人支使起来也方便。有人觉得苏文斗很累，心疼他，苏文斗自己却觉得如鱼得水，不但不觉得累，还觉着特别快活。

剧团里有两个人最喜欢他：一个是老编剧宋老师，大家私下里都叫他宋老爷子。另一个就是剧团一号青衣白老师。

有一天，宋老爷子问："文斗，你名字里的这个斗是斗争的斗啊，还是盛粮食的斗啊？"

苏文斗笑着说："怎么都行，你说什么斗就是什么斗。"

宋老爷子连连摆手："斗字念第四声可不好听。"

“为什么?”

“知道‘文革’吗?”

“听说过。”

“‘文革’时有个口号叫：要文斗不要武斗！人家一叫你苏文斗这个名字就想起了‘文革’!”

“我怎么没有想起来。”苏文斗歪着头认真地问。

宋老爷子笑了：“那会儿你还没有出生呢！你没经历过当然想不到，名字中的斗字太容易让人想起斗争这个词，容易误会!”

“我爸说，我是才高八斗的斗!”

宋老爷子笑笑：“我给你改个名吧……”

苏文斗摇摇头：“不改！戏里不是常说‘行不更名，坐不改姓’吗?”

苏文斗的话让宋老爷子哭笑不得，他发现这个孩子并不像外表那样随和，可能还是个很有主意的小子!

“好，咱们不改名，以后我叫你阿斗怎么样，算是爱称。”

“行——不行，刘备那个无能的儿子不是叫阿斗吗，我成什么啦?!”

宋老爷子又发现这个孩子很伶俐也很聪明。

另一个喜欢他的人白老师，是剧团的当家青衣，听说以前在京城汇演的时候，受过国家领导人的接见。她常指着家里照片上的领导人说：“那些首长都去世了，我们能不老吗?”说着话，一副黯然神伤的样子。苏文斗来剧团的时候，她已经快奔五十的人了，幸亏长得年轻!

有一天，她对苏文斗说：“现在不兴男扮女装了，要不，你扮上女人，可是要迷倒一大片呀!”

“干吗要扮女的，演男的不成吗?”

白老师笑笑没有说话，直盯盯地看着他。苏文斗觉得白老师特别漂亮，脸不由得红了。垂下眼睛，不敢看白老师。

“今年你十几啦?”白老师问。

“再过一个月就十六啦……”

“多好的年龄啊！我像你这个年龄的时候已经登台演出了……一上台，

还没有张嘴，掌声和叫好声就过来了……唉，老了……好一似无可奈何花落去，一江春水向东流……”

“白老师，您一点也不老，特别好看!”

白老师的眼睛亮了。

白老师说：“文斗，白老师问你，你就准备一辈子跟着你爸爸做道具吗?”

“我想当美工，我看电视台的布景特漂亮，将来我也能做那些个，比他们做得还漂亮!”

白老师苦笑一下摇摇头：“听白老师跟你说，你人小，志气可不能小，咱们这地方窄，眼光可不能窄。就算你说得对，你看咱们剧团眼下的样子，能有钱让你做什么漂亮的布景吗？你的条件不错，为什么不当演员呢?”

“我当演员？我能当演员?”

“对，我看你天生就是当演员的料子!”

苏文斗满脸疑惑：“团里答应吗?”

“这个以后再说，你先学点本事，俗话说，艺多不压身，你学点本事备着。将来肯定有用！你每天就这样跟着跑跑颠颠的算是怎么回事？以后怎么办?”

要说缘分的话，苏文斗和演员就是有缘分。白老师这样一说，他心里的一扇久久关闭的小窗就这样忽然被打开了，一股发自内心的冲动自然地涌现出来！只觉得心中一动，他愿意!

“以后只要没事儿的时候，你就跟着大伙练功，学着别人唱，留心身段，台步，又不用买票，又不用交学费。记住！‘有心’比什么都重要！你现在学还来得及!”

苏文斗点点头：“我学哪一行呢?”

“就跟我学青衣，从唱腔到身段……你别这么看着我，我告诉你，艺术都是相通的，学好了一样，再学其他的就容易了!”

苏文斗愣了一下，突然就地跪倒给白老师磕了个头。

回到苏眠家里，吴维平让苏眠躺在沙发上，又给他倒了杯水。吴维平来到书房打开电脑，他愣了一下。他知道今天下午的新闻发布会肯定是要给搁在网上的，但没有想到会这么快。而且那个女大学生戴丹简直就成了陪衬，苏眠的知名度和新闻价值让他成了网上的新闻热点。标题是：老虎不发威，你还以为是病猫呢！

那文章写得又损又刁：苏眠瘦了，瘦得让人有些心疼，但在今天的新闻发布会上，他的脾气却提升到一个更高的档次！

苏眠发脾气的照片，一共是四张。最要命的是一张苏眠的侧脸照，苏眠显得很瘦。吴维平没敢让苏眠看，怕他又发脾气，更怕他心里难受！

就在苏眠等重要人物离开学校的会场以后，那个要求发言而没有发言的男生被大家围住，你问一句他问一句，等于也召开了一个记者招待会。这也是娱记们更喜欢的新闻发布会。

他是戴丹的高中同学，名叫段元生。就是那个写寻人启事的人。他和戴丹都来自东北辽宁，戴丹说话已经听不出哪旮旯的口音，而段元生说话却有着那种最时髦最标准的小品口音，不但口音像，说话也都挺逗，还时不时地押着韵，听他说话大家都笑。他口中的戴丹同学，情况大致如下：

高二的戴丹在全年级的女生中长得十分出众，尽管她学习中等，但这不妨碍她成为整个高二年级三朵金花之一。女孩子漂亮了，立刻就会引起男生的关注。许多男生都勇敢地给她写条子，约她一起玩，想成为她的男朋友，弄得戴丹放学经常要由母亲在校门口接。

安全倒是安全了，但戴丹却觉得非常不自由，况且即便是这样，在学校里也还是经常受到一些男生的纠缠和骚扰。

段元生是戴丹的同班同学，自然对戴丹也有些仰慕，但他不敢说，想也不敢想，因为他知道这是非分之想。段元生长相中等偏下，学习成绩也只是中等偏上，不论是外表还是气质，都给人一种比较土的感觉。但段元生绝对是个老实巴交的人，他对戴丹没有动过一丝一毫的心思，他连候选的条件都没有，他也没有那个胆量。

用他的原话说就是："我们那旮旯吧，人都贵有自知之明，俺知道自己的长相对不住人，就压根没想往高枝儿上攀是吧！"

不料，一则传闻突然在班上传开：戴丹的男朋友是段元生！

有人气愤地说，是不是我们这里要重新上演《巴黎圣母院》啊！段元生这小子表面上挺老实，其实是一肚子坏水，蔫人有蔫主意，这戴丹怎么这么不长眼呢！

消息传到段元生本人耳朵里的时候已经是迟到了。显然是个谣言！段元生想，一定是那些追求戴丹的人屡遭失败，心生妒意！心生恶意！于是给戴丹造谣！可是让段元生生气的是为什么找他来当这个"男主人公"？

妈的，咱老实巴交，咱招谁惹谁了！段元生骂道。

谣言像一阵妖风，你能感觉得到它，它也能伤害你，可是你抓不住它。你找它的时候，它东躲西藏不见踪迹；你一转过脸，它又忽地跳出来，杀你个猝不及防。

那些日子里，段元生觉得同学们看他的眼光都是贼怪贼怪的，有些男生的目光里甚至有些敌意。咱招谁惹谁了？真是无故加之啊！平白无故的就成了"卡西莫多"，还是个坏心眼的"卡西莫多"！

对了！段元生突然想起了，戴丹呢？她作为谣言的受害者之一，怎么那么平静呢？她怎么会有那种"任凭风浪起，稳坐钓鱼台"的气度呢？

就在这个当口，一个更惊人的消息让段元生不知所措。"段元生是我的男朋友。"这话就是戴丹自己说的。段元生糊涂了。

一天放学时分，走出教室的时候，段元生走到戴丹身边小声说："我想找你谈谈。"

戴丹眼睛亮亮的："我也想找你呢……"

"什么时候？"

"就现在吧！"

"在哪儿？"段元生的心怦怦跳起来。

"就在操场双杠那边。"

"那儿人太多。"

“你怕什么呀！人多咱们再往前走……”

一句“你怕什么呀！”就把段元生后边的害怕、恐慌、害羞统统镇压下去了，女孩都不怕，男生再说怕就真是不应该了。操场边上，段元生极力装出好像在谈什么班上的工作的样子，但表情却极为紧张。

“你要和我说什么？”戴丹看着段元生的眼睛。段元生红着脸，说了半天，刚才那些想说的话居然就没说清楚。最后才说了半句算是有实际内容的话：“他们说是你自己说的……”

“我说什么？”

“你说……你说你是我……你说我是你男朋友。肯定是造谣！”

戴丹笑了，笑得那样自然：“不是造谣，就是我说的。我觉得你挺好的。”

段元生晕了，他什么也说不出来了。他此刻的心中只有感动。戴丹的话句句如甘甜雨露，句句沁人心脾！戴丹说，我们是真正的好朋友，所谓长相知不相疑，现在学习紧张，我们各自奋斗努力学习，争取考上名牌大学，因此现在根本用不着多来往，只要心中有对方就成了。

从此以后，戴丹和段元生是朋友就成了“事实”。

段元生仿佛服用了一颗让人勇敢、让人自信、让人幸福的药丸，他的心中突然有了前进的方向。名花有主，尽管是个不怎么样的主儿，戴丹的周围再没有什么干扰的信息了。段元生周围自然有些压力，但顶着这压力也值得，因为他也不“枉”担了男朋友的虚名。

在这一年多的时间里，他们只是由戴丹的闺蜜张画画陪着去郊游一次，仅此而已！

再后来，他们都考上了北京的大学，段元生的分数比戴丹还低，上了另一所大学。段元生有些遗憾，没办法，他们的考试能力还没有达到“指哪儿打哪儿”的水平。

段元生认为“卧薪尝胆”的日子已经过去，现在要好好和戴丹“谈一谈”。

不料，戴丹连考上哪个学校都没有告诉他，后来，他知道戴丹的去向，便给戴丹写信。根本没有回音，段元生于是到学校来找，一次、两次、三次……戴丹都故意不见他。迷乱时刻，他接到戴丹闺蜜张画画的一个电话，说要和他谈谈。

段元生如约前往，不见戴丹只见张画画。张画画直截了当地告诉他，他和戴丹是不可能的事情，希望以后不要再找她。闻听此言，段元生真如五雷轰顶，他心中埋下的种子早已长成了一棵生机勃勃的小树，枝繁叶茂，郁郁葱葱，现在有人说要把这棵小树活生生地砍掉，他怎能善罢甘休？

“我犯了什么错？”

“没有说你犯错！”

“那她为什么不理我了？”

张画画叹了口气说：“你还不明白吗？”

“我不明白。”

“你觉得你俩合适吗？”

段元生瞪大眼睛：“什么意思？你是不是说我不配她？”

张画画眯起眼睛：“你说呢？”

段元生气愤了：“如果是这样，当初呢？当初为什么说我是她男朋友，她要不说我连想都不想。”

张画画说：“段元生，咱们也都是老同学了，我跟你实话实说，戴丹当时的处境你也知道，那么多男生追她，弄得她根本没法学习，她如果说有个男朋友就省了许多麻烦，其实这事你是应该理解的……她心气那么高，她妈妈……”

段元生愣住了，他想起戴丹的妈妈，那个一脸精明、好像随时在算计的女作家，这时候他才终于明白，他成了一块为戴丹制造安定环境的“挡箭牌”，他不是一个活生生的有着七情六欲的男人，他只是块木板！

真是愤怒出诗人，此刻段元生的语言突然变得凌厉起来：“这叫啥？她也忒会算计了！我又算个啥？合算我成了她的房顶，为她遮风挡雨！我成了她的挡箭牌，为她抵挡爱神之箭！我成了幌子啦，告诉人家请勿打扰！我恶心不恶心呀！我埋汰不埋汰呀！我成哄孩子的拨浪鼓，玩完了，扔了——她也忒损了……”

说着说着，段元生哭起来。张画画劝解道：“你也别那么娇气，你不是也没损失什么嘛。”

“我没损失什么?！我被人欺骗了，我的感情被人欺骗了，欺骗得这么干脆利落，这还不算损失吗?”

“你听我说，人家谈了好长时间的最后分手也很正常，你们什么也没谈呀，你如果再找她就是无理取闹了。”

段元生是个一根筋认死理的人，他实在迈不过这个坎儿，于是就在戴丹的学校里贴了寻人启事。今天，不知道他从什么地方知道了戴丹要开什么新闻发布会的消息，于是也赶到了这里。今天面对这么多观众，而且还有记者的“倾诉”，让他轻松了不少，也唤起了他的信心，他还是爱戴丹的，他也不想把她搞臭，但戴丹不能不考虑舆论的影响，他们的事情要是见了报那就更好了，那他就不是“一个人在战斗”了。

第六章　试　镜

第二天是星期日，早晨八点，肖子航穿得干干净净地出了校门。正要出校门，迎面碰上何一梅从学校外面走进来。

“哟！这么早去干什么呀?”何一梅首先向肖子航打招呼。

又看见何一梅，肖子航心里很高兴，说：“你是不是家就住在北京?”

“是啊，来去方便。”

“真不错，一会儿就到家了，不像我们这些外地人。”

“有什么不错的，我原来还想考个外地的大学锻炼锻炼长长见识呢。”

“外地有什么好，到了外地你就该想家了。”

“好，再见……”何一梅指指书包，“我得上图书馆，明天还得交作业呢!”

两个月前的一天晚上，肖子航正在阅览室里做功课，一个女生走过来，肖子航以为人家是路过的，不料，那女生停在他的身边问：“同学，借我词典用一下好吗?”她说的是肖子航摆在桌角的那本英汉词典。肖子航连忙说：“没问题，拿走!”那女生微笑着拿走词典，坐到隔了一张桌子后面的椅子上。

阅览室关门的铃声响了，那个女生背着书包，捧着词典走过来。肖子航接过词典与她一起走出阅览室的大门。

“你是中文系的?”那个女生问。

肖子航点点头：“你是哪个系的?”

“我是西语系的，我叫何一梅。”

肖子航把词典夹在胳肢窝下面，腾出右手伸过去：“我叫肖子航。”

“我在词典上已经看见了你的名字。”何一梅也伸出手。

他们在宿舍楼前的甬道上分手。

西语系同学的穿着在全校是最时尚的，也是最得体的，西语系的学生不论漂亮不漂亮，都显得精气神十足。行为做派，穿着谈吐都透着一股外国味儿。

那天分手后，肖子航抬起头向操场方向望去，松树梢上，又圆又大的月亮。

今天的感觉真好！一种踌躇满志的感觉又涌上心头。

肖子航稍稍有点遗憾，要不是为了赶到电影厂，他也想到图书馆去复习功课。不光是为了能看见何一梅，他也还真有不少东西要看呢。上了大学，人变得懒散起来，刚开始还觉得挺自在，时间长了，一种让时光白白流逝的空虚又扰得他不踏实。

电影厂的大门口没有昨天那么热闹，小树林里的人也少了许多。是不是该进去的都进去了呀？时间已经过了九点，老李还没有来，肖子航不免焦躁起来。

觉得腰间麻酥酥的，用手一摸，猛然想起来，那是手机在振动。瞧这记性！该响的时候，又打在振动挡上了。

肖子航急忙掏出手机一看，老李来电，让他马上到电影厂二号摄影棚找他。又是二号摄影棚！看来那里是老李的据点。进了大门，肖子航东问西问，好不容易找到了二号摄影棚。

棚门口，只见七八个梳着大辫子的清兵正在吃盒饭。不早不晚的，也不知道是算哪顿饭。老李正在给他们训话：“我告诉你们，待会儿谁要是再跟小德子吊歪，谁就马上给我滚蛋！这盒饭就算我喂狗了。”

那些清兵吃着盒饭一起应道：“嗻——”

肖子航觉得很好笑。老李说的小德子是不是就是慈禧太后身边的那个太监呀？现在是老李给他们训话，又不是小德子训话，他们干吗还“嘛——”呀！看来拍戏拍久了，戏里戏外全都混为一谈。

看见老李，肖子航心里踏实了，他安静地打量着摄影棚的周围。一辆少了一个轮子的古代大马车歪在一台发电车的旁边，一个一人高的大铜鼎好像几年不用了，鼎的中间居然有蒿草长出来。肖子航走过去，拍了拍，并没有金属的鸣响。他使劲一推，那“铜鼎”居然移动了，似乎一点分量都没有，原来是用泡沫塑料做的。

如果老看这些东西，看电影怕就没意思了，都是假的！肖子航想。

老李走过来：“来啦？咱们走。”

肖子航跟着老李往另外一个地方走，老李走得很快，真是脚下生风！肖子航居然有点跟不上他。老李领着肖子航来到一座小楼二层的一扇大门跟前。那个大门是用黑皮革包裹着的，门上有红绿灯箱。现在红的亮着，上面有排字：正在录音。

老李对肖子航说：“正录音呢，等一会儿。”

肖子航不知道老李带他到录音棚干什么，莫非老李知道他曾经在老家参加过合唱团，还会模仿歌星唱歌，这怎么可能？

等了大约半小时的样子，老李倒是没闲着，对他来说站在楼道里和坐在办公室桌前似乎没什么区别，他一直在打电话，都说一些没有头尾的话。

肖子航觉得，老李一定是电影厂里面一根很重要的神经，一会儿特客气，一会儿特凶狠，一会儿又把声音压得几乎让人听不见。老李又很像一台电视机，他的大脑里有几十个上百个频道，只要把按键一按，节目立刻发生变化，根本用不着什么过渡。

录音棚的红灯灭了，绿灯亮了。老李后脑勺上就像长了眼睛，他不失时机地转过身来，对肖子航说了句，你等一下，就推门进去了。

肖子航不由感叹，老李这种人真是耳听六路，眼观八方呀！

不一会儿，老李走出来了，他的后面跟着一个白白净净的很精干的中年人，个子比老李高，西装革履，一副黑框的眼镜让他显得文气，很有学问的样子。

老李向肖子航介绍说："这是我哥，吴总！"又介绍说，"这就是我跟你说的那个小伙子，叫肖……子航。"

吴维平看了一眼肖子航，缓缓伸出手。肖子航伸出手握住，对方的手很有力量。

肖子航知道，这里说的"我哥"是表示亲密的意思，绝没有血缘的关系。

北京这些年语言变化之快就连北京本地土生土长的人都觉得惊讶。前些年，人们为了表示亲密关系的说法是，我们是朋友！后来朋友不够亲密了，就换成，我们是哥们儿！后来又不解气了，说我们是铁哥们儿！磁哥们儿！这两年又不解气了，干脆就说：这是我哥！对女性就说，这是我姐、这是我妹！

人的关系越来越远，称谓却越来越近。也不知道是怎么回事，还有一处称谓的变化也好生奇怪，所有带长字的官在称呼上都被取消了长字，比如管李局长不叫李局长，叫李局；管王处长不叫王处长，叫王处！当下这个"长"字其实越来越重要，表面上却不提了。最近干脆就把自己的顶头上司叫老大，透着一股江湖气，就跟黑社会似的。

吴维平上下打量着肖子航，看了一会儿点点头说："能摘下眼镜吗？"

肖子航摘下眼镜。吴维平又仔细看看说："咱们到外面走走。"

他们一起走到楼外，顺着一排松树矮墙缓缓地往前走。走了三五分钟，居然没有人说话。肖子航有些沉不住气，他低声问老李："你今天叫我干什么来啦？"

老李看看吴维平，吴维平还是不说话，就那样若无其事地走。老李好像突然明白了什么，于是对吴维平说："哥，我先到棚里去一趟，你们慢慢聊！"

吴维平点点头，老李急匆匆地走了。

吴维平说话了，语速慢，不慌不忙，显得非常稳健："听说你想当演员是吗？"

肖子航点点头。

“你有什么特长或者爱好吗？”吴维平又问。

“您指的是哪一方面？”

“比如唱歌跳舞，游泳打球什么的。”

肖子航心中一阵兴奋：“我参加过合唱队，跳舞嘛，做点简单的动作还行，游泳打球嘛，就是瞎玩……”

吴维平的眼睛一亮：“你能给我唱一句比画两下吗？”

“就在这儿？”

“就在这儿，想当演员就得大方，就得有种人来疯的劲儿。”

“唱什么？”肖子航问。

“随便，带点动作。”看肖子航还在犹豫，吴维平说，“这可不成，你不是想打工挣钱吗？如果你在戏里当个大群众，比普通的群众演员不是拿得多吗？你不展示你的才艺，我怎么知道你有这个能力挣大钱呢？”

肖子航不是犹豫唱不唱，他是在犹豫应该唱什么。肖子航清清嗓子，左右看看没人，小声唱了一段《青花瓷》。当他唱到“而你嫣然的一笑如含苞待放”的时候，吴维平露出惊喜的神色，但转瞬即逝。

吴维平掏出一张名片递给肖子航说：“我是影视制作公司的制片人，想请你试试镜头。”

肖子航心里一阵激动。可能不让自己当群众演员了，有更加重要的角色等着自己。肖子航低头看那名片，上面写着：速达影视制片公司，制片人，吴维平。

他又忍不住试探着问：“试镜头干什么？群众演员都要试镜头吗？”

吴维平摇摇头：“是这样，有些人看着挺好看，但在银幕上就没型儿，就是我们常说的——不上相！所以选演员先要拍几个镜头看看。你要是愿意的话，我们详细谈一谈。”

“我愿意。”

吴维平想了一下问：“你每天都有时间吗？”

“不是……”

“你在北京还有别的事情吗？”

“我还得上学。”

“上学！上什么学？”吴维平有些奇怪。

“我在上大学……二年级。”

“啊——原来是这样。那你怎么还到外面找活儿干呢？万一给了你活儿你来不了怎么办？”话是这样问的，但吴维平的眼中却分明飘出一丝笑意。

肖子航急忙说：“不，不，周末我可以来。平常的日子如果需要，我也会想办法。”他生怕失去了眼前的好机会。

“我现在还有点事。十一点钟，你到新新咖啡来找我好不好？就是厂南门西面的那一家。”

肖子航点点头。

“这件事不要和别人提起好吗？”

肖子航又点点头。

十一点，肖子航准时来到新新咖啡的门口。没过一会儿，吴维平就来了。坐下以后，肖子航仔细打量着咖啡店的环境，真是豪华啊！他自己是绝对不会走到这样的店里来的。

“吃点什么？”吴维平问。肖子航摇摇头，其实他还真有点饿。但是不能说，他怕被人看不起。吴维平却非常善解人意：“这么个大小伙子，都到了饭点了，能不饿吗？吃点东西吧。这里环境非常好，不过没有中餐。”接着就不由分说，向服务员要了一块被称为“树根”的蛋糕和一杯橙汁，还有一盘火腿沙拉配着面包。

“吃吧。今天咱们试镜头的时间比较长，晚饭可能会晚。”吴维平把盘子推到肖子航的眼前。

这些东西对有些同学来讲可能算不了什么，但对于肖子航来讲可就是珍馐美味了。肖子航客气了一下：“您也吃吧。”

吴维平指指眼前的咖啡摆摆手。肖子航吃了起来，吴维平慢慢饮着咖啡看着肖子航的一举一动。肖子航意识到了，有些不自然。

本来，肖子航是可以把桌上的东西全部吃完的，但他只是把橙汁喝完了，蛋糕、面包和沙拉都剩下了一点。

他想起了爸爸曾经给他讲的一件事。话说当年日本首相田中角荣年轻的时候家里很穷。他们的腰带是用一块布叠成的，这腰带里总要放一张价值相当于人民币十元的钞票，从来不用，为的是哪天意外受伤或者死去，外人在打开他衣服的时候，发现这个家伙不是一贫如洗。

爸爸没有见过田中角荣，当然更没有见过年轻的田中角荣，他是从书上看来的，印象很深。肖子航也不知道爸爸讲这件事的真正含义，只是明白做人很重要的一件事就是不要被别人看不起。

吴维平问："吃好了？"

"吃好了。"肖子航说。

"我们走吧。"

"去哪儿？"

"试镜。"

结账的时候，肖子航看见吴维平递给服务员二百五十块钱，不由吃了一惊。吃什么了？不就是一点儿点心吗？就要这么多钱！

肖子航坐着吴维平的汽车进了一个不大不小的院子，来到了一座小白楼跟前。肖子航问："这也是电影厂吗？"

"不是，这是我们公司的排练场。"

走进排练场，给人的感觉像进了一个小礼堂。小小的舞台不高，背后是块巨大的蓝布，有风吹进来，蓝布起起伏伏，好似海浪一般。

舞台前架着一台摄像机和一台摄影机，散乱的椅子上坐着两个人，一男一女。看见吴维平进来，都站起来打招呼。他们好像已经等了好半天。

男的走到摄像机旁边，开始摆弄机器。那女的走到肖子航跟前转脸问吴维平："还化妆吗？"

吴维平点点头："主要是肤色，要偏深一点。"

女人让肖子航坐在椅子上，递给他一套白色的西装说："你先把这衣服换上，再穿上那双皮鞋。"

换好衣服，肖子航站起来走了两步。衣服没有问题，鞋却有点大。但又不走长路，也就没说什么。他只想有面镜子，看看自己成了什么模样。但环顾四周，却没有看见一面镜子。

吴维平端详了他一会儿，点点头说：“还行。”

女人又让肖子航站定，让肖子航摘下眼镜，开始在他脸上用粉扑掸了掸。肖子航只看见眼前腾起一片白雾。一支眉笔又在眼角上勾了勾。

“行了。”吴维平对化妆师说。

“我成什么样了？”肖子航问。

吴维平笑笑，招呼肖子航走到大蓝布的后面。肖子航发现靠墙立着一面很大的穿衣镜。疾步走到镜子跟前。肖子航愣住了。他的第一个感觉就是镜子里的那个人不是自己。说比原来好看了不是，说比原来难看了也不是，总而言之，镜子里的那个人非常的陌生。肖子航想，衣服当然不是自己的，皮鞋也不是自己的，可是衣服里的人怎么也不像自己了呢？

“走几步，习惯就好了。”吴维平说。

肖子航走了几步，感觉全身都被一种看不见的薄膜包裹着，举手投足都被拉扯着、束缚着，让他不能自由地呼吸。

摄影师把肖子航领到台上，用脚跺跺中间的一块地板：“一会儿你就站在这儿，我说开始，你就看着镜头，心里数五下，然后向舞台右角走，到了台角站住，心里再数五下，再转身走回出发的位置。明白？”说着，摄影师又跺跺中间那块地板。

肖子航点点头，站到了舞台中间。

摄影师拿起手中的遥控器按了一下，屋顶上的几盏灯忽然亮了。光线照在肖子航的身上脸上，顿时感到暖烘烘的。摄影师刚刚走到机器旁边，又回到肖子航的跟前，举起测光表，贴着肖子航的脸看看。这才又回到机器后面。

拍电影可真够麻烦的，试镜头都这么繁琐，肖子航想。

“你看，你现在脸上的肌肉都是紧张的，要自然，随便一点，好吗？”摄影师叫道。

肖子航不知道怎样才能随便，只好深深地呼了一口气，努力笑一点，让双肩不再绷着劲儿。摄影师又叫：“自然不是让你松松垮垮，还是要收腹挺胸，要有一种感觉，我年轻，我自信，我事业有成，我喜欢你们……”

听了半天，肖子航还是不得要领，反而比刚才更不自然了。吴维平对摄影师小声说了几句。摄影师说：“好，不错，就这样……别紧张……开始!”

肖子航腾云驾雾似的走了一遍，他觉得那根本不是他自己在走，有点灵魂出窍的感觉。

化妆师走上台来，给他擦擦汗，补补妆。又为他戴上一副墨镜。

肖子航戴着墨镜又走了一遍。

“换衣服。”吴维平对化妆师说。肖子航急忙跑下台，脱下那套白西服，他刚要穿上自己的鞋。不料，化妆师却笑着说：“小伙子，换自己衣服干吗？刚拍完两条，还有四条呢。”

就这样，肖子航又穿着运动衣拍了两条，又穿着一件怪里怪气的衣服拍了一条，又穿着T恤衫拍了一条。

等到吴维平说OK的时候，已经是晚上七点多钟了。现在一想，刚才那顿饭可真不是白吃的，肚子已经咕咕乱叫了。

回来的汽车上，肖子航问吴维平：“我要拍的电影叫什么名字呀？我到底演个什么呀？”

吴维平微笑着含糊地说：“还没有定下来。”

“您看我行吗？”

“一切要等到明天下午决定，不但等我们的决定，还要等你的决定。”

“等我的决定，什么意思？”

“主角已经有了，你可能是配角，也可能就是没有几句台词的大群众。不知道你愿意不愿意？”

“我不在乎这些!”肖子航肯定地回答。

“要是干别的呢？”

“干什么？”

“摄制组的工作很多，现在还不好说。”

“会耽误学习吗？”

“一般不会，我们只是需要你的时候，请你来一下。”

这话是什么意思？肖子航一头雾水，自己干什么到现在也没个准谱。

吴维平是个职业经纪人，早先做过影视公司的经理，与人合作拍过几部电影，也拍过电视剧。红火的时候他们也和歌手、演员签约，然后宣传包装炒作，从他们手里出道的有名的歌星和演员有好几位。后来吴维平力主投资的一个电影赔了一千多万，赔得颗粒不剩。为此，公司内部吵翻了，大家把责任都算在他的身上。吴维平一气之下，离开了公司单干。因为他在娱乐圈的地位和经验，许多投资方也经常聘请他当顾问。虽说是给别人打工，但是他的眼光和敬业精神还是让同行称道。

他就是在那个时候认识了苏眠，苏眠当时在外地的歌厅里唱歌，名字还叫苏文斗。

那时候的苏文斗在艺校毕了业，没有工作，经人介绍，到省城的一家叫红玫瑰的歌厅唱歌。

刚来歌厅的时候，老板觉得他这个名字不上口，拍拍他的肩膀说：“就叫阿豆吧……”

一年以后，省城里好泡歌厅的人都知道红玫瑰歌厅有个阿豆，歌唱得特好，盘儿也特靓！小有名气以后，阿豆觉得这个名字不太好，他去美发厅做头发，发现那些理发师都叫阿什么，阿地呀、阿龙呀、阿军呀……再说，阿什么的也太多太滥，他已经不是阿猫、阿狗的身份了。那时候，他还没有经纪人，只能靠自己琢磨，叫酷豆怎么样？既去掉了阿字，名字还离“题”不远，趁现在名气还小改一下，等将来名气大了，再改就晚了。

在一家咖啡店，阿豆把自己的想法和一位熟悉的记者说出来，希望他能为自己改名的事儿出谋划策。

记者一愣：“裤兜！好啊，这个名字好啊！时尚、形象、生活、上口，好记……”

阿豆也兴奋起来，他没有料到这个名字如此受到称赞。

昏暗的灯光下，看得见两个人眼中都腾起灼人的火苗。

他们俩就这样按照自己的想法南辕北辙地称赞这个名字。没有想到聊到第十句的时候，才发现，他们在说着一个音相似而字不同且意义完全相悖的两个字！

“No，no。”记者连连摇头。

“怎么啦？”苏文斗很奇怪。

“如果叫酷豆，那还不如原来的名字，什么都不是……”记者非常鄙视地摇头。

“裤兜！多难听呀，再说这也不像个名字呀！”苏文斗叫起来。

记者缓缓举起手：“你听我说完，艺人起名字和普通人起名字不一样，普通人起名字只要念着顺口，有点意义就成了。艺人起名字只有一个目的，就是出名。这名字要时尚，要新鲜，别人一看一听，不用思考就记住了，这就是好名字！酷豆有什么呀，最多你这颗豆子很酷就是了，还有什么？什么都没有。裤兜就不同了，它是个中性名词，毫无贬义，难听吗？不难听！谁没有裤兜呀？这个名字放在裤子上很平常，可要是作为一个人名，那可就怪了，立刻新鲜，立刻有光彩了。人一看见这个名字就会一愣，你承认不？好东西不是大俗就是大雅！知道什么是大俗大雅吧？裤兜就沾边儿。”

听了半天，苏文斗还是没有感觉。

记者突然对苏文斗说：“哟，吴总来了。”

苏文斗回头一看，一个中年男人走进咖啡店。吴总就是吴维平。

记者迎上去，满脸堆笑地打招呼，苏文斗看出来了，这个吴总不是等闲之辈。

记者招呼吴总坐下，然后介绍说：“这是北京的演艺公司经理，著名的音乐经纪人。”苏文斗没有听说过，只怪自己是井底之蛙。

吴总当年三十多岁，长得很帅气，但是身上却没有浮夸之气，显得很有数很沉稳的样子。

记者对吴总说了刚才的讨论，征求吴总的意见。吴总笑而不答。

追问了几次还是没有表态，名字也没有定下来。当天晚上，吴总在歌厅看了一次苏文斗的演出。苏文斗知道吴总看着他，演唱格外卖力。

演出完了，吴总拍拍苏文斗的肩膀："想不想到北京唱歌？"

"当然想了。"

"想出大名，还是就在歌厅唱？"

"我能出名吗？"

吴总微微点点头："你的条件不错，能不能出名，除了你的条件，还要靠运气和包装宣传。"

"我听你的。"

"那就不要叫阿豆也不要叫裤兜！裤兜这个名字怪是怪，但是小气。"

"就是。"苏文斗说。

"你是个可造之才。如果同意的话，我愿意帮帮你……"说着，吴总递给他一张名片，苏文斗知道了眼前的这位贵人名叫吴维平。从那个晚上开始，苏文斗就改名叫苏眠。

第七章　可怜之人

那天回到学校的时候，已经是晚上快八点，不知道从哪扇窗子里传来《焦点访谈》的声音。这个季节大街上已是华灯初上，可校园里的灯没那么“华”也没那么多，三盏路灯稀疏地分布在宿舍楼的两头和中间。

走进宿舍楼门的时候，一个黑影幽灵般的出现在肖子航的面前，着实把他吓了一跳。肖子航定睛看去，有点眼熟，可一时又想不起是在哪儿见过。

“你是肖子航同学吧？”来人说话很友善，这让肖子航放下心来。肖子航猛地记起来，他是那次新闻发布会上曾经要求发言的男生。

“我叫段元生，是戴丹的高中同学！”段元生自我介绍说。现在，肖子航仔细打量了一下段元生，虽说是天黑，可以隐去许多不美好的因素，但仍然可以看出段元生的确其貌不扬，身材属于矮小的那种。他的相貌说不上猥琐，但肌肉紧张，两眼发直。以前人们把这种外貌的人叫“民工”，现在叫“卖盗版光盘”的，最近又流行什么“流浪哥”。让人欣慰的是那眼神里却有种很可怜很诚恳的东西，让人无法拒绝。

肖子航点点头：“你找我干吗？”

“听说你是戴丹的同桌？”

“曾经是，现在不是了。有事吗？”

“我想请你喝酒……”

肖子航很惊讶也有些恼火，他是戴丹的同桌，这种信息肯定是班上哪个坏小子，大概是“邪恶势力”告诉他的。真是唯恐天下不乱！

肖子航冷笑一下："你为什么找我喝酒，我不认识你!"

"哥，你别误会，我没别的意思，我就是心里难受，想找个人说说话。哥，你认识戴丹，我也认识戴丹……"

肖子航打断他："认识戴丹的多了，你为什么不找他们去啊?"

段元生连连点头："你说得一点不错，可我听说你是戴丹的同桌，我就是想跟你说说，我等了你整整一个下午……你千万别以为我是坏人，我没别的意思……你要是真的不想跟我聊，我就走。"

肖子航心中一动，心想聊聊就聊聊，他不会是"祥林嫂"似的那种神经兮兮的人吧？不会!

肖子航换了个口气："你告诉我，你从什么地方听说我是戴丹的同桌的?"

"哦——也是我们同学，我们高中同班的同学，一个女生，她也在北京上大学，她是戴丹的好朋友。"

听这样一说，肖子航放下一颗心，又提起另一颗心。放心的是这不是班上的"邪恶势力"制造的恶作剧；不放心的是戴丹为什么要和别人提起她的同桌呢？没有什么别的意思吧……

"戴丹提我干什么?"

"不是戴丹提起你，是那个女生和我说起你，她来过你们学校，她见过你!"

肖子航想起了，那是刚入学一个多月的时候，有一天中午，他在食堂门口遇到戴丹和一个陌生的女同学，肖子航打了个招呼就过去了。

"那个女生是不是个儿挺高的?"肖子航问。

"没错！她原来是我们学校篮球队的。"

"她跟你提我干什么?"

"我们一边吃饭一边聊好吗?"段元生恳求地说。

肖子航跟着段元生来到校门口一家小饭馆，他的肚子真的饿了。

段元生要了两瓶啤酒。肖子航说要喝你自己喝，我根本不会喝酒。在段元生的热情坚持下，肖子航勉强让段元生给自己倒了半杯。

原来，那个高个儿女生也就是戴丹的闺蜜张画画受戴丹委托找段元生谈话的时候，使劲儿开导段元生，说什么高中生谈恋爱其实都是瞎掰！那是一场春风，风刮过了，大家各奔东西。说什么高中生其实都是井底之蛙，眼前就是那几个刚刚长出翅膀的小公鸡，上了大学来到北京才真正开了眼界，发现自己真是小地方的人，没有见过世面。人家戴丹的大学里到处都是帅哥儿，不要说你们高中的时候没谈恋爱，就是真谈了，也会分手。说到这里，张画画顺嘴就提到了肖子航的名字。

听到此处，肖子航感觉就像有人在他舌尖上放了一点糖，又突然放了一点盐，刚有点甜味儿，突然又苦了一下。听说女生在背后议论他，这是上大学以来第一次被女生关注，心中便免不了生出一阵莫名的激动，甚至急不可待地想问问人家议论什么。令人遗憾的是有段元生这件事摆在前头，仿佛是因为见到了肖子航，戴丹才“抛弃了”段元生。这叫什么事儿啊！风马牛不相及嘛！

肖子航的脸沉了下来：“你这是什么意思？你找我来到底要干什么？”

段元生满脸的不解和惶恐：“你看，你看，你不是非问我是谁告诉我你们是同桌的吗？你干吗生气啊？”

肖子航一时也不知道说什么好，但心里却非常别扭。他不说话。

沉默了好一会儿，段元生有些手足无措，他好像不知道怎么哄肖子航，因为他不知道肖子航为什么生气。谈话的气氛非常难受，不但肖子航难受，段元生好像也挺难受。

肖子航真的忍不住了：“你是不是说因为我，戴丹才不跟你好了？我跟你说，上学以来我和戴丹说的话，论字数算，连一篇小学生的作文都不够！”

段元生如释重负地一拍大腿：“哎呀！你这是想到哪儿去了？我有那种心眼子吗？我心里比谁都明白，就我这水平，戴丹心中就没有别人也根本看不上我。我难受的是她当时不该蒙我。我也是昏了头，不知道自己几斤几两。道理上我比谁都明白，就是心里迈不过这个坎儿啊！我难受啊！”说着话，他猛地把眼前的一杯啤酒都给倒进肚里去了。

肖子航的心平静下来，段元生是个老实巴交的人，是个死心眼儿的人。

他有点同情段元生了，心里毛毛刺刺的东西都没有了，他主动举起酒杯：“你别误会，我是怕你误会才这么说的……我根本没生气……”

段元生又端起酒杯。肖子航阻止他说：“你要这么猛喝，我站起来就走……”

段元生把酒杯放在桌上，开始滔滔不绝地又把那天肖子航听说过的事情详详细细地诉说了一遍。肖子航在听“原版”的时候：比听传达的更多了一份对段元生的同情，令他奇怪的是，段元生从始至终没有说过戴丹的一句坏话，最多只是几句无奈的哀怨。他真是做到了古人说的“君子绝交不出恶言”。

“你到我们学校这样找她，又贴寻人启事，又要在新闻发布会上发言，你不怕破坏她的形象？”肖子航问。

“我后悔了，我实在是身不由己呀！我不是想埋汰她，我就是太想和她说句话了。哪怕是她亲口告诉我，她根本就不喜欢我，当时不过是没办法的办法，才拿我当挡箭牌——那我也就认了……我后悔我做的第一件错事就是当时不该信以为真，我后悔我做的第二件错事就是不该到学校来找她……你说，我破坏她形象了吗？”段元生忽然抬起头盯着肖子航的眼睛。

肖子航没说话。停了一下，转了个话题问：“戴丹家里是干什么的，是不是当官的？”

段元生摇摇头：“要说戴丹的家我比谁都清楚，可是我不能说，我不能说……”他又喝了一大口酒。

这话一下子勾起了肖子航的好奇心：“有什么不能说的？”

段元生又摇摇头：“你甭想套我的话，我就是不能说。”

问到戴丹出书的事情，段元生说只知道她高中的时候写书，又听说有个新闻发布会这才赶来了。

肖子航闷头吃着一盘炒饼。他想吃完饼，再用杯子和段元生碰一下，然后就回学校。他听了一个多小时段元生的倾诉，对待一个“陌生”的人，他已经做出了很大的贡献，也算仁至义尽了。

两瓶啤酒全部喝完了，段元生只吃了几粒花生米。肖子航的杯子里还剩个杯底，炒饼的盘子已经空了，看看表，九点多钟。肖子航举起杯做了个样子对段元生说：“我该回去了，明天还有作业要交……”

段元生有点醉意，他按着肖子航的手：“谢谢你这么看得起我……听我说这么多废话……我也是个男子汉啊……”话音还没落地，他突然哽咽起来。

肖子航不好马上就走，于是安慰他说：“天涯何处无芳草，干吗这么多愁善感的，刚才不是说得挺好的吗？”

段元生点点头，刚要站起身又坐下：“我告诉你戴丹的家，戴丹的父母，其实没什么……”

肖子航洗耳恭听。

段元生愣了一会儿，好像又想起了什么，突然又果断地拍拍肖子航的手：“不行，对不住了，我还是不能说。”

肖子航叹了口气，无可奈何地说：“我先走了。你没事吧？”

段元生点点头：“没事儿，你走吧！我结了账就走。”

肖子航突然想起了，还没有结账，想到段元生是和他一样的身份，于是就要付钱。段元生紧紧抓住他的胳膊，看来是用上了劲，他的手非常有力量，如果比赛掰腕子，肖子航肯定不是他的对手。

“你放开手，你付钱还不行吗？”肖子航说，可是整个的付钱过程中，段元生始终抓着肖子航的胳膊。服务员收了钱，他的手才松开。肖子航觉得这个人有点傻，特像没有开化的农民。

出了饭馆，空气立刻变得新鲜，肖子航摸摸自己的衣兜这才发现，他浑身上下只有十元钱。刚才如果段元生不坚持的话，他可就要出丑了。想到这儿不禁出了一身冷汗！

已经九点半了，阅览室里依旧是灯火通明。

肖子航拿着两本书和一个本一支笔走了进去。这么晚了才来阅览室，他纯粹是鬼使神差。

图书馆的大楼里有三个大阅览室，每一个阅览室里都可以坐下二百多人，白天大家都上课，当然“地广人稀”，到了晚上，除了星期五星期六人少一点，其余的时间都是人满为患。

在阅览室里占位子成了所有学生的精神负担，图书馆馆长却另有高见：

图书馆的位子要比学生需要的位子少一点，从上大学的时候起就可以先锻炼他们的竞争意识。学生们不满地说，馆长的人选应该比馆长的位子多一点，这样可以培养馆长们的竞争意识……

可能时间有点晚了，第二阅览室里零星有些空位子。

肖子航眼前一亮，他看见何一梅正坐在她以往坐的座位上，更让人高兴的是她的桌子对面有个空座位。肖子航被一只无形的手牵引着朝那个空座位走去。

何一梅埋头坐在那里写着什么，一缕头发从她白净的额头上耷下来，及至肖子航走到跟前，她都没有抬起头。

“你好！”肖子航把书放在桌子上。

何一梅抬起头，眼睛里露出一丝惊讶的神情。那惊讶中似乎还有一丝喜悦。她平静地微笑：“你好。”

“这儿有人吗？”

“没有。”何一梅摇摇头，把自己的东西往跟前移了移，继续往纸上写东西。

肖子航坐下了。他打开笔记本，翻开了一本书。那是他不想读但不得不读的《文艺学概论》，这是必修的科目。老师布置了一个题目让大家写，眼前这本书就是重要的参考书之一。老师出一个题目，指定几本书让大家读完了，按照题目的要求写篇论文就是目前的学习方式之一。这和高中可是大不相同了。

这几天，肖子航已经想好了几个论点，如何破题，如何行文，心里也大致有了眉目。可是眼下除了几个干巴巴的论点之外，那行文的灵感却怎么也找不到了。

肖子航看着笔记本上那几行写着论点的句子发呆。

他本来以为，何一梅等他坐下会问他几句话，不料人家却什么也没问，好像和他不认识似的。这时候，肖子航注意到，何一梅的脖子上挂着一个手机，那挂手机的丝绳是明黄色的，手机是银白色的，显得小巧又雅致……他脑子里忽然蹦出一个很悲哀的想法：人家是不是根本就看不起自己啊！

何一梅突然把笔夸张地往桌上一扔："啊！可写完了！"抬起头朝着肖子航笑了一下。笑得那样天真，笑得那样灿烂，仿佛她完成了什么巨大的工程。肖子航有种雨过天晴、风吹云散见到太阳的感觉，那三米长的大书桌都笼罩在一片光亮之中。

肖子航以为何一梅要对他说话了，比如说你怎么这么晚才来啊，我刚才赶写一个东西很着急啊，对不起什么的。转念一想，人家凭什么要和你说这些废话呀，人家又没有邀请你来，你又不是人家的客人！

何一梅拿起桌上的两张纸，站起来说话了，那话肖子航却听不明白。她说："欧毕拜克！"说完就走到自己右面的另外一张桌子去了。

"欧毕拜克？"……什么意思？这肯定不是中国话，是英语吗？肖子航的英语成绩不算太好，可也不算太差，基本的日常对话都能听懂一些，要是把这话写出来没准就明白了，再说，她明知道外语对于我们中文系来讲不是强项，还说什么不是强项，简直就是"忽略项"，说这个干什么？显她能吗？显她洋吗？此刻，肖子航心中生出一点小小的反感。

肖子航侧了一下头，眼睛的余光看见何一梅在和一个女生说着什么。何一梅还指了一下肖子航这边。这一指让肖子航心里好受了许多。这说明何一梅没有走，也没有忽略肖子航的存在！

何一梅回来了，手里的两张纸不见了，带回来一本厚厚的旧书。何一梅坐下之后指着那本书问肖子航："认识这本书吗？"

肖子航一愣，书名是《伊利亚特》。大约一个月前，他借过这本书。肖子航很喜欢看书，尤其是喜欢看一些奇奇怪怪杂七杂八的书。他借的书几乎都是别人根本不屑一顾的。比如这本《伊利亚特》，这是一本叙事长诗，写的都是古罗马神话中的什么宙斯、战神、爱神的战争加爱情的故事，这是本很老的书。当时，他在书架上翻到这本书看了几行就被那诗句的韵律和故事吸引住了，借回宿舍看了一遍。现在，他不知道何一梅怎么拿到了这本书。

肖子航点点头："认识，我借过。"

何一梅翻开书的最后一页，那里粘贴着一个小纸口袋，口袋上插着卡片，那是借书卡的副卡。学生借书都要填写卡片，主卡留在借阅处，副卡就插在这个口袋里。

何一梅指着副卡上的名字对肖子航说："你看。"

副卡上有三个人的名字，第一个名字是肖子航，第二个名字就是何一梅，第三个名字他不认识。

肖子航心中感到一种莫名的愉快，何一梅说她借这本书的时候根本没注意上一个借阅者的名字，那时候她还不认识肖子航。

"真巧，你也喜欢这本书。"

肖子航点点头："还行，其实主要是猎奇，内容不错，翻译也不错！不愧是经典。这个人是谁呀！"肖子航指着第三个名字。

何一梅朝刚才说话的女同学扬了一下下巴："好朋友，法语班的，昨天她也借了这本书正在看，我一下子就看到了你的名字。"

突然安静了，两个人都不说话了，两个人似乎都想说话，但一时又不知道说什么话才合适，才得体，才有意思。

肖子航刚一张嘴说："这个……"不料何一梅也正要说话："那个……"

肖子航急忙改口："你说，你说。"

何一梅几乎是同时："你说。"

他们同时笑了。

"我说的不重要，你说。"肖子航推让着。

"还是你说！"何一梅连连摆手。

"你的朋友说这本书好看吗？"肖子航不好再让人家女生为难。何一梅朝那边看了一眼："她说不感兴趣，就是因为看见了我的名字才借来看的，她说不知道我为什么喜欢这样老掉牙的书。"

"你也喜欢？"肖子航看着何一梅的眼睛。

"我觉得挺好。"

"我觉得我们男生……"说到此处，肖子航自嘲地笑笑，"其实也就是我吧！喜欢这种书还情有可原，你们女生不都喜欢那种书吗？"

"喜欢什么书？"

"那种挺甜的，挺腻的，小美文、小情感啊什么的。"

“那是你不了解女生。”何一梅淡淡一笑。

“起码你们不会喜欢这种‘怪书’。”肖子航说。

“那我为什么借啊？”何一梅反驳说，“再说这能算怪书吗？电影《特洛伊》不就是从这里改编来的吗？”

肖子航平日自以为能言善辩，今天和何一梅说话的时候却发现嘴有点跟不上趟。

“你为什么喜欢这种书？”何一梅微微歪着头。

一个小故事突然出现在肖子航的脑海里，这给他增加了谈话的信心——讲故事是他的长项。

话说一个大学生为了参加级别很高的论文大赛，冥思苦想也不得要领，又不想花费劳动，又希望得到很高的奖项，于是走进图书馆的藏书楼——那都是些尘封已久、结满了蜘蛛网的书。他终于找到一篇合适的文章，完完整整地抄了下来。论文交了上去，一路过关斩将没有受到任何阻碍。最后，他听说他的“论文”在最高评委会上受到争议，评委会的主席先生要接见他，问问他写这篇论文的缘由。

大学生忐忑不安起来。

主席先生是一位满头银发但很诙谐的老头儿。

“这篇文章是你自己写的吗？”老头儿微笑着问，他的眼睛里显出睿智的光芒，那目光似乎能穿透一切。

大学生知道他遇到了克星，只好老老实实地承认是自己从一本书上抄下来的。

“你经常读这样的书吗？”

大学生点点头：“我就喜欢看怪书！”

“你还记得作者是谁吗？”

大学生摇摇头：“我知道我错了，希望您能顾全我的名誉，给我一次改过的机会。”

老头儿笑了：“我们还是要给你第一名，这不是机会吗？”

“什么?”大学生几乎要跳起来，这老头儿在嘲笑他!

老头儿诡秘地一笑：“不瞒你说，那本书的作者就是我。我以为这辈子不会再有人看我的书了，没想到还有你这样可爱的年轻人。”

何一梅始终专注地听着，肖子航的叙述越来越流畅……

“故事讲完了，这就是我为什么爱读怪书的原因。”肖子航得意地说。

何一梅笑起来：“噢!你是想抄袭啊?”

“不!我是想得第一名!”肖子航此时大脑反应已经相当灵敏。

“我一定要把这个故事讲给同学听。”何一梅的目光中有了那么多的敬佩。

论文虽然没有写，连个开头都没有，可肖子航很高兴。没关系，反正后天才交呢。

“请问，呃，那欧毕拜克是什么意思?”肖子航问。

“我就回来!”

“怎么拼的?”

“I will be back……”

“噢!我真是笨蛋!”

“发音的时候I will一块发个欧就行了……”何一梅说。

“我就回来……”多温馨的句子啊!

躺在床上，肖子航很安静，他在静静地想着刚才和何一梅谈话的情景。他在检阅刚才说的话哪一句带劲儿哪一句有点“水”。想着想着，不禁微笑起来。相着想着，猛地又想到今天试镜的事情。啊!好事成双!真是幸福来敲门了……

“怎么回事!一声也不哼，是不是想美眉了?”下铺兄弟说。

“你有病啊!我辗转反侧你说我想媳妇，我睡得好好的你也说我想媳妇，你才想媳妇呢!”

下铺兄弟在那里嘿嘿地乐：“谁想媳妇谁知道——想媳妇是常态，不想媳妇不正常。”

第八章　孟　莲

苏眠一大早就坐到医生面前。昨晚他又是大半夜没睡。这次他来看医生，真是有点迫不得已。刚才一坐在椅子上，在医生前面倒睡“过去”五分钟……

“你这样状态很不好。”

“我也不想这样啊！”

“我说的不是你睡觉的问题，你戴墨镜、挂窗帘、多疑……我见过那么多病人没有这么多事儿的。”

苏眠点点头：“照您说的办。”

医生打开了一半的窗帘，气氛还是有点神秘兮兮的。

“我们接着说，今天这样，你想说什么就说什么……但是不能沉默，不是有句老话说嘛，只要不开口，神仙难下手……今天说完了，我给你开点治抑郁的药，对促进睡眠也绝对有好处……”和上一次相比，医生和蔼了许多。

“您问我什么，我说什么。”

“你刚参加工作是在什么单位呀？”

“我在南方的一个越剧团，很小的剧团。”

医生问：“后来呢？换过地方吗？”

“我后来上过艺校，还在歌厅唱过歌。”

“你结婚了吗？你看上次我们连这个问题都没说起过。”

苏眠摇摇头。

“你以前有过女朋友吗？初恋的女朋友？”医生问。

苏眠想了想：“有一个……没有接过吻也算吗？”

“接吻不是唯一的标准。跟我说说，一定很有意思。”医生鼓励着。

差不多十年前，那是在剧团的时候，剧团不景气，食堂理所当然地也解散了。剧团如果排戏，人多，就由剧团隔壁的一家饭馆送盒饭，人要少就到饭馆里去吃。只要是剧团的人来吃饭，饭馆都给打六折。团长和副团长经常到剧团上班，所以也是饭馆最常来的主顾。

饭馆里有个很年轻的女服务员，名字叫孟莲。有一天吃饭的时候，她过来斟茶，编剧宋老爷子问：“小姑娘，叫什么名字呀？”

“孟莲。”

“你的名字是谁给你起的呀？”

“我爸爸……”

“你爸是干什么的呀？”

孟莲不说话。副团长范常红拍拍宋老爷子的肩：“瞧你这岁数，还跟人家这么套近乎，不是有什么想法吧？”说完，自己先不怀好意地笑了。

宋老爷子一愣，玩笑不是不可以开，但是当着人家小姑娘的面，有些不妥。这样还让人家以为这是一帮腐败分子呢。文人的自尊和脸面让他有些愤怒。他本想对副团长说：“你不要以小人之心度君子之腹。”但脑子临时转了个弯，这位副团长是个小人一类的家伙，不好得罪！于是沉着脸换了句话：“唉！仁者见仁，智者见智吧。”接着继续对小姑娘说，“美国有个著名的电影演员叫玛丽莲·梦露，你知道吗？”

小姑娘重复了一遍这个名字，含糊地说：“好像听说过。”

“你这个名字很像梦露的中国版……祝你将来也当个名演员！”

“咱们怎么能跟人家比呢！”说着，小姑娘走开了。

副团长又说：“梦露在美国以脱出名，你把人家小姑娘和她相比，真是不怀好意。”

"除了'脱'之外，梦露还有什么事迹，愿闻其详?"宋老爷子笑呵呵地问。

副团长没词了。说实在的，除了"脱星"之外，有关梦露的事儿，他还真的什么都不知道。

苏眠，那时候还叫苏文斗，早就在饭馆见过孟莲，但熟悉起来是半年以后的事情。那一天，苏文斗给饭馆送装啤酒的箱子，饭馆里来了几个外地到这里旅游的大学生，他们吃完午饭，开始坐在那里玩游戏。除了他们，别的客人都已经走了，孟莲在一旁照应着。

一个女生大声喊："来，玩'杀人游戏'!"

苏文斗吓了一跳，这个游戏名字好奇怪！于是停下脚步，想知道这个"杀人游戏"怎么"杀人"。孟莲朝他笑笑，也端着茶壶在一旁看。

圆桌旁围坐着六个大学生，他们从扑克牌中拿出六张牌，一张黑的，五张红的。一个男生说："一共六个人，一个当法官，五张牌就够了，抓到黑牌就是杀手!"原先号召玩游戏的女生说："我来当法官!"

每个人摸了一张牌，飞快地看了一下，然后正面朝下放在桌子上，互相都不知道抓的什么牌。女生说："好，游戏开始了，下面听法官指挥。"

苏文斗在旁边的椅子上坐下了。法官指着孟莲和苏文斗说："你们只能看，可不许说话!"

两人点点头。法官开始说话，说着说着语调变了，变得恐怖起来，像在演戏："夜幕降临了……大家上床睡觉了……全体闭眼!"大学生们都听话地闭上了眼睛。法官接着又说："杀手请睁眼……杀手在哪里?……杀手你可以动手了……"

一个大学生睁开眼睛，朝对面的那个女生努努嘴。

法官又说："杀手杀人了……杀手离开了，杀手闭眼。"

那个大学生"杀手"闭上了眼睛。

法官接着说："好！天亮了，大家睁眼!"

大家一起睁开眼睛。法官对那位被"杀"的女生说："我不得不遗憾地告诉你，你被杀害了，请你做临终遗言，分析一下杀手是谁。"

那个女生不高兴地说："总是我被杀，我估计是他。"

苏文斗吃了一惊，被指认的恰恰就是那位杀手。他本来以为指对了，游戏就结束了。不料她说完了，就被淘汰出局，她的判断只能给其他人当参考！因为她已经是死人了。至于游戏，才刚刚开了头，一切还没有定局。

接下来法官开始让大家一个个发言，说出自己的判断，指认凶手。既不能放过杀手，也不能冤枉好人！大家发了言，包括杀手本人。他居然也煞有介事地表白自己，指认别人。最后，大家投票，超过半数就被处死！

苏文斗没有想到，第一轮被处死的居然是一个好人！这个人不光是杀手杀的，其他人也投了票，这个人主要是被好人"冤枉死"的！

下面，又是"夜幕降临了"，杀手继续杀人。

……

第一局结束的时候，杀手居然取得了胜利！苏文斗明白了，关键是好人不团结，可是怎么能让好人团结呢？他们不明真相，从头到尾就是相互猜忌！

那位法官又叫起来，她说人少了不好玩，希望孟莲和苏文斗都能加入。

苏眠沉默了。

"你们一起玩了吗？加入了吗？"医生问。

"我不想说'杀人游戏'了。"

"苏文斗，你喜欢不喜欢是一码事儿，我们的回忆又是一码事儿，不能因为不喜欢就不回忆。没关系，游戏嘛，又不是真的杀人。"医生说。

"真的假的有时候也分不清。"苏眠眼神很黯淡。

"那就说说孟莲。"医生递给苏眠一杯水。

"好，我想起来了……"

"好，想起来就接着说。"

他和孟莲正要推辞，大学生们已经生拉硬拽地把他们按在了椅子上。六张牌变成了八张牌，其中有两张黑牌，也就是说，这次要有两个杀手。

人多桌子小，苏文斗和孟莲肩靠肩地坐在一起。他感到了孟莲肩头的弹性，他还闻到了一种特别好的味道。这是以前从来没有闻到过的。他有些害羞，下意识地躲开了孟莲的肩头。

刚才那位“杀手”突然说：“你们饭馆的服务员怎么都这么漂亮啊？”

女法官夸张地上下打量着他们：“哟，刚才没有注意，真的耶！你们怎么这么好看呀！一个美眉，一个帅哥！”

孟莲说：“他不是服务员，人家是剧团的……”

“哟！怪不得呢！我看你早晚也得进剧团，你们俩正好演一对情侣！”

苏文斗和孟莲都被说得不好意思，甚至不敢互相再看一眼。

刚才那位一开头就被杀掉的女生说：“快点快点，现在不是谈恋爱的时候，现在要杀人了！”于是大家赶紧摸牌。苏文斗看了一下牌，居然是张黑桃7。尽管是游戏，心中还是一惊，顿时紧张起来。他不知道另外一个杀手是谁。

当法官说到“杀手出现了，杀手睁开眼睛！”他睁开了眼睛，没有想到，孟莲也睁开了眼睛。真是太凑巧了！

法官一面说“杀手开始杀人”，一面对他们使眼色。他俩明白了。孟莲飞快地指了一下刚才那位杀手，苏文斗点点头。

大家睁眼以后，那位前杀手做临终遗言，他指认苏文斗是杀手，他觉得苏文斗的表情太紧张了。他的意见得到大家的拥护，只有孟莲不赞成。投票结果，苏文斗被“处决”。当大家看到苏文斗的牌是黑桃7的时候，一起欢呼！庆幸他们揪出了一个真正的杀手！法官忍不住对苏文斗说：“你也太紧张了，都让人看出来了！”

就在这时，外面有人进来说马上就要开车了，大学生们急忙站起身来问谁是另一个杀手，当孟莲举起黑牌的时候，大家都大吃一惊，没有想到，新上来的都是杀手！

大学生们走了。苏文斗对孟莲说：“你刚才也应该指认我！”

“为什么？”

“我既然已经暴露了，你就应该丢卒保车啊！”

“我永远不会出卖你，要死一块死！”孟莲的眼睛亮亮的。

苏文斗一时不知道说什么好。他不敢看孟莲的眼睛。虽说只是游戏，但是苏文斗很感动。

“你是演员嘛，怎么不会装得镇静点。”孟莲又说。

“我不是演员……”

“那是什么？”

“我是‘听用’！”

“什么是‘听用’？”

“这是仆人中地位最低的一种，随时听人招呼，叫干什么就干什么。”

“你们剧团真的有这种职务吗？”

“戏里的词，可能是清朝的事儿！”

孟莲笑了：“真有意思，还有这么个称呼！这么说，我也是听用，随时听人招呼，叫干什么就干什么。”

厨房里传来老板娘的声音：“孟莲，客人走了吗？赶紧把肉皮刮干净！”

“怎么样，说来就来了。我也是听用吧！”

两个人笑起来。

“对不起，我得干活去了。”

“我帮你干吧？反正我现在也没有事儿。”苏文斗不想离开孟莲。

“这活儿你干不了。”

“什么活我干不了，我是听用，叫干什么就干什么。”

进了厨房，只见一大堆生肉皮放在一个搪瓷洗脸盆里，满满当当的。

孟莲熟练地提出一块，平铺在案板上，用菜刀刮去留在肉皮上的油脂。苏文斗站在一旁看。

“干什么用呢？”苏文斗问。

“把上面的油都刮干净，切成小条块，然后晾起来。晾干了然后听用。”说完，孟莲自己先笑了。

“肉皮也成了听用了，”苏文斗笑着说，“有什么用？”

“做鱼肚汤……”

“这怎么是鱼肚汤呢？”

“把干肉皮用油一炸，泡泡就起来了，然后放到汤里煮，又松软又有嚼头，不知道的谁也不知道这是肉皮做的，汤还特鲜美！”

“你真行！你可以当厨师了。”

“什么厨师，我就是听用！”

苏文斗抓过一块肉皮，也拿起一把菜刀。孟莲阻止了他：“你要干什么？”

“帮你刮肉皮。”

“又脏又油的，你可别干。”

“我试一下还不成吗？”说着，苏文斗干了起来。这事儿看着容易干起来却很费劲，那把刀怎么也不听使唤，不是把肉皮切断了，就是肉皮上还剩着许多油。

“一看你在家里就没有做过饭，刀都不会用！求求你别干了！”

苏文斗放下菜刀，看着孟莲，又看看那盆肉皮，不由得心生感叹，真是小姐的身子丫头的命！这么好看的女孩怎么干这个呢？他不明白，她要是去酒店当个服务员，或者就在大门口当个领客的“花瓶”也比在这里刮肉皮强百倍啊。

苏文斗呆呆地想着。也不知道心里动了哪根弦，一种英雄救美的心思悄悄涌上心头，白老师开导他的话，他准备也对孟莲照说。

“你想什么呢？”孟莲问。

苏文斗吃不了学习的苦，可他吃得了学戏的苦。一个月下来，白老师就想表扬他了，表扬他有悟性，表扬他嗓子好，站在那里也有个样子了。可是白老师怕他骄傲，这个年龄的孩子，容易满足，还不知道天外有天，山外有山，还远远不是总结成绩的时候，就得用个小鞭子抽小驴子似的抽着他朝前跑，能跑多远就跑多远！况且越剧这个东西都是口传心授，学生的领悟和自我体会比什么都重要！因此，每每白老师教他戏的时候，总是绷着脸，没有一丝笑模样。

有一天，苏文斗把孟莲领到白老师的面前：“白老师，这就是我对你说的孟莲。”

白老师的目光从孟莲进门的时候起就一直没有离开她的眼睛。孟莲也意识到了，始终垂着眼睛。

“小姑娘，抬起头看着我好吗？”

孟莲抬起头，白老师点头：“给我唱点什么，歌、戏都行。”

孟莲唱了段黄梅戏《天仙配》中的“夫妻双双把家还”一段。唱完之后，白老师一句话没说，还是连连点头。

“家里有人干这行的吗？”

孟莲摇摇头。

“你父母是做什么工作的？”

“我爸妈都不在本地，我跟着大姨住在这儿。”

孟莲的眼睛里有种淡淡的忧伤，白老师看出来了，不再往下问。

最后，白老师说：“你要是愿意的话，就跟着文斗来学。”说着她微微一笑，“其实也不是学，就是玩玩……”

白老师教苏文斗唱戏的事情，剧团里都知道了，以前是个金童，如今又多了个玉女，许多人忍不住到领导那里打听，是不是正式学员？白老师拿不拿报酬！白老师柳眉倒竖：“没用团里一寸地，没拿团里一分钱！我就是办一个学校你们也管不着！”

“你后来唱戏了吗？参加演出了吗？孟莲进剧团了吗？”医生问。

苏眠摇摇头。

大家偶尔也听见苏文斗唱上两句，一板一眼，还真像那么回事。可是学戏归学戏，到台上唱就是另外一回事了。戏里的角色都有专人担任，演出完了是要按戏份分钱的。苏文斗不能抢人家的饭碗不是？一年下来，苏文斗只演过一个梁山伯的书童和一个家丁。不过，苏文斗跟白老师也学了不少本事。

有一天，团长把苏文斗叫到办公室对他说：“苏文斗，你来咱们剧团多长时间了？”

“一年半吧，也快两年了。”

“文斗，你的条件不错，可是团里没有办法让你上台，有点委屈是不是？”

苏文斗一愣，连忙说：“您怎么这么说，我本来就是临时工，干点杂活。我挺喜欢学戏的，上不上台真的没有关系，您这样一说，我都不好意思了。我来剧团的时候，您跟我爸说好的。”

团长点点头，心想，这孩子真是懂事。团长又说：“有个事情和你商量，你爸今年底就要退休了，我想让你来顶替他，现在改革了，也不是保你一辈子，就是合同工吧，工资要提高一点，工作嘛，我看你是当演员的料，白老师经常夸奖你，可是你也知道，一个萝卜一个坑，我也不能换了谁……”

“知道，我就干我爸的活。”

“你爸的活你还真干不了，他走了，我们也就不要木匠了，有事临时请人就是了。我问你，你喜欢唱通俗歌曲吗？”

苏文斗点点头：“偶尔唱唱。”

团长点点头，从抽屉里拿出两盒录音带递给苏文斗。苏文斗不明白团长什么意思。

团长说：“现在观众，尤其是年轻的，不爱听整场的戏，喜欢‘什锦拼盘’，我们也得随行就市啊。我想在戏中间加上唱歌、小品、小魔术什么的，你听听这些磁带，练两个星期给我听听，如果行，以后你就给咱们唱歌！”

苏文斗全听明白了，心里高兴极了，他做梦也没有想到团长一直在注意他。此刻他觉得他用不着婆婆妈妈地说谢谢，他要用实际行动来证明团长的英明伟大！

苏文斗第一个来找白老师。白老师平静地说：“也好，我告诉你，发声的方法和部位不一样，你找个人问问。但是学过戏曲的人有底子，你能唱好！行，好事！挣钱吃饭要紧！”

找过白老师之后，苏文斗立马就把这个消息告诉孟莲。孟莲高兴得一把攥住苏文斗的手，拼命摇晃着：“太好了！太好了！”

苏文斗一时不知道说什么好，孟莲摇着摇着，突然愣住了。她太忘情了，情不自禁地拉着苏文斗的手。现在突然意识到了，她想把手松开，却又感到被苏文斗的手紧紧攥住了。苏文斗的眼睛紧紧盯着她看，孟莲的脸上布满了红晕。

苏文斗觉得孟莲的手在发抖，使劲要挣脱他。他的心中有点害怕，于是松开了。他还不明白孟莲心中在想什么。

两个星期以后，苏文斗的演唱让团长的脸上露出了微笑。

“孟莲后来怎么了？”医生问。

“后来，我的演唱成了剧团演出的时候不能缺少的节目！”苏眠回答。

“孟莲后来唱歌了吗？”

“想不起来了，唱了吧，后来就没有音信了。”苏眠的表情非常痛苦。

“不可能，怎么会没有音信呢？这么重要的事情你怎么会不记得呢？”

“我能抽支烟吗？”苏眠突然说。

医生想了一下说：“抽吧！”

苏眠点了一支烟，医生等着他。

烟抽完了，他还是不说话。

“你不能回避任何事情，说不定病因就在那里……”医生说。

“我哪儿回避了！你怎么知道我回避了！”苏眠情绪有些失控。

“我们接着说孟莲，比如电话、信件，她有没有给过你照片？”医生问。

“没有。”

“你没有再回过老家吗？没有去看过她吗？”

“我从来没有回去过。”

“为什么？”医生说。

“好像是一个图章……”

“什么图章？再想想，你是掌管图章的吗？比如说，你当过会计……当过食堂管理员……当过图书馆管理员……还是你私人的图章？”

苏眠摇摇头：“医生，我真的是想不起来了。今天我们就谈到这儿，您先给我开点药……”

医生点点头，以他的判断，病人没有完全说实话。

第九章　君子协定

从上次试镜头的一个星期以后，肖子航又来到新新咖啡和吴维平见面，吴维平笑眯眯地招呼他坐下。

吴维平举起酒杯：“来，碰一下。”

肖子航连忙举起可乐迎上去。

“祝贺你！”吴维平说。肖子航心中一喜。他知道这话说明他得到的不是一般群众演员的角色了。他强压住好奇，听吴维平继续说下去。

“大家都很满意，现在就看你的了。”

“看我？您让我演什么我就演什么呗！”

“还没有这么简单，这个演员很特殊，不但要形似还要神似。”

肖子航为难了。他从来没有演过电影，说到形似和神似，那都是指一些特型演员演一些领袖和名人，能做到形似和神似是很不容易的。吴维平说这些干什么？莫非他长得像哪位领袖或名人的学生时代？

“我什么也不懂，也没有演过戏，您说让我怎么演我就怎么演。”肖子航实话实说。他不想放过眼前的机会。

“你知道苏眠吗？”吴维平问。

“当然知道呀，大牌歌星。前些天还到我们学校去了……”肖子航又提到戴丹的那个《青春小记》，“苏眠不是要出演男主角吗？”

吴维平略微思索了一下，点点头：“对，我们就让你在那个影片里演苏眠扮演的那个角色。”

听完吴维平的这句话，肖子航感觉大脑里的所有神经都短路了，一时间仿佛失去了思考能力：“什么意思？我演苏眠？那他干什么？您是开玩笑吧？我什么也不会呀？”

“他演他的，你演你的。特写和近景他演，中景和远景你来演。”

“让我在电影里扮他的替身？”肖子航迟疑地问。

吴维平微微点点头。肖子航十分惊讶，这真是他做梦也想不到的事情。

“替身！我既不会武打，也不会跳舞，我能替他什么呀，就替他站着，再说我长得也不像他呀！”

吴维平摇摇头，从手包里取出两张七寸照片，递给肖子航。肖子航端详着照片，那是两张苏眠穿着西装的正面照片，一张自然一些，一张拘谨一些。

“你看，这是谁的照片？”吴维平问。

“好像是苏眠的。”肖子航说。

“这两张照片有什么不一样吗？”

“差不多，这张好像胖点。”

吴维平笑起来。肖子航意识到了什么，连忙又拿过照片仔细审视，发现的确不一样，那张拘谨一些的似乎和自己有点关系。但他又不敢断定是自己。

“那张是苏眠的照片，这张就是你肖子航的化妆照，你的正面和右侧面与苏眠很像！左侧面有点区别，但也不太大。这是我那天晚上在你录像的时候拍的。拍了好多，这是最像的一张。”

肖子航很吃惊，他一手举着一张照片相互比较着，呆呆地看着，渐渐地，越看越不像。可过了一会儿，又觉得区别不大。他正在逐渐接受着一个他与某人，尤其是与一个歌星相貌相似的现实。

“你是我见到的长得最像苏眠的人。”吴维平说。

肖子航第一次听见有人说他长得像苏眠。他拿着两张照片翻来覆去地看。高中的时候，他也模仿过苏眠的歌，可是没有人说他长得像苏眠。是不是一两年当中，自己有些变化呢？脸上的线条更像男人了呢？

吴维平说："别怀疑了，人对自己的形象的记忆和观察往往是有误差的，我选过那么多演员，眼光是不会错的，我说像就是像，他的皮肤比你黑一点，他左侧面比你的棱角要鲜明。你戴眼镜，他不戴眼镜。他比你成熟。苏眠才比你大五岁，但他的社会经验比你多。气质还有些区别……如果我说你行，你愿意演吗？"

"您是导演吗？"

"导演还没定下来。"

"您是制片人？"

"我是苏眠的经纪人，我也参与制片工作。"

肖子航又惊又喜："我、我当然愿意，可是具体能替他干什么呢？"

"所以你要学习！"

肖子航明白了，一定是要学些滚楼梯、跳悬崖之类的高难高危动作。

吴维平猜到了他的心思："这个影片里没有什么高难动作，主要是苏眠工作太忙，档期时间太短，能用替身的我们尽量都用替身。这么说吧，除了近景，我们都用替身！"

听见这话，肖子航想起了那天在北影厂门口，老李说起的那些关于替身的"知识"，自己这就算是"文替"吧？肖子航心中又十分惶恐。这事情太突然了！让他都来不及思考是真是假？是喜是悲？是不是要有双胞胎的情节？两个人同时出现在银幕上的时候，他就是另外一个苏眠。可是现在电脑特技那么发达，还用找替身吗？转念又一想，他这样一个一文不名的小卒要和苏眠同台演戏，以后影片出来，字幕上会不会有自己的名字呢？

"怎么样？愿意吗？"

"你说的是真的吗？"

"是真的。我说过我是苏眠的经纪人，我是正式和你谈这件事的。"吴维平说。

"苏眠也知道这件事吗？"

"当然知道。"

肖子航心头微微一震。被一个明星知道，尚属不易，现在被明星邀请更是无上的荣光。

“我干得了吗?”

“试试吧，从我对你的观察了解，你应该可以胜任。况且，我们还要对你进行各种训练，训练完了再做最后的决定。”

“训练什么?”

“主要是唱歌跳舞，再有就是要模仿苏眠，最好达到以假乱真的程度。”

“这件事情戴丹知道吗?”

“谁是戴丹?”

“就是《青春小记》的作者。”

吴维平摆摆手:“这件事情任何人都不知道，你也不要和别人说。演员找替身的事情一般都不对外面公开说。”

“那、那……”肖子航欲言又止，“以后影片上有我的名字吗?”

吴维平瞥了一眼肖子航，似乎这个问题不需要回答。他接着说:“对了，我还要和你说说酬劳，如果你同意了，在你准备和训练期间，每周给你五百块钱。拍电影的酬劳另算。”

肖子航一怔，四五二十，一个月就是两千，这工资比爸爸每月的收入还要多一点！天底下哪有这样的好事呀！又一想，这不会是个圈套或者陷阱吧?可是能套我什么陷我什么呢?我不做坏事不就成了吗?

“好吧，我先试试。不过，我觉得我和苏眠长得不像啊……”肖子航有点担心地说。

“我心里有数。我和你想的一样，我们先试试好吧?”

肖子航点点头。

“好！眼下我们要做三件事儿。”吴维平从手包里又拿出一张苏眠的照片，翻过来指着背面说，“这是苏眠的签名，你好好练一下，争取一个星期以后，一模一样。”

说着，吴维平又拿出一张光碟说:“你好好看看，找出苏眠动作的特点，尤其是神态，认真学学，心里琢磨琢磨，其实不难。第三，从现在开始你每周要上两次形体和演唱的训练课。”

肖子航接过照片和光碟，很轻很轻，他使劲捏在手里，生怕被风吹跑了。

“练签名干吗？”

“有用……”

吴维平又递过一个新手机：“这是你的了。为了便于我们联系，手机费我们按月给你付，你用就是了。”

一看那手机，肖子航有点受宠若惊了，这种款式的苹果手机大约要四千多块，他现在用的手机还是爸爸在北京的朋友梁叔叔送给他的。

肖子航急忙推辞：“我有，我有。”

“我知道你有，但是和苏眠的身份不配！”

肖子航不再说话，吴维平又把五张一百元的钞票放到手机的旁边：“这是这周的劳务费。”

肖子航吃惊地看着吴维平向他有条不紊发放“武器装备”和“活动经费”，好像他早知道肖子航会同意似的。那种自信，那种周到，那种居高临下。不过话说回来，这样的好事，谁能拒绝呢？抢还抢不到呢！肖子航感觉自己被他“俘虏”了，是不是当替身演员都有这么好的待遇啊？

“还有什么问题吗？”吴维平问。

肖子航不知道再说什么。那手机是银白色的，屏幕是可以滑动的。当下是最高级的吧，肖子航想。

“记住，从今天开始，你就总戴着眼镜，近视镜平光镜都可以！”

“苏眠不是不戴眼镜吗？”

“为的就是区分开，不要让别人在生活里觉得你长得像苏眠。”

回学校的路上，肖子航的心情分外激动，不留名就不留名，哪个明星愿意让人说电影里有的地方是别人替的呢！理解，太理解了！

戴丹万万也不会想到，她的同桌居然就在她的作品里演替身！心里藏着这样一个秘密，肖子航心里变得充实起来。他的手伸进兜里，摸着手机，似乎也感觉到那银白色的光泽。五张粉红色的一百元面值的钞票折成两折，很坚挺！……有了这钱，干什么不好，简直像做梦一样！

回到宿舍，“主编”正在那里“玩”剪刀加糨糊。这位“主编”圆脑袋，后脖子长一疙瘩肉，他全班最肥，最不像文人，谁也没料到，他给一家图书公司当“主编”。这个“主编”很容易当，就是从大小报纸杂志上剪下一篇篇两千多字和爱情友情亲情相关的文章，小说也行，散文也行，贴在打印纸上，就成了一本书稿。关键是“书名”要起得好！“主编”曾给大家透露说，但他从不说具体的书名，他解释说图书公司老板根本不告诉他具体的“书名”。而且这“主编”是不挂名的，“编”这样一本书他可以得到六百块钱！还听下铺兄弟说，他给某著名作家当过枪手，写一集电视剧给八百块钱。

了解了他的“职业”，宿舍的人都叫他“主编”。

有一天，逛书店的时候，“主编”指着两本书对肖子航说：“看！”

一本书的书名叫：《女人对付男人100招》。另一本书的书名叫：《男人对付女人100招》。

书的装帧都很精美，让人忍不住想捧起来看看。肖子航问是不是你编的，“主编”只是一个劲儿地笑。

看见肖子航走进来，“主编”合上一摞打印纸，招呼说：“嘿，我这儿有个活不错，有时间一起做？”

肖子航已经找到好“工作”，正是有好事偷着乐的时刻，于是故意逗“主编”说：“说实在的，我倒是想挣你那份钱，可是我水平不成呀！”

“主编”认了真：“其实没有什么，要说难也难，容易也容易，关键有个窍门，来，我教你！”

肖子航走到床前跳到了上铺，说：“明天，明天我再请教……晚安。”

“主编”不满地嘟囔：“看你整天游手好闲的，为了有尊严地活着，咱也得挣点钱呀！”

肖子航笑笑：“为了有尊严地活着，编书编得会说字儿话啦！谢谢，谢谢！”

躺在那里，他的情绪渐渐稳定下来。有句成语叫作“痛定思痛”，怎么没有一句成语叫作“乐定思乐”呢？有些高兴的事你刚刚遇到的时候并没有觉得怎么高兴，冷静下来一想，越想越高兴，越想越有味儿。当替身的事刚刚进入脑海的时候，是那样的陌生，甚至遭到排斥，现在有点变了，大脑似乎接受了它，还给它安排了一个很好的位置。肖子航的心情极好。

爸爸妈妈那样辛苦地工作，培养他上学，他知道，每个月，他一个人平均的花销是妈妈爸爸花销总和的几倍。记得高一的时候，看一场歌星的演出，最低票价是一百元。为了和班上的同学“保持一致”，他试探着和爸爸要钱，他本以为爸爸会惊讶地说：啊！看一场演出要一百块！不料，爸爸却默默把钱递给他，还补充了一句：“别和你妈说……”

现在，他难道不应该给爸爸妈妈一个惊喜吗？

他的双手不由得又伸进裤兜，左手是手机，已经暖烘烘的了。右手握住了那些钱，钱很硬，就像个香烟盒那样见棱见角。他已经感到上面出现了他的汗水。现在，他又握住了自己原来的那个手机。两个手机同时都掏出来，一左一右，简直就是哼哈二将！

在“乐坊”的新闻发布会以后，戴丹对班上同学的态度变化了不少。不知是她觉得自己已经远远超过了大家，于是可以俯视大家而带来的一种大度和宽容，还是因为段元生把她高中时“假恋爱”的事迹曝光，她必须挽回影响而做出的姿态。总之，大家发现戴丹的骄横少了，被大家议论的“假恋门”也不常有人提起了。

当然，戴丹依然很忙。她似乎有许多学校以外的社会活动和自己的创作工作。每个星期总有两三个半天要请假，有时候还要一个整天，为电影的拍摄她似乎也投入了很大的精力。

“电影开拍了吗？”肖子航问。

“开拍了，正在云南出外景，云南有个地方叫腾冲，景色可美了……”戴丹信誓旦旦地说。肖子航心中一动，心想，不是还在筹备吗？自己这个替身还在学习，除非到云南的摄制组只拍空镜头。

“苏眠也去了吗？”

“当然去了，他不去怎么行?”戴丹的话透着她对拍摄进度的了解。

肖子航心里有点着急，他一定要努力准备，说不定哪天一声令下，他这个替身就要上阵!

隔了一天下午，肖子航接到吴维平一个电话，说要马上见他。肖子航急忙赶到一家饭店，吴维平正在大门口等他。招呼之后，吴维平领他穿过大厅，走上二楼进了一个单间。房间不大，但让人感到很舒适。一张四个人坐的餐桌上铺着雪白的台布，墙上挂着一幅一尺见方的油画，画上那紫色的花束静静地安插在花瓶里……肖子航不知道该坐着，还是该站着。

吴维平坐下就打电话：“哎，他来了，你什么时候过来一下。”吴维平招呼肖子航坐下，说，“苏眠一会儿就过来。少说话。”

听说苏眠要接见他，肖子航心中一阵激动。

有人敲门，服务员走进来，礼貌地伸出手臂，请进来一个人。

那人头戴一顶黑色高尔夫球帽，只是那帽檐比一般的球帽还要长上一截，像个卡通的鸭子嘴。那人低着头正在专注地玩手机游戏，走着路也不抬头，一直走到一把椅子旁边，服务员给他拉开椅子，他才一屁股坐下，嘴里突然喊道：“我靠！又死了!”这才把手机扔在桌上。

肖子航认出来了，这就是苏眠。今天看到的苏眠和那天在新闻发布会上的苏眠判若两人，与在电视上见到的苏眠更是相差甚远。神秘甚至让人恍惚的感觉油然而生，他觉得苏眠有些憔悴和消瘦。

苏眠抬起头，看着肖子航，神情慢慢专注，到后来几乎就是牢牢盯住了，肖子航的脸似乎代替了手机。肖子航不由得手足无措，心也在乱跳。

吴维平也不说话，好像在看着一对失散多年的兄弟彼此相认。

一点也不夸张，苏眠看了肖子航足有一分钟。

他笑了，但笑得是那样奇怪，有嘲笑，有苦涩，有应付。肖子航一时不知道苏眠此刻是什么心态。吴维平不失时机地对苏眠说：“这就是肖子航同学。”

苏眠点点头，伸出手，身子没有动。肖子航急忙站起来，握着苏眠的手，他觉得苏眠的手很滑，又很修长，但是没有肖子航想象的那么有力，甚至是软弱无力的感觉，那是因为人家居高临下，见到所有粉丝的时候都是这样握手的吧。这时候，他觉得自己已经不会说话了。

肖子航以为吴维平马上就会为他介绍苏眠的，吴维平却没有，他可能以为苏眠谁都认识，不用介绍吧。可即便就是苏眠，也要确认一下啊！这是礼貌啊！肖子航脑子里马上有个声音训斥自己说：怎么能这样想，你有病呀！

苏眠收敛了笑容，眯着眼睛说：“怎么样，大学生，你属什么的？”

“属羊。”

“好，羊老实。”说着话，苏眠已经站起身来，走到肖子航跟前拍了一下他的肩膀，“好，咱俩有缘，以后就辛苦你了。”

苏眠走了。居然这么快就走了！“接见”结束了，前后不到五分钟。肖子航有很多话要说，根本没有机会说出来。不过，看苏眠这样东一榔头，西一棒子的问话，你就是说了他也不一定用心听。

苏眠真是挺帅的，自己差得远呢。看来，一个人帅不帅，长相只是一个因素，更重要的是气质。他现在突然对“气质”这个词不那么反感了。

虽然瘦，但是苏眠真年轻啊！如果不说话，光看长相看表情，你真以为他就是个大学生呢。

“你觉得你们俩像吗？”吴维平问。

“您说长相？”

“不光是长相，说话、表情，性格……”

肖子航摇摇头：“我怎么能和他比呢？差远了。他那么潇洒，那么帅，好像总有一股感染力让别人喜欢他。”

吴维平的食指弯成了个弯，用关节敲着桌面：“对，这就对了。你们俩的型儿的确差不多，但神采可差多了。要想做好这个工作，你得好好练，关键是练形似。你是个很好的坯子，但要加工烧制才能成个像样的玩意儿。”

“玩意儿”这个词，肖子航怎么听怎么别扭。

“是，是。”肖子航连连点头。

“注意到我这个动作了吗？”吴维平忽然问。

“什么动作？”肖子航莫名其妙。

吴维平又敲敲桌子。

“您是说敲桌子？”

“准确地说，是应该用食指的关节敲桌子。”

肖子航不知道吴维平为什么说敲桌子。

吴维平接着说：“我告诉你，苏眠一不高兴就做出这个动作，这是他的习惯动作之一。”

“哦——”

“他敲完桌子，等对方安静下来，他就会说，你知不知道你姓什么。”

“这不是要打架吗？”

吴维平摆摆手：“也不一定，他只在那些粉丝也就是那些爱他怕他的人面前说这句话。如果对方比他厉害，他也犯不上得罪人家，就这样敲敲桌子说，您真逗。”

肖子航明白了，模仿着用关节敲敲桌子。

“我的意思是让你细心观察。还有，苏眠走南闯北见过世面，你要学他，就要有一种见过世面的神态。”

“什么神态？”

“比如，别人请你吃饭的时候，看见特别好吃的东西，吃就是了，不要表示特别喜欢。听说菜特别贵，也不要表示惊讶，吃就是了。碰到你不知道怎么下手的菜，不要表示自己不会，不动声色地看着别人怎么吃。心里学会了再吃就是了。”

“还有，别人帮你做了点事，比如，宾馆的门童为你开门，服务员给你上菜，你用不着千恩万谢，那是他们应该做的。”

“这不是礼貌吗？”肖子航觉得吴维平有点挤对他。

吴维平微微冷笑：“你还年轻，慢慢就明白了。我给你提个醒，有时候为了表示自己的风度和气质，象征性地点点头就足够了，但要有分寸。我告诉你，现在这个社会就是‘要霸气不要和气’的社会，现在的人是‘畏威而不怀德’，你对他好，他不领情；你要厉害，他反而怕你。”

肖子航长这么大，第一次听到这么新鲜的“教导”。心想，待会儿吃饭，他要把吴维平的教导实践一下。

“练签名了吗？”吴维平问。

“练，没事儿我就练。不是才一两天吗？”肖子航回答。

“可不能没事的时候再练，你要把它当成个重要的事。还告诉你一个好消息。”

“什么好消息？”肖子航心中一动。

按照吴维平的“安排”，肖子航每个星期要有四个小时的培训：两个小时的舞蹈和形体训练，两个小时的声乐练习。地点都在一家会馆，而且都是一对一的专职教师。

“你知道，这样的教师一个小时的授课费是多少吗？”

肖子航眨眨眼睛。

“五百块！”

肖子航真是目瞪口呆。他一个下午就要“消费”一千块，也不知道真的假的。

“有人给你交学费，请一流教练教你，只要自己努力，你将来无论做什么，都是终生受用啊！”

肖子航想想还真是这么回事。他看着吴维平那认真的神态，这样下功夫有必要吗？不过话说回来，在影片里要替苏眠出镜，还真得有些水平，替身也不是随便什么人都可以当的。幸亏自己上学的时候有点底子，你要是个棒槌，怎么训练也没用！

“做什么都要认真，当演员更要认真。”吴维平说。“训话”结束，已经接近六点钟。肖子航的肚子饿了，吴维平却说，就这样吧。起身就走。

“电影什么时候开拍？”肖子航问。

“开拍的时候会通知你的。”

“听说摄制组在云南出外景了。”

“瞎说——好了，今天就这样吧。”

下楼之前，肖子航进了洗手间。这个洗手间可真高级，每个小便池子上面还有个小电视。当然是那种液晶的。真是豪华呀！谁到卫生间这么一会儿撒着尿还非要看电视啊!

有人走了进来，肖子航侧脸一看，居然是苏眠。肖子航忙点头，苏眠也点点头。在洗手间里相见，这可真是“零距离接触”啊！肖子航站在洗手盆前洗手的时候，突然有了个想法。他慢慢地磨蹭，等苏眠也来洗手。

“我想请求您一件事……不知道行不行?”肖子航弱弱地问。

“什么事?”苏眠正在对着镜子用手指摸他鼻子旁边的一个小粉刺。

“过些天，我们学校举办文艺节，你能不能参加一下，就是和同学见个面。我们同学都特别喜欢你。就一会儿……”

苏眠打开水龙头，水开大了。那水很冲，水花四溅，已经溅到肖子航的衣服上。肖子航也不好躲，怕不礼貌。苏眠的话比那水龙头还要痛快:“没问题吧，到时候你提醒我一下，我的事儿太多。”

肖子航不敢相信自己的耳朵，说话都声音发颤:“真是太感谢你了，我、我什么时候把请柬给您送来?”

苏眠关了水龙头说:“不用，这么麻烦干什么，我到时候去就行了。”说着，从滚筒器上拽下一张纸，擦擦手走出门去。肖子航万万没有想到，苏眠这么豪爽，这么好说话。如此巨大的成功就这样轻易地取得了！他现在可以神气地面对同学们了，怎么样?一句话就把这么大牌的明星给请来了。一瞬间，肖子航有种“胸中自有雄兵百万”的感觉。

真是缘分啊！连上洗手间都有缘分！如果自己早走一步，或者苏眠晚来一步，这个奇迹根本不可能出现。

肖子航飞奔下楼，大厅里的客人纷纷侧目而视。肖子航来到一家小饭铺，那里的烤鸭三十八元一只，肖子航要了半只。吃完饭，他来到一家商店，花了三百多元给自己买了双李宁牌的白色旅游鞋……

肖子航提着鞋盒子穿过操场。一只黑色的雨燕擦着地皮斜飞过来，抖了一下翅膀又腾空而起。好像要下雨了，空气里充满泥土、青草和水汽混合的沁人心脾的香味。

第十章　文艺节

接下来的两个星期，肖子航是在紧张而又激动的情绪中度过的。有时候他比戴丹还忙。肖子航一直记着爸爸从小就教育他的“受人之托，忠人之事”的教诲，况且他还拿了人家的劳务费呢！他不但准时出现在会馆的声乐课和形体课上，还刻苦地练习苏眠的签名，对着苏眠的录像光碟揣摩苏眠的行为举止。

用手关节敲桌子已经成为他的习惯动作。

他第一次来到声乐老师面前，那是个胖胖的戴着眼镜的老太太。老太太在钢琴上弹了几个音让他跟着唱。肖子航照办了。老太太看着他问：“你学过唱歌吗?”

谦虚点好。肖子航只说他在小学的合唱团唱过歌。

老太太点点头，又在钢琴上弹了一个大三和弦问：“刚才的和弦里有三个音，能唱出来吗?”肖子航发了三个音。

老太太又弹了一个小三和弦，肖子航又准确地发了三个音。

老太太欣喜地看着他：“不错，非常不错!”老师心里明白，能够从和弦里分辨出三个单音对一个不是专业唱歌的学生来说是非常不容易的。

“你的耳朵条件不错，好好练习，回了家照我说的经常练练，等复课的时候我要考你。”

那一天，肖子航很受鼓舞，他真要感谢那位省城的音乐教授，那节虽然受了点歧视的课没有白上。人家是专业的啊！肖子航听出老太太的话不是一般敷衍的鼓励，他从老师的眼神里看出老师对他的赞许和满意。他得意，他意识到了自己的才华！

成功给人带来信心，这话真是千真万确，那一刻，肖子航突然对唱歌又重新产生了兴趣。上小学的时候，爸爸带着他跟着合唱队跑来跑去，肖子航可是满肚子的不高兴。不高兴也没有办法，这一下子就唱到初中毕业。此刻，肖子航暗暗感谢爸爸合唱队的培养，同时更加庆幸自己在高中的那段“模仿秀”的“生涯”。当然，小地方不能和人家北京同日而语，以前的那些“本事”还是深藏不露为好！

教形体和舞蹈的是个很年轻很漂亮的女老师，她本人现在还是歌舞团的舞蹈演员。天鹅一样的脖颈，小头小脸，非常清秀，头发梳成一个髻。洁白的容颜显得那样圣洁。肖子航第一次见到她，不由得脸涨得通红。手足无措不说，说话都有些颤抖。他真的就想起了芭蕾舞《天鹅湖》中的白天鹅。

女老师毫无表情地看着他：“挺起胸，来回走几次。”

肖子航照她的话做，走了一个直趟汗就下来了。

女老师摊开双手，一手在前，一手在后。她的一举一动都像在跳舞，都那样好看：“一个人首先要有个自我感觉，有个范儿。”

肖子航始终不明白这个“范儿”是什么意思，但又不敢问。是不是就是爸爸常说的“要有那个意思那个劲”呀！

女老师又说：“谁都想在别人面前显得精神是不是？”肖子航点点头。

“这样松松垮垮的肯定不行，每块肌肉每条神经都要振作起来。照相的时候，摆个姿势就比傻呆呆的强。要有表演的感觉。开始不要怕人家说你‘端’着，不要怕人家说你‘假模假式’，不要怕出丑，怕不好看。经过训练，成为自然，就会给人一种美感。”女老师又做了一个动作让肖子航照着做，肖子航像是在做课间操。

“你要想着怎么样才美。”女老师又做了一遍。

肖子航找到点感觉了。

“学过舞蹈吗？”

肖子航不敢说自己曾经在台上模仿过歌星的动作，怕人家说是“野路子”。不但不敢动，连说也不敢说。

“没有学过……”肖子航喃喃地说。

“我看你也没有学过！”

一个星期过去，“白天鹅”开始教他舞蹈，老太太开始教他通俗唱法。当他听见一首流行的通俗歌曲从老太太嘴里发出来的时候，他真是又钦佩又觉得惊讶！

事儿多了，日程安排紧了，肖子航感到充实，心情反倒愉快起来。这些日子真是过得既紧张又严肃还活泼。

学校的广播和食堂门口的布告栏都发布了学校要举办“金秋文艺节”的消息和日程。肖子航给吴维平打了一个电话。

“有什么问题吗？”吴维平问。肖子航把苏眠已经答应到大学来参加文艺节的事情告诉吴维平，现在日子决定了，请吴维平提醒苏眠一下。

“你以为你是谁呀？”吴维平突然说。肖子航愣住了，好半天才说：“您可能误会了我的意思，我没有想瞒着您要找苏眠的意思。”

吴维平的口气和缓了一点，但内容十分强硬：“我告诉你，不是你瞒不瞒我的问题。你太不懂规矩，苏眠没有义务到你们学校去。即便去，他的每一次出场都是要有合同的。况且他非常忙，如果一个学校的什么文艺节他都有时间出席，还要找个你干什么？”

“到大学来见面也是好事呀，作为朋友帮忙不行吗？”

“谁是谁的朋友？”吴维平一副六亲不认的口气。

肖子航这才意识到，他是没有资格称苏眠和吴总吴维平为朋友的。听着不舒服，想想也还真是那么回事。他拿了人家的钱，还没有给人家办事就让人家来出席他们的活动。他没有那个资格！他太幼稚了！

“对不起……”肖子航的“起”字还没有说完，对方已经挂断了电话。

于牧强来找肖子航，说他们三年级有个四人组合的合唱组，在学校小有名气，也是中文系的主打节目，不料那个唱高音的小子最近嗓子里长了个小疖子。

“人家青春期长痘都长在脸上，他不知道是哪辈子缺了德，长在里头……你能不能帮个忙？”于牧强说。

“这和我有什么关系？”

“废什么话！一点都不爽快。你以前唱过歌是不是？”

真是邪了门了，怎么都知道自己唱过歌？

“没有！”肖子航撒个谎。

“试试怎么样？我听你嗓子不错。就算帮我的忙，试着行你就唱一次，不行我们另想办法。”

“帮你什么忙？”

“我是咱们系的学生会的文体部长。”于牧强嘻嘻地笑着。

肖子航很惊讶，这个赤脚大仙一样的人物会是部长？

肖子航被带到那四个人面前，在肖子航的眼里他们都显得很成熟。一个师兄拿个吉他拨拉了几个音让他跟着唱。唱完了，于牧强说还行。肖子航心想，还行？简直是废话，我要是真的上台，你们就会说我真行了。

肖子航所在的大学要论学术方面的名气在北京的大学里是数不上的，但是它的文体生活却十分丰富，不过这一点也没有成为学生们引以为自豪的优点。

这有什么用！缺乏人生体验的大学生往往这样想。

大学生们可能是在中学的时候让学习的压力给锻造成一个对学习既害怕又崇拜的畸形怪物，说起学习压力没有不说大的，说起教育制度没有不说应该改革的，可是骂归骂，等到学习成绩一下来，成绩好的趾高气扬，成绩差的立马没有了底气。

其实，大学里举办的各项与学习“无关”的活动真可谓功德无量。

比如春天和秋天的运动会，比如文艺比赛和文艺汇演或者什么节，它不但活跃大学生的生活，培养他们的文化修养，锻炼他们的合作精神与人际交往的能力，再仔细一想，它给多少人提供了表现才艺脱颖而出的机会，给多少人的友情和爱情提供了可贵的机缘！

人们在讲述一个人命运的时候往往这样开头，一个偶然的机会……其实这些活动就是在提供这些机会……

文艺节如期举行。当肖子航与那三个家伙出现在舞台上的时候，台下传来一片议论的声音，好似骤然而降的春雨，打在窗上噼啪作响，让人惊讶而又欣喜。不知道是四人组合换了新人让人感到奇怪，还是这样一个潇洒的新人让人眼前一亮。肖子航握着话筒的手在微微颤抖。

肖子航唱次高声部。歌曲开头大家合唱，当然要注意配合，练习的时候，几位“师兄”已经表扬他的声音“货真价实”，只是缺乏训练，现在台上一唱，他自己感到整个声音浑然一体，悦耳圆润，没有给他们减分！

当大家各唱一句的时候，肖子航的声音终于“浮出水面”，他听见他那一句刚刚唱完就有了掌声。当时，肖子航还有些慌，这时候是不应该有掌声的。他不知道那掌声的出现是因为他嗓音中有种最可贵的没有修饰的天然特质！

四人组合小胜而归。走下舞台的时候，肖子航意外地在台口见到了何一梅。何一梅点头朝他笑笑，用手做了个胜利的手势。

肖子航心中一阵激动。接下来肖子航站在台角的一段松树墙前继续观看台上的演出，心里还在关心着观众对他的反映。可惜没有人再和他议论。一个节目过去了……他忽然看见何一梅和自己班的宋晓平一起穿着戏装走上舞台。肖子航大吃一惊。

“三载同窗情似海，山伯难舍祝英台，相依相伴送下山，又向钱塘道上来……”

台上丝竹悠扬，她们演唱的是越剧《梁山伯与祝英台》里《十八相送》一段。宋晓平演祝英台，何一梅女扮男装演梁山伯。

祝英台唱道：“青青荷叶清水塘，鸳鸯成对又成双，梁兄啊，英台若是女红妆，梁兄你愿不愿配鸳鸯。”梁山伯唱道：“配鸳鸯，配鸳鸯，可惜你英台不是女红妆……”

何一梅刚一唱完这句，台下一片叫好声。

宋晓平唱得不错，而且唱段多，但与何一梅相比就显得业余。何一梅的身段和唱腔绝对专业，她演的是一个稳重的书生，但流露出的却是女孩的妩媚与清纯。台上台下，判若两人。肖子航惊呆了，心跳加快起来。

凡是知道何一梅的同学今天重新认识了她，不知道她的还以为是学校请来的专业的戏校学员。男生说的最多的一句话就是，我靠！真人不露相啊！

在肖子航的心目中，女生被分为这样几类：让人喜欢的、让人讨厌的、不让人讨厌的三类，何一梅就属于那种让人喜欢的女生。现在，肖子航突然发现，除了这三类之外还有一种，就是让人心生爱慕的女生。

欧毕拜克！肖子航心中突然涌起那句“我就回来”的英语，一种甜蜜的感觉让肖子航的心充满了从来没有过的渴望……

他目不转睛地看着台上。他要感谢于牧强，不是他的发现和推荐甚至“强迫”，他怎么能在这里与何一梅站在同一个舞台上一显身手呢？隐隐地有点“门当户对”的感觉！但接着，一种自卑的心理也尾随而来。和人家相比，自己的小合唱算得了什么？就是不说这次文艺节，自己既不是学习尖子，又不是体育明星，除了长得还可以，其他就是个普普通通的学生。看她那不卑不亢的气质，心里一定是非常高傲。何一梅虽说也微笑，但那是一种居高临下的微笑。现在，她成了星星，需仰视才见。奇怪得很，肖子航以前那些值得自豪的东西怎么一点都没有了呢！

掌声响起来，肖子航居然忘了鼓掌。不是不喜欢，是喜欢得过分了。

顾虑归顾虑，肖子航还是鼓起勇气走到何一梅卸妆的小亭子跟前，这里是晚会的后台，周围已经围了很多人。幸亏肖子航是“演员”，于是方便地走了进去。

“能把你的手机号告诉我吗？”趁着没人注意，肖子航装作很随意的样子轻声对何一梅说。何一梅抬起头，看见是肖子航，眉毛一扬，眼睛就显得格外清澈。肖子航刚要往纸上写，何一梅笑起来：“这么笨啊，我说我的号码，你给我拨个电话，你的我也有了，我的你也有了……”

肖子航有些脸红。何一梅说号码，肖子航按键，刚点了“拨号”，放在旁边椅子上的衣服里响起悦耳的铃声。

“行了，你挂掉吧！”何一梅微笑着说。

学校的夜色是极美的。喧闹的时候没人注意，现在沉寂下来，那美丽和

热情在
激扬
梦
中

开阔便敞开了。

靠近围墙的那排高大的白杨，在微风的策动下，发出沙沙的絮语，明亮的圆月在枝杈之间显现出来，将柔和与妩媚的银光洒在空无一人的操场上。

肖子航一个人走在校园里，他走到刚才站过的舞台上，又跳下来走到小亭子里。

苏轼的诗，“但愿人长久，千里共婵娟”中的婵娟表示什么？月亮！可是怎么那么像一个少女的名字呢？难免让人误会！肖子航就答错过！

榜样的力量是无穷的，文艺节过后，学校的文艺活动如火如荼，空前地繁荣起来。

肖子航更是卖力，他似乎明白了舞蹈老师说的那个“范儿”的含义。他的体会就是，那细微的一个能被别人感受，但却不易被人觉察的动作和表情。能做到这一点似乎就有了“文艺细胞”，一看就是专业学习过的。

肖子航不再“含胸”，他已经习惯挺着胸走路了。

有一天，肖子航换衣服的时候，发现晾干了的衣服都是皱皱巴巴的，于是到学校门口的摊子上买了个大号的搪瓷杯子。这一次他没有怕下铺兄弟看不起他。

记得那是上初三的时候，有一天他发现班上的一个男生穿着总是让人看着舒舒服服，头发形状也总是那么帅，女生们都说他长得像香港的明星黎明。而包括自己在内的其他男生却总邋邋遢遢的，他问妈妈这是为什么。

妈妈笑着说：“哈，爱美了——我告诉你，衣服晾干了都是皱皱巴巴的，人家的衣服穿的时候是要熨的，人家的头发看着很随便，其实那是精心整理过的。你要是整天那样，也就甭学习了！”

肖子航指着自己的衣服问：“妈，咱们家的衣服能熨熨吗？”

“又不是西服，一件T恤衫有什么好熨的！熨不好熨煳了。”

爸爸走过来，什么也没有说，从柜子里找出一个大号的搪瓷杯子，里外洗干净，倒上半缸子热水。再把肖子航的T恤衫平铺在桌上，含了口水喷在衣服上，然后就让杯底儿在衣服上“滑来滑去”，衣服上的皱褶神奇地消失了。

爸爸得意地看着肖子航:“你要不怕麻烦，这就管用!”肖子航佩服地看着爸爸。

说是说，做是做，除了那次之外，后来，肖子航一次也没有熨过衣服。现在看起来，要想美就得用心费力。不过，这个秘密不能对屋里的人说，说了麻烦!

肖子航参加演出的意义是深远的。

第十一章　偶　像

吴维平来了电话，肖子航一阵激动，电影可能要开拍了！

这次吴维平接见肖子航是在公司的办公室，就是上次肖子航试镜头的那座小白楼里。

吴维平递给肖子航一个光碟说：“这是苏眠的专辑，里面的主打歌叫《生死含笑》，知道吗？”

“知道。”

“唱过吗？”

“会哼哼几句。”

“会哼哼可不行。你在一个星期之内模仿苏眠把它练好了。越像越好。”

“电影要开拍了？”

吴维平摇摇头：“先参加电视台的《超级模仿秀》栏目的演出，如果反映好，你当苏眠的替身就没有问题了！”

肖子航心里一愣，这个“替身”的准备可真够充分的，有必要这样吗？不是说中景或者远景吗？他有些疑惑，但没有说。只是表情不大乐意。

“你看过天天卫视的《超级模仿秀》栏目没有？”

“偶尔看看。”

“看过就好，你听我说，那些业余的歌迷有像歌星本人的，也有不像的。像的大家震惊，不像的大家也就图个乐，哈哈一笑。演好演坏都不要紧，人家不是用歌星的标准要求你，人家是用一个普通人的标准要求你。你看的那些不都是业余水平吗？你学习模仿苏眠已经快一个月了，这也算是我对你的一次考试，也让观众的眼睛来判断一下你到底像不像。”

“我的同学都会看见我。”

“看见也不要紧，你不承认就是了，戴不戴眼镜差别很大，我给你用另外一个名字报名。”

肖子航点点头。吴维平高兴了：“我告诉你，我的眼睛不会错的，你的声乐老师和舞蹈老师都告诉我，你很聪明，进步很快。就和你们上学一样，为什么需要考试呢？它可以促进你的学习成绩提高。你绝对能行，我的眼光不会错的……你可要谢谢我对你的培养啊！包装一个歌星很难，包装一个替身也不容易啊！”

“是，是，真是谢你……您了。”肖子航知道北京人说你的尊称是您，可总不习惯。

“你演得越像我就越高兴，让别人看不出来，以为你就是真的苏眠就是对我最好的感谢。明白吗？”

“我试试吧。”肖子航有了些底气。心想，要不是我上高中的时候有那段经历，你就是花一年的时间也没有眼前的这个样子！

吴维平又从桌上拿起一沓报纸说：“这是《娱乐导报》，以前看过吗？”

“偶尔看看。”

“我给你订一份，这个报纸每天一期，第四第五版是娱乐版，你每天把这两版看了，为的是了解演艺圈的一些动态。当然如果有苏眠的，你一定要认真看。”

肖子航点点头。吴维平拿出五百块钱放到肖子航面前：“小伙子，就看你的了，也算你帮我们的忙吧。”

肖子航不明白吴维平的意思。吴维平又说：“上次，你要请苏眠到你们学校的事，不是苏眠不帮忙，他实在是太忙了。”

听见这两句好话，肖子航心中积存的不愉快也就烟消云散了。肖子航看见桌旁的地上立着个一米高的敞开口的大袋子，就是邮局用的那种运送邮件的大帆布袋。几封信从里面“淤”出来散落在地上。

“这都是给苏眠的信吗？”

吴维平点点头。

“这些信都回吗？”

吴维平摊开双手：“怎么回得过来呢？”

“都看吗？”

吴维平摇摇头：“怎么看得过来呢，苏眠偶尔看一两封。”

“那，这些信怎么办？”

“有碎纸机！”

“重要的信不就耽误了吗？”肖子航问。

“不会的。这些信都是歌迷来的，没有什么重要的，有些是表示爱慕之情的，有些是求他办事的。”

“我能看看吗？”肖子航好奇地拿过两封信。

“你还是先好好练歌吧，记住，一个星期。”

肖子航一把掏出五封信。第一个信封是彩色的，字体很小也很幼稚，字迹却非常清楚，一看就知道这是女学生写来的。肖子航觉得自己就像是舞台上的抽奖嘉宾——他的手抽到谁的信，谁就可能得大奖。不知为什么，他的手有些抖。撕开信封，里面信纸的底色也是彩色的，边边角角上都带着花边：

苏眠你好：

我不知道这样称呼你你是否高兴，我想了很久觉得这样称呼最好！不知道你是不是高兴？我是某某市第二中学初三年级的一个女生，我叫某某，你是我最喜欢的人，是我最爱的人，也是我最想见到的人，每天晚上，我总要看看你的照片才去睡觉……好了，我的老妈来了，就写到这儿。

这些小女生就这样天真，肖子航想。不过，话虽然空洞，但那激情却是实实在在的。肖子航突然有种偷看别人信的惶恐。那个写信的女生如果知道她写给苏眠的信被一个无名小卒翻看，不气晕过去才怪呢。

他有些同情那个小女生。肖子航一连看了十封信，基本大同小异。他明白了苏眠为什么对这些来信不感兴趣。这世界真是不公平，有的人渴望得到别人的赞美和爱慕，渴望接到别人的来信，真有这样的信，他们会读上十遍、二十遍，恨不得把每一个字都背下来，吃到肚子里去。可是有的人早已厌倦这些赞美和爱慕，根本不把这样的信当成一回事儿，却偏偏这样的信多得要拿袋子装。分一下好不好？给那些需要的人写点好不好？

杜甫的诗句忽然冒了出来——朱门酒肉臭，路有冻死骨！怎么想起这句诗来了？这挨得上吗？肖子航笑了。他在嘲笑自己。

当名人就是好啊！当科学家呢？当然也行，可多累呀！当政治家吗？也行，可多“危险”啊！现在当名人最便捷的途径就是当演员、当歌星，又出名，挣得又多，还特好玩！怪不得考大学的时候，还甭说那些靓女俊男，凡是那些自我感觉良好的人都去报考文艺院校的表演系。招生的那些日子，从那些校园的大门向里望去，就像在举行群众集会。

想到这里，肖子航感到一种小小的满足。他虽然不是歌星，但他已经比那些歌迷和追星族高好几级了，他已经可以站在高处观察他们了。

这些日子，戴丹还整天跟别人瞎吹，她的影片在云南拍得如何如何了。肖子航只是在一旁冷笑，主人公苏眠和他的替身肖子航都还在北京呢！

接下来的一个星期里，肖子航真是用了功。

他戴了一副耳机出现在学校，腰里别着个 MP3，一有空便戴上耳机，摇头晃脑。

于牧强走到他的面前，叫了他好几声他都听不见。人家把他的耳机摘下来：“这不是你的风格啊！”

“这歌特好听！”肖子航说。他还沉浸在苏眠的歌声里。

“你这叫不伦不类，再说你也不是披头士的形象啊！一边听歌还一边晃脑袋。我告诉你，你这叫东施效颦，你的风格是大大方方、规规矩矩的，不是嬉皮士，也不是摇滚歌手。”

一番话说得肖子航面红耳赤，脸上挂不住了：“谁嬉皮士了？谁嬉皮士了？你这词儿早 OUT 了！你别瞎说好不好？”

于牧强根本不在乎肖子航的情绪，照样说下去：“真没有想到，何一梅居然有如此大的魅力，害得那么多人发烧……你不会要学唱越剧吧？她女扮男装，你男扮女装。”

肖子航愤怒地看着于牧强，他自己也不明白他为什么这样愤怒。

“你有什么了不起！”肖了航突然说。周围的人都朝这里看。

于牧强愣了一下，接着就笑了，摇摇头走了。

从那天以后，肖子航不再随身听了。

他的脑海里就像鬼唱歌一样，反复吟唱着《生死含笑》中的一句歌词：假如你没有来到这个世界上。

一个星期过去了，肖子航来到他第一次“试镜头”的摄影棚。吴维平说要给他指点一下，做一次彩排，也算是一次模拟考试。这次在现场的只有吴维平一个人。

功夫不负有心人，肖子航穿着苏眠经常穿的演出服，试唱了两次。吴维平举起右手，拇指和食指圈成一个零。另外三个指头竖起来。

肖子航知道这就是 OK 了。

此时，肖子航已经是大汗淋漓。高中时候的那点功夫加上形体老师的指点训练，他的动作非常到位！吴维平兴奋地鼓掌，可惜只有他一个人，否则那可真是暴风雨般的掌声了。

“什么时候去电视台？”肖子航问。

“录像的时间推迟了，到时候我再通知你。”

当天晚上，肖子航来到商场，来到了男士服装的柜台，他看见一件衣服穿在模特的身上有点意思。

那是一件黑色的便装西服，是肖子航听说过的一个名牌，好像叫什么保姿。穿上走到镜子前面一看，还真合适。

“您是演员吧？”导购小姐说。

肖子航自言自语：“不像学生穿的是吧？”

小姐马上说："多少学校的校服都是西装，怎么不像学生穿的呢！"

肖子航对这件衣服产生了感情。他自己也觉得像突然变了一个人。如果是标准的西装，他还真不要，这是件便装。男歌星平时都是这样的衣服，不系领带，穿件白衬衫……当然人家的比自己要高档多了。

"怎么样？您买了吧，这是特价。"导购小姐说。

肖子航点点头。翻开价牌：原价 2200 现价 490。大约是自己一周的"工资"。他咬咬牙，于是一双皮鞋和这件衣服一同随着肖子航回了学校。

肖子航没有敢马上穿上这身衣服。倒不是因为价钱贵。这价钱算什么？班上那些同学的一条满是裤兜的大肥裤子，看着不怎么样，要八百多块，一双看着怯垮怯垮的运动鞋一千多块……他不敢穿这件衣服，主要觉得不像学生，好像是已经工作的人。他属于那种规规矩矩的风格，他要在庄重和不动声色中显出潇洒。

以后的日子里，吴维平再也没有提起模仿秀的事情，好像那个节目取消了一样。肖子航不知道吴维平有什么意图，也不好多问。

有一天中午，肖子航的手机突然响起来，他的心中一阵高兴。不料，电话里却传来戴丹的声音。肖子航一愣，她怎么知道我的号码？她怎么会给我来电话？

"我是戴丹，能来一下吗？"

戴丹为了她的电影，经常缺课。戴丹好像是这个班的编外生，大学的学习也好像是她的业余任务。大家影影绰绰地觉得她还有更重要的事情，她不住学校的宿舍，也很少在食堂见到她。她出了书，她的作品即将被搬上银幕，她对大家的态度好了两天。现在又旧景重现！那两天的"和气"是不是装出来的？还是最近遇到了烦心事？

最关键的是她那骨子里的趾高气扬，眼里没有"芸芸众生"。上次那个段元生的出现虽然让大家议论个痛快，可是她本人却不在你的圈子里，议论了人家也听不见，传到她耳朵里也不太容易。她在班上几乎没有一个朋友，就像你议论美国总统，人家根本听不见，伤不了任何皮毛，没有任何反馈，议论也就没什么意思了。

是不是就像吴维平说的那样，这就是一个“要霸气而不要和气”的社会呢？谦虚让人觉着窝囊，傲气反而让人敬仰呢？不管怎么说，反正是班里的人见了戴丹都是客客气气地打招呼，嫉妒和不屑藏在心里，羡慕和讨好挂在脸上。戴丹没准真成了名人，而肖子航却是名人的替身。接到戴丹的电话，肖子航还多少有点受宠若惊的感觉。

“什么事儿，去哪儿？”肖子航问。

“皇太子饭店大堂，两点，好吧？”

肖子航看看表，现在已经是一点十分了。

“什么事？这么着急？”

“来了就知道了，快点啊！”电话挂断了。肖子航心中有些不快。凭什么呀！可是他怕别人说他不够绅士，况且戴丹没准给他带来什么好消息呢？

戴丹可能天生就是一个爱指挥人尤其是指挥男人的人。她有这个魄力而且她自以为有这个资格，还可能是因为她发现这个“才能”以后，屡试不爽的缘故。男人被她指挥也不一定情愿，但莫名其妙地就答应了，就听从了。

肖子航还没有打出租车的“习惯”，他换了两次公交车来到皇太子饭店的大堂。

看见他来了，戴丹微笑着说：“来，快坐会儿。”在学校里，戴丹从没有这样对他热情过。戴丹的穿戴不太像学生，倒像个“小白领”。本来，肖子航以为稍坐一下，就到咖啡厅里。不料，戴丹却没事人一样，既不说找他来干什么，也没有邀请他往里面走。

“你找我到底什么事？”

“也没有什么大事儿，你看这环境多好……”

肖子航急了：“没什么事情你叫我来，你以为你是谁呀？叫了来就为了说这个环境多好啊！”

戴丹莞尔一笑：“没有大事，还有小事嘛，你别着急。”戴丹没有吴维平那样的气派，没有把肖子航请到咖啡厅喝点东西，而是坐在大堂的沙发上。戴丹从书包里拿出一个平板电脑，很熟练地打开，递给肖子航：“你看看，是小事，还是大事？”

屏幕上显示着一封信，看了几行，肖子航就愣住了，怒火一下子从心头烧到脸上。

信好像是那位叫段元生的家伙写给戴丹的，几句空话之后就开始了对肖子航的攻击和诽谤：

当时你那么信誓旦旦地说喜欢我，可是现在我们却形同路人，甚至连路人都不如。我百思不得其解，现在我终于明白了，我知道你和我分手的真正原因是因为你认识了那位姓肖的靓仔。我知道爱情是不由一个人的意志而转移的，我不怪你，但是为了你的幸福，我必须告诉你那个肖某的真实嘴脸。他是一个典型的纨绔子弟，花花公子，我认识他原来在老家的同班同学，他们亲口告诉我，在中学的时候，肖某的外号就叫采花大盗，还不用说亲了多少女孩子，光是上床的就有三四个，就是……好了，我不愿意污染了你的眼睛，也不愿意脏了我的笔……保重！俗话说，路遥知马力，日久见人心。在我没有接到你结婚请柬的那一天，我认为我都是有希望的。

知名不具

肖子航真是怒火中烧。他这才知道什么叫无中生有！他的第一个感觉就是太脏、太龌龊。他脑海里的段元生变成了一个瞪着又黑又亮的小眼睛四处窥探的耗子，如果哪天见到他，他真的想一脚踩死他。

对戴丹的怒火也油然而起。他无缘无故地被拉到一个很没有意思的漩涡里来，但他的理智告诉他：要沉住气！

“谁写的？”肖子航问。

“我怎么知道呢……”

这句回答让肖子航对戴丹平添了几分反感：“这不是你高中的男朋友写的吗？”

“我高中没有男朋友，我根本看不上他们，如果你是指那种特殊的男朋友的话。”戴丹还没有忘记又显示一下她的骄傲。她可能有一点没有想到，肖子航不但知道段元生这个人，而且知道那段“爱情挡箭牌”的传闻，还荣幸地当面领教过。

“你为什么给我看?”

“哎——我为什么不给你看?”

肖子航觉得他和戴丹谈话很吃力，她不坦诚，好像随时都在和别人斗心眼。他心里骂了一句又问：“也不知道是谁写的，你给我看了有什么用?”

戴丹似乎有些惊讶：“你不生气吗?”

“生气有什么用，我又不能给自己一巴掌。你给我看就是为了让我生气吗?”

“哪能呢？说实在的，我挺佩服你的。我给你看就是让你知道有人可能在琢磨你。”

“不怕!”肖子航硬着头皮说。

“好了，没事了，你那天的歌确实唱得不错。”

戴丹就这样转了话题，肖子航还一时没有转过弯来。

走出饭店的时候，肖子航心中闷闷不乐。戴丹这算什么呢？让男人都围着她转吗？唯恐天下不乱吗?

肖子航上公交车的时候，口袋里的手机发出短信的声音，打开一看：欧毕拜克。

何一梅！肖子航心中一阵激动。立刻回了一个短信：欧毕拜克。

“我要过生日。你能来吗?”

肖子航已经不能平静地发短信了。他拨通了电话：“祝你生日快乐!”

“有时间来吗?”何一梅平静地说。

握着手机，肖子航紧张激动得说话有些语无伦次。

真是运气来了挡不住。最近这是怎么了？这么多令人高兴的事情接踵而来，让人目不暇接。

段元生的“诬告信”暂时被放到一边去了。

第十二章　首场“演出”

自从何一梅在文艺节上演出了梁山伯，不但名声大震，就连长相好像也变了。这么一个让人喜欢的女同学以前怎么就没有人发现呢？男生的审美可能出了问题，真是有眼不识金镶玉。演出之后，男生们其实并没有怎么公开议论何一梅，但目光却发生了很大变化。男生的变化，女生是最敏感的。

戴丹说：“不就是唱了个越剧嘛，就变成仙女了？”

肖子航也感到奇怪，一场演出难道就成了分水岭啦？不过你还甭说，大家的目光就是从那一刻发生变化的。

宋晓平说：“其实女扮男装最容易出效果了。”

让肖子航感到奇怪的是，演出之后，留了手机号码似乎白留了。肖子航打了一次电话，何一梅也只是不咸不淡地应付了几句，对肖子航再也没有什么热情。在图书馆见到的时候，也没有什么特殊的表示。是不是身价提高了？肖子航几次夸奖她“唱得真好！”何一梅只是轻轻地谢一声。

因此，肖子航接到何一梅的短信，激动的情绪可想而知。

肖子航在礼品店里给何一梅买了一个生日礼物。那是一只玻璃制作的犄角弯得像蜗牛一样的小羊。造型有些抽象，显得非常时尚。店主人说，这叫盘羊。

傍晚时分，肖子航捧着这只比真羊还贵的盘羊来到何一梅的家。

今天肖子航没有了顾虑，他穿上那件新买的便装西服，一条休闲裤，配上那双皮鞋，还戴了一副墨镜。以至于何一梅开门的时候，一下子没有把他认出来，瞪着眼睛看了他半天。

“请问您找谁？”何一梅奇怪地看着他。

“不是说你过生日吗？”肖子航也挺奇怪何一梅为什么这样表现。

何一梅还是有些迷茫。肖子航摘下墨镜，何一梅这才恍然大悟：“呀，原来是你啊！我还以为是哪位歌星来了呢。”

肖子航心中暗暗吃惊。以前光听妈妈说什么“人靠衣装马靠鞍”，他还不信，没有想到，服装和道具居然有这样神奇的功能！

“祝你生日快乐！”肖子航把手中的礼物盒递给何一梅。何一梅打开盒盖，抓出小盘羊，快活地叫起来：“你怎么知道我属羊！真好看，太好了！谢谢你啊！”

肖子航觉得心中什么地方轻轻地跳了一下。

“要脱鞋吗？”肖子航看着漂亮的地毯。以前他到同学家，稍微干净一点的家都要脱鞋的。

“不用！”

肖子航走进里屋，眼前豁然开朗，一个大厅出现在眼前。他还没有见过一个住家有这么大的厅，和教室几乎一样大，放上课桌椅就可以上课了。大厅里已经有七八个人，和他年龄都差不多，有男有女，都长得很好看。还有一个年纪很小的小姑娘。

所有的目光都向他集中过来。肖子航不由自主地低下头。忽然，他的耳边想起了形体老师告诉过他的警句：见到生人，目光不要躲闪，这样显得很鼠目，很小气。不论眼前是熟人还是生人，不论是大人物还是普通的百姓，见面的时候都要大大方方地面带微笑。

肖子航抬起头，极力让自己微笑着。他发现，大家的目光中除了好奇之外还都有一种惊异的东西。不知道为什么。

何一梅对大家介绍说：“这是我的同学肖子航。”说着又向肖子航介绍说：“这都是我的高中同学。”

大家互相点点头。那个小姑娘叫起来：“还没有介绍我呢？”

大家笑起来。何一梅说：“这是我的外甥女，小人精！”

小姑娘又叫："快，接着讲鬼故事！"

一个头发染成黄色的男生开始讲鬼故事。看来，肖子航到来之前，那个故事已经讲了一段了。何一梅进了厨房，没有人再和肖子航打招呼。肖子航坐下了，他仍旧感到很拘谨。幸好电视机开着。家里没有看见年纪更大的人，可能是何一梅的爸爸妈妈特意给她留下了这么一个"自由空间"吧。

鬼故事讲完了，似乎没有达到预期的效果。大家纷纷离席，有人到了厨房，有人去了别的房间。小姑娘慢慢凑到肖子航的跟前，她看看左右，神秘地低声对肖子航说："你不叫肖子航。"

"那我叫什么？"

"你是苏眠。"小姑娘诡秘地一笑。

肖子航心中一惊，摇摇头。

"你不用害怕，我会给你保密的。我知道你们上街、逛商店就怕别人认出来，总戴着墨镜和大口罩。你进来的时候，我就认出你来了，刚才人多，我没有说……"

肖子航又惊又喜，喜的是他和苏眠真的就这样像！惊的是这个小姑娘太精了，可惜精过了头，把假的当成了真的，这个小人精！

"我真的不是苏眠。"肖子航笑笑说。

"就是！"

肖子航不再说话，和一个小姑娘没有什么好理论的。

"你是我小姨的男朋友吗？"肖子航急忙摇摇头。

那个黄头发的家伙招呼大家说："玩'杀人游戏'怎么样？"

小姑娘叫起来："好！"黄头发说："你去把大家叫来。"小姑娘满屋子乱跑："杀人了！杀人了！"

黄头发让肖子航坐在圆桌旁："玩吗？"

肖子航摇摇头。

"都流行好几年了，还不会？"

"我们老家那里闭塞。"

"闭塞就没有杀人犯吗？"黄头发一语双关。何一梅走过来，指着黄头发对肖子航说：“他是我们这里的哲学家，说话总是要出语惊人!”

大家刚刚坐好，肖子航的手机响了。低头一看，是吴维平的一行短信：速到燕京饭店大堂来。有急事！肖子航心中一惊，他犹豫了。刚到人家家里给人过生日，马上就走，多不合适啊！可是吴维平说有急事，不去也不好。想了一下，肖子航走到厨房对何一梅说他有急事要马上走。

“什么事情这么急啊？”何一梅很失望的样子。

“家里有人病了。”肖子航撒了个谎。

“谁病了？”

“我爸……”肖子航不得不用一个更具体的谎言来掩盖。

“什么病？厉害不厉害？”何一梅很热心。

肖子航后悔自己撒谎了。这不成了乌鸦嘴了？怎么能咒爸爸病了呢！他一时想不好爸爸得什么病，张口结舌的时候，脸红了。好不容易想出了一个泛泛的无关大局的回答：“不知道，就是发烧。”

“你要回老家去看他吗？”

肖子航这才想起，这个谎话有漏洞，连忙说：“我爸爸来北京了，住在一个老同学家里。”

“噢——你赶快回去吧。”何一梅着急地说。

“多谢你啊!”出门的时候，肖子航说。

“谢我什么？”何一梅感到奇怪。

“谢谢你能邀请我来。”

“哦——没事儿——我应该谢谢你来给我过生日，还送给我那么好的礼物!”何一梅微微有些脸红。此刻，肖子航真不愿意离开何一梅的家，但是没有办法。

肖子航坐了出租车来到饭店，刚一下车就听见有人叫他。回头一看，吴维平正在一辆黑色奔驰车里向他招手。

坐进吴维平的车，吴维平问：“你穿的是你自己的衣服吗？”

“是啊。”

“挺不错的，那就不用换衣服了。”

“换衣服干吗？”

“事情是这样，一个苏眠的女歌迷爬上了一个建筑工地的塔吊，说非要见到苏眠，如果到了夜里十二点见不到苏眠，她就要从上面跳下来。”说着话，吴维平的车已经驶出了饭店的停车场大门。

“苏眠呢？”

吴维平沉吟了一下：“他不在家。”

“是让我去替他见歌迷吗？”

吴维平点点头：“现在只有这样了。”

肖子航顿时紧张起来：“要是没有我呢？”

“现在不是有你吗？不管是谁，救人一命也是好事。你说是吧？”

肖子航点点头，这突如其来的事情让他来不及思索。

“在什么地方？”

“过了红绿灯右转到头就是。”

“是精神病吧？”

“怎么说是神经病呢，超级粉丝吧！”

吴维平的手机响了。话筒里传来着急的声音：“到哪儿啦？”

“马上就到。”说着，吴维平打开汽车的双蹦灯，加快了速度。

“我一会儿干什么呀？”肖子航的声音有些发抖。

“你就说，我是苏眠，你下来吧。其他的随机应变。镇静点，千万不要穿帮。”

右转弯以后，肖子航瞪大眼睛，想早早地看见建筑工地。夜色中，只见马路两侧的楼房，建筑工地的影子也没有见到。远处，突然看到了一辆闪着警灯的警车停在左边的路旁。警车的周围有许多人正在仰望着什么。

是了，肯定就是这里了。

警察发现了吴维平的汽车，于是急忙招手，轰赶前后的车辆和人群。吴维平的车如入无人之境，在警察的手势下，停在了警车的前面。警察为副驾驶的一侧打开了车门，朝肖子航敬了一个礼。这一刻，肖子航只觉得一阵眩晕，手脚都不听使唤了。

“不要怕，我就在你身边。戴上墨镜。”吴维平低声说。肖子航走下车，还没有站稳，一群人立刻围了上来。

“苏眠来了——”有人大声喊道。这句话立刻像潮水一样向四处蔓延开来，同时又好像也给了肖子航一个通行证件，一个通往苏眠角色的证件，让他的勇气油然而生。可能是他太像苏眠，也可能是大家知道苏眠要来，只要从汽车上下来个差不多的就行。不论怎样，肖子航刚才那种根本不能胜任的感觉没有了，取而代之的是一种从来也没有体验过的紧张和兴奋。

围观的人眼睛紧紧盯着他，小声议论着，给他让出一个通道。警察不停地用手势引导他，领着他朝前走。肖子航回了一下头，看见紧跟在后面的吴维平冲他举举手，心里踏实了下来。

一个声音从看热闹的人群中传过来：“苏眠，你还挺仗义的！”接着便是一两声稀稀落落的掌声。肖子航不敢抬头，他没有遇到过这种被人围观、被人关注、成为中心的场面。他的头低着，眼睛始终看着前方两三米的路。走过一片钢管的时候，警察举起手：“你看！”

肖子航这才抬起头。朦胧的夜色中，一个巨大的塔吊像个怪物似的耸立在一个快要建好的大楼旁边。大楼浑身罩着建筑用的绿网……塔吊的顶端有一盏灯。塔吊的巨大和朦胧给人一种“天外来客”的感觉。塔吊的横梁上有五块巨大的牌子，那是某某建筑公司的名字。那横梁所处的高度大约有十几层楼。

“人呢？”肖子航问。

“就在第一块牌子的旁边。”

肖子航仔细看去，他看见了一块飘逸的类似头巾的东西。再仔细看，一个人的形体从牌子后面露出半个身子来。那“头巾”原来是她的裙摆。

哇！那么高，从下面看着都眼晕，爬到上面需要多大的胆量呀！这样胆大的女孩干吗要为歌星做出这样傻的举动呢？真是让人难以理解。

跟随他的警察用对讲机开始说话：“2 号！2 号！请注意！苏眠已经来到工地现场，苏眠已经来到工地现场。报告完毕。”

肖子航听到了前面的工地上响起一个电喇叭的声音：“塔吊上的女孩儿

请注意，苏眠已经来到工地，请你下来好吗?”

肖子航这才发现在塔吊的跟前也围着许多人。一个微小的声音从塔吊上传来：“骗人!”警察碰了一下肖子航的胳膊：“我们还要往前走。”肖子航跟着走到塔吊的脚下。

看见肖子航过来，那位喊话的警察把喇叭递给肖子航说：“你来了太好了！她在上面已经待了一个小时了。在那个地方待一个小时，体力消耗很大，千万不要说刺激她的话。”

肖子航接过话筒，手不由得发抖。不是模仿秀，也不是实习，现在是实战。他看看吴维平，吴维平点点头。

工地上一片寂静。肖子航举起电喇叭，对着塔吊上面说：“喂，塔吊上的同学，你好！我是苏眠，请你下来好吗?”

塔吊上传来女孩的声音：“你是苏眠吗?”

“是——请你下来好吗?”肖子航的声音明显地变小了。但周围太安静了，那声音即便是一缕青烟也会飘到女孩儿的耳边。

“真的是你吗?”

“真的是我。”肖子航的声音变大了。

女孩突然哭了起来。

“你下来好吗?”

“我害怕……我不敢下来。”

肖子航没有听明白女孩的意思，转脸看看警察。

警察拿过话筒，高声喊着：“你在那里不要动，我们上去帮助你。”说完，警察招呼一个像是塔吊司机模样的人一前一后爬上了塔吊的梯子。

肖子航觉得他也应该爬上去，一个警察阻止了他。

工地上的人都屏住呼吸观看。肖子航仰脸看着塔吊上的女孩，自己的身体也一动不敢动，生怕他一动，那个女孩会立刻掉下来。

塔吊司机已经爬到了横竖的结合部位，他向前跨出两步，伸出手拉住了那个女孩的手。

工地上响起了一片欢呼声。

有人拍了一下肖子航的肩膀。那位一直站在身边的警察对肖子航说：“我们嗓子都快喊哑了都不下来，看见你她怎么就这么听话呢？真他妈邪行了。”

肖子航尴尬地笑笑，真不知道说什么好。

一个黑色的话筒突然出现在眼前，肖子航一抬头，不到一米远的地方，摄像机的镜头正对着他。肖子航不由得愣了一下。拿话筒的记者说：“苏眠你好，今天发生了这样的事，您能为我们的观众说两句吗？”与此同时，一盏采访灯也亮起来，许多手机纷纷伸向这里。肖子航知道他们在拍照，他知道，眨眼的工夫，他的照片就会转发到微博上去。肖子航不由得摸摸脸上的墨镜。

肖子航呆呆地看着镜头。他没有碰到过这样的场面，根本反应不过来，不知道怎么做才好。幸好吴维平及时走到镜头前说：“对不起，下次好吗？”

塔吊那边突然传来争吵的声音。肖子航抬头看去，只见那个女孩儿挣脱警察的阻拦向他跑来。肖子航本能地想等一等。不料，吴维平一把拽住他的胳膊说：快走！

肖子航刚走了两步，那女孩儿就跑到肖子航跟前，满脸泪水，表情不知道是痛苦还是高兴，因为激动，脸有些变形。

“给我签个名吧？”她既没有纸也没有笔，伸出了一只胳膊。肖子航看见了她的胳膊因为长时间挽着塔吊的铁架，被勒出了两道深深的印记。

“还签名呢！真是不知死的鬼！”警察嘟囔了一句。

发现没有笔，女孩儿把背在身后的双肩挎背包移到胸前，从里面拿出一支笔。肖子航接过笔，手开始发抖，差点就写了个“肖”字，心里一激灵，赶快敛神静气，在女孩的胳膊上签了苏眠的名字。这是他第一次以苏眠的名义给人签名！没想到是在这样的情况下，在一个人的胳膊上签名。他觉得那个女孩很可怜！

女孩被警察带走询问，人群一下子朝肖子航围了上来。

肖子航跟着吴维平逃跑似的穿过工地，上了汽车，急匆匆地驶出了人群的包围。到现在肖子航也没有看清那个女孩长什么模样。他只记住了那个“伤痕累累”的胳膊。

第十三章　新闻效应

当天晚上，“苏眠救粉丝”的照片和消息就被发到微博上。

有人马上就质疑，认为这完全是苏眠在作秀，分析的人说因为苏眠的人气已经渐渐衰落，苏眠必须找个新闻事件炒作。苏眠的粉丝立刻回击，认为苏眠是个对粉丝有情有义的男子汉，对于昨天被救下的粉丝来说更是恩重如山。旁观者看来，不管是真是假，苏眠的人气肯定是飙升无疑了。

这个晚上的抢救行动对苏眠的人气有重要意义，但是对肖子航来讲却有另一个更重要的意义。实践证明，他“扮演”的苏眠是成功的，“观众”是认可的。他通过了一次关键的测试。

他的信心陡然增长，同时他也体味到了一种从未有过的快感！那就是被人关注，被人拥戴，被人崇拜……人虽然是假的，但欢呼和掌声却是实实在在的。那种被人喜爱被人重视的感觉是真的。当名人的感觉真好！当然，肖子航也想到了，今天光线不行，今天基本是“远景”和“中景”，而且是“夜景”。电影总不能光是拍夜景吧！不管怎么说，给苏眠当替身已经绰绰有余了。

有三个画面总在他的眼前晃动。何一梅家的那个“小人精”神秘地笑着说：“你是苏眠”；警察为他打开车门，举手向他敬礼；上塔吊的女孩的“伤痕累累”的胳膊。

越想越值得回味，越想越兴奋。一种莫名的成就感在肖子航心底油然而生。

……

发生的事情再大不算新闻，上了报纸和电视才算新闻！而且是被官方认可的新闻。

早饭以后，他跑步来到了报摊上，把娱乐性的报纸全数浏览了一遍，没准有的报纸会对昨天晚上的“抢救行动”有所报道。没有想到，看了半天也没有。是不是翻得太粗了？肖子航又重新翻。

“你到底要买什么呀？”报摊的主人不高兴了。

“昨天晚上，一个女孩在塔吊上要自杀，报纸登了吗？”肖子航试探着问。

“昨晚上的事儿得新来的报纸才登啊！”对方说。

“这不是新来的报啊？旧报纸你在这儿卖什么呀！”肖子航不满意了。

“谁卖旧报纸了！我的报纸有的是周报，有的是一周两期……刚来一天你就让我扔了，你让我喝西北风啊？”对方也生气了。

冷静一想，人家说的也有道理。肖子航缓和了语气问：“今天的报纸什么时候来呀？”

“得八点钟吧。”

肖子航快快而回。走进教室，大家正围着“邪恶势力”听他说“新闻”，对于“邪恶势力”的“讲演”，肖子航从来不感兴趣。他无非是把昨天看的电视新闻，再加上他爸爸说的一点细节补充进来，以增加真实感。他爸爸是当地文化部门的一个干部。有时候，肖子航凑上去做做样子，纯粹是为了给他点面子，当然也不排除有点讨好的因素。大家都围着他，就你一个人冷冷地待在一边，对于“邪恶势力”这样的小肚鸡肠又喜欢争强好胜的人，你不能不有所顾忌。

下铺兄弟不远不近地站在一旁。

女同学当然就另当别论了，男生和女生聊天的圈子不一样，感兴趣的话题也不尽相同，人家爱听不听。肖子航扫了一眼戴丹，她正在那里看书，很投入，似乎根本不关心“邪恶势力”在说什么。

“夜里一点钟，我们家的电话响了，你猜是谁？好家伙，文化局局长。

他跟我爸爸说，一个女孩上了塔吊要自杀……”“邪恶势力”看了一眼肖子航，不知道他是刚刚开始讲演，还是为了照顾后来的听众，故意又把开头说了一遍。

肖子航不由得凑过来，不论“邪恶势力”是什么目的，他都想听。要知道，这是昨天晚上发生事件以来，他听到的第一个反馈信息。

“邪恶势力”接着说：“你们猜那个女孩为什么要自杀？”说着，环顾了一下四周，似乎在征求标准答案。没有人说话。

“那个女孩要见苏眠。”说着话，“邪恶势力”又把目光投向了肖子航，“嗨，肖子航，你听说了吗？”那意思是不言而喻的，自从肖子航在文艺节上唱歌露脸儿之后，“邪恶势力”总觉得肖子航和演艺圈多少沾点边，说演艺界新闻的时候，要找个人给他站脚助威。

肖子航赶紧摇摇头：“没有听说，真的没有听说。”说着话，还摆出了一个很感兴趣、洗耳恭听的样子。“邪恶势力”放心了，独家新闻的地位算占上了。

“邪恶势力”说：“你们说，现在的女孩有多下贱！为见一个苏眠就上塔吊。谁说话不留神，把塔字忘了说，不就成了上吊了嘛！”

大家似乎不愿意听他发表评论和感慨，于是都问：“后来呢？”

“着什么急呀，你们听我慢慢说呀……好家伙，去了两辆救火车，七八辆警车。救火车的云梯高是高，可是比起塔吊那可就叫瞎菜。多少人拿着喇叭冲那个女孩喊话，她就是不下来。警察没招了，就想，让苏眠来一趟吧，就通知了文化局，文化局找演出公司，让演出公司找苏眠，可是没有人知道苏眠的电话。你说急人不急人！”

“找你爸呀！你爸不是和大牌明星都有来往吗？”有人插嘴，不过“邪恶势力”一点也不生气，他的表现欲比他的攻击欲还要强烈。

“还真让你说对了！”“邪恶势力”说，“幸亏他们找到了我爸。我爸给电视台的导演打了个电话，春节晚会的导演，所有大牌明星的手机电话，家里的电话号码，他那全都有，不论什么事，一个电话，立马就到！”

“苏眠到底去了没有？”

“邪恶势力”摆摆手：“跟你们这些人没法谈事情，你们怎么就跟小孩看电影似的，银幕上出了个人就问大人：好人还是坏人？人物是复杂的，故事也是曲折的，得慢慢看。看了头就知道尾，那不叫故事，那叫萝卜！”

“我们就是小孩看电影，我们就是萝卜，苏眠去了没有？”下铺兄弟大声喊。

“邪恶势力”遗憾地叹了口气：“好，我简短点说，苏眠去了，可那女孩看不清他，他只好上了救火车的云梯，那云梯上升到塔吊一半高，苏眠就晕菜了，他有恐高症。幸亏那个女孩看清他了，于是号啕大哭。两个消防队员把她从塔吊上给弄下来。那个女孩下来还不老实，抱着苏眠就亲，亲完了，还让苏眠在她脸上签名。”

“我靠，这女孩真够疯的啊？”“主编”撇撇嘴。

“真了不起，太让人感动了！”大家一起转过脸，那是戴丹，此刻已是满眼的泪水。大家都愣住了。

“哟——这是怎么啦，至于那么激动吗？”“邪恶势力”说。

他的话本来是玩笑，他很高兴他播报的新闻能起到这样的效果。不料戴丹却真的生气了：“你懂什么，你们懂得什么是感情？你们就知道吃饱了不饿！”

“你懂感情，那你也上塔吊啊？”

“我要是上了塔吊，我不会再走下来，看到有人为了我上了云梯，我会跳下去在空中与他相会……”说这话的时候，戴丹不像是在回答“邪恶势力”，倒像是在念独白。可怕的是她的表情那样凝重，不由得让人想起名剧《哈姆雷特》中那个得了精神病的俄菲利亚。大家难免有点害怕。教室里一时很安静。

肖子航怎么看怎么觉得她在演戏！

“邪恶势力”很满足，他在班上的“讲演”从来没有像今天这样引起广泛而激烈的反响。他说的是新闻，却得到了电视剧的效果。如果说，他以前在班上有些力量的话，那只限于武力和耍混，而现在，他靠的是“艺术魅力”。

一言不发的肖子航很想说话，对于这件事，没有比他更“权威”的目击者了。什么目击者！他就是当事人！可现在他没法子说，他清清楚楚地看到这件事情在被人传播的过程中是怎么被添枝加叶，怎么被无中生有的。一只胳膊怎么变成一张脸了……他忍不住想去更正一下。但他还是忍住了。更让他吃惊的是刚才戴丹的表现。

中午的时候，肖子航又跑到报摊上。

刚翻了两份报纸，一幅巴掌大的照片就映入他的眼帘。那是他在女歌迷的胳膊上签名的画面。肖子航是侧面，按吴维平的说法，这个侧面是和苏眠最相似的那个侧面。歌迷是正面。他俩之间有些虚的地方有吴维平的半个脸和一位警察的整个脸。背景看不太清楚。与这张照片并列的稍小一些还有两张照片。其中一张是女歌迷胳膊的特写，上面清清楚楚签着苏眠的名字。另一张照片的背景是塔吊，一个人背对着镜头举着喇叭。那个人就是肖子航。

三张照片的上面有个通栏标题：痴情女塔吊惊魂　仗义哥空中救粉。

照片的下面是一段巴掌大篇幅的报道。

捧着报纸，肖子航有种做梦的感觉。一瞬间，他怀疑昨天晚上发生的事情是一种虚幻的想象，甚至连吴维平找他所做的一切事情都是幻觉。

翻了九份报纸，倒有五份报纸刊登了苏眠昨晚“救粉丝”的新闻。肖子航把所有登了苏眠消息的报纸各买了一份带回教室。他故意把那份最详细的报纸递给“邪恶势力”，随便说了句：“不是在脸上签的，是在胳膊上签的。”

“邪恶势力”看也不看，不屑地说：“懂不懂！报纸发消息是要经过审查的，往脸上签有点过分，报纸不能登，记者就是拍了照片，领导也得给删掉。”一副圈里人很内行的样子。

上课的时候，肖子航忍不住详细阅读报纸上有关的内容：

经警察询问，证实那个女孩是一个外地来的中学生，因为对苏眠崇拜得近于痴狂，瞒着家里来到这里。

一家报纸以“为见偶像上塔吊好不好”为题展开讨论，正方的意见认为，这是个小儿科的题目，当然不可取。关键是偶像苏眠该不该来？他们认为不该来。理由是，什么事都有个度，爬到塔吊上去已经远远超过了粉丝的度。况且，如果粉丝一有什么要求，偶像就要到现场，还有那么多警察和消防车要赶到，这要花多少银子？浪费多少人力？制造多少混乱？这次“接见”了，恐怕还会有人竞相效仿。

反方的意见是，粉丝是人，偶像也是人，对于粉丝的举动他们表示理解。歌星作为一个被人崇拜的公众人物，他有义务，包括情感的义务“见义勇为”，为粉丝的安全付出他的关心和爱护，何况是涉世不深的未成年人。

还有一篇评论非常尖锐：苏眠又在作秀！利用这件事在炒作自己。他在歌坛上的地位已经日渐落寞，没准那个女孩还是花钱雇来的呢！

这篇文章的署名是“坠星族”。

以前，肖子航看到这些娱乐新闻，演员的花边、晚会的趣闻、拍摄的花絮，只是觉得好玩，这次却感到有种切肤之痛。

怎么会是花钱雇来的呢？真是太过分了！肖子航心中有些不平，在他看来，去救那个爬上塔吊的女孩，这是一件板上钉钉的大好事！怎么出现在媒体上，支持的人怎么反倒成了少数了呢？

肖子航买来的报纸被全班竞相传阅，讲课的老师竟然也探下身来问上几句。

刚一下课，教室里就出现了两大派。

还没有展开讨论，肖子航就接到吴维平的短信：中午 12 点 30 见面。肖子航心中一喜，不是庆功会，就是表彰会，吴维平起码要给自己发一点奖金……

在那个小白楼里，吴维平领着肖子航走进上次拍录像的小礼堂。进门之前，吴维平一再叮嘱：“千万记住，苏眠今天说什么你都不要在意，更不要顶嘴！”

“为什么？”肖子航好生奇怪。

“以后，我会告诉你。千万记住！”

“他找我要干什么呀？”

“我也不知道。”

走进大门，肖子航看见苏眠倒坐在一把折椅上，胳膊趴在椅背上。从肖子航进来的那一刻，他的目光就凶狠地瞪着他，让肖子航不寒而栗。

吴维平低声对苏眠说：“他来了……”然后就闪在肖子航的一边，摆出一副挨训的架势。看见吴维平的样子，肖子航也不敢坐。尽管椅子到处都是。

“你是哪儿来的歪屁眼儿臭虫！你有多大的胆子竟敢冒充我到外面去招摇撞骗！你给我滚蛋！”苏眠用手指着肖子航的脸，大声叫喊着，简直是咆哮着。

肖子航一时蒙住了。

一个中学生也懂得昨天晚上肖子航为苏眠做的是件好事呀！不论从哪个角度来讲也是好事！把人从塔吊上救下来，不是好事吗？就是从作秀和炒作的角度来看也是好事啊，不是又成了热门话题人物了吗？

这个人怎么好赖不懂呢！

苏眠从地上拎起一沓报纸喊道：“我花钱买人上塔吊，我疯了……我作秀！我为什么要作秀？什么人才作秀，妓女才作秀，她们还不如妓女，妓女拿了钱就走，她们先跟名人睡，睡完了再找狗仔队发布新闻，她们要了钱还要名，要了名还要你的命……你要是妓女你去做，不要以我的名义！”

说着，他把报纸朝肖子航的脸上扔过去。如今这报纸，几十个版，厚得要命。报纸打在肖子航的脸上，生疼生疼的。

肖子航不知道是要开口还是要还手，吴维平在旁边及时拽住了他的胳膊。

“你不要太放在心上，他有病……”吴维平把肖子航拉到一间小屋，亲自给肖子航倒了一杯茶，缓缓地开了口。

肖子航不说话，他离开苏眠的决心已下。

“你听我说，苏眠真的是有病。要是没有病，就他这个脾气不要说你待不下去，我也要走。我并没有靠他吃饭，经我包装出名的歌星多了。”吴维平接着说了四五个歌星的名字。在肖子航听来都是重量级的人物。

“昨天晚上你做的绝对是好事，绝对有功劳。苏眠如果是个正常的人，他不会发脾气，不但不会发脾气，还会夸奖你，奖励你。为什么？明摆着的嘛，你的行动给他加了分，不但出名而且还有人缘。不要说他的歌迷，就是普通的观众也会加深对他的好印象。他不奖励你，我奖励你！”

“他有病？我还有病呢！”肖子航说。

“实话跟你说，他真的有病。”

“什么病？”

“苏眠得了抑郁症。知道抑郁症吧？不光是心情不好，这是一种病！”吴维平一字一字地说。肖子航心中一惊。前几天还在电视里看到实况转播，苏眠依然是那样神采飞扬，怎么可能呢？

“已经不止一次了。他的心不坏，品质也没有问题，可是从今年春天开始，他突然变得非常焦躁，不知道什么时候就像被鬼附体。”

肖子航没有说话。

吴维平深深地叹了口气：“苏眠很可怜，观众只看见他在舞台上光彩照人，没有人知道他得了病，他情绪激动的时候，自己不能控制自己，发了脾气，媒体上又大肆攻击和炒作，还说这是苏眠在作秀。苏眠看完这样的报纸，他就变得更加焦躁。如果这样下去，他肯定就完蛋了。你如果帮他，不但救了他，也救了歌迷，也救了所有靠苏眠吃饭的人。这件事我考虑了好久，没有办法。那天我在电影厂看见了你，就突然冒出这样一个想法……等苏眠病好了，你再离开。”

吴维平的话肖子航只听明白了一半，那就是苏眠疾病缠身，爱发脾气。可是什么“救了所有靠苏眠吃饭的人……等苏眠病好了，你再离开”是什么意思呢？苏眠不是要出演戴丹编剧的电影吗？这才有肖子航给他当替身的事情啊！莫非他连电影也要让肖子航替他演吗？要不干吗花这么多精力和钱让肖子航学他学得惟妙惟肖呢？想到此处，肖子航的心咚咚跳了起来。

“您一定要告诉我，那个电影什么时候拍？我什么时候‘上场’，我总不能这么稀里糊涂的吧！”

沉吟片刻，吴维平说：“实话告诉你，电影不拍了。”

“什么？不拍了？”肖子航大吃一惊，“那我这是在干什么？为什么不拍了，是不是因为苏眠的身体不好?”

吴维平摇摇头：“资金没有到位。”

“不到位开什么新闻发布会?”

“老实告诉你，投资方压根就没有打算拍这个电影!”

肖子航很惊讶：“投资方这不是开玩笑吗?白费那个劲儿干什么?”

“他们没有白费劲，他们的宣传目的达到了，他们花了一点点钱，可是做广告的目的达到了，公司的知名度又提高了。每个来参加会的嘉宾给两千块出场费，媒体给一千，不少吧?可这比他们做广告的花费就小得多……”

肖子航愣住了，他真是不明白怎么还有这样的公司。“你们一开始就知道这个公司的打算吗?”

“不知道。但是我看他们的架势就有点怀疑，现在果然证明了我的推测……”

肖子航很悲哀，也为戴丹感到悲哀，更为他满怀信任的社会悲哀。“苏眠还参加新闻发布会，这不是为虎作伥吗?”

“苏眠不知道。我也不知道，但是我做好了准备，他们请苏眠出席会的时候，没有签过合同，我就有所怀疑。”

“苏眠干吗还要出席呢?”

“我们也是不得已而为之。”

“为什么?”

“这个圈子里的事情你还不了解，慢慢就明白了。那个投资方的老总名字叫宋万成，他是我们的对头，但是他有钱有势……有些事情你以后会明白，我们不好得罪他!”

“电影的事都不存在了，你们干吗还要我瞎忙活?”肖子航气愤地问。

吴维平沉下脸：“小伙子，公平地说，你一点也没有吃亏，我给你劳务费，比群众演员高得多吧，我们花钱让你学本事，你应该交学费吧……你什么损失也没有，对吧?”

肖子航不说话了。沉默了一会儿，吴维平点起一支烟：“话说回来，一个人在外面闯荡，免不了磕磕碰碰的，尤其你这样年轻。苏眠这么个大明星还受委屈呢，何况我们。我们也不能太娇气，你说是不是？什么钱也不是好挣的！实话实说，我们的钱也不是白给你的，养兵千日，用兵一时，关键的时候，你也得仗义点！”

肖子航觉得话有点不好听，但也挑不出什么毛病，只好硬着头皮听。

吴维平继续说：“我们的投资也没有白费，因为我们让你来的目的本来就不是为拍电影的。”肖子航抬起头，惊讶地看着吴维平。现在他才知道吴维平的智商也是下围棋的料！

“不拍电影让我干什么？”

就在这个时候，吴维平的手机响了，听着电话，他的眉头渐渐皱了起来，一边听一边不住地点头。接完电话，他对肖子航说：“你坐在这里，千万不要出门，我马上回来。”说完，他朝外走去。肖子航不知道出了什么事情，只好点点头。

吴维平走出小白楼，走出公司的大门口，不由得大吃一惊。门口站着许多人，看见有人出来，哗啦一下子围拢过来，几个相机、几个摄像机的镜头都对准了他。不用说，这是来自媒体的记者。吴维平大吃一惊，他故作镇静地迎了上去。

“诸位有什么事情吗？”

一个拿话筒的女记者三步并作两步地走上前：“听说苏眠昨晚上塔吊救了一个女粉丝，我们想采访一下，我们希望见到苏眠本人证实这个消息。”

“这是好事啊，希望苏眠能接受我们的采访。”记者纷纷喊道。

吴维平感到庆幸，他幸亏接到了刚才的电话。电话是老李打来的，这个电话不但告诉他有记者要登门采访，更重要的是电话里告诉他，有人已经怀疑昨天救粉丝的不是苏眠本人。如果刚才走出大门的是肖子航，或者是苏眠本人，事情都会穿帮……想到这里，吴维平不由得出了一身冷汗。

“你怎么知道有人怀疑？”吴维平电话里问老李。

“是宋万成说的。”老李回答。

第十四章　刻骨铭心

吴维平与宋万成的矛盾由来已久，他们不明争，属于暗斗的那种。

十年前，宋万成刚刚下海，吴维平已经是事业有成的影视公司总经理了。等到吴维平事业受到挫折，离开了经营多年的公司，宋万成却已在娱乐行业站稳了脚跟，成为了京城一家著名的大公司的老总。他依仗着多年从政经验和人脉关系，一手连着电视台，一手连着许多著名的演员；一手连着政府的大小官员，一手掌握着许多娱乐公司，真是呼风唤雨，意气风发。吴维平开始认识宋万成的时候只觉得这个人很霸道，在这个讲霸气不讲正气的社会，最好的方式就是采取敬而远之的态度。到后来，当他听说一个女演员被宋潜规则的真实故事以后，他开始对宋有了看法，吴维平的原则是，不一味地谴责老板有情人，但是他看不起乘人之危，利用职权霸占良家妇女的行径，他认为这样的人没有职业道德，很下作。这种事情如果发生在三四流导演，那些小混混身上还“符合剧情”，而发生在像宋万成这种“人模狗样”的老总身上就有些说不过去了。他还听说，他投资的电影之所以赔得颗粒无收，除了行情不好之外，与宋万成在有关部门和有关领导跟前“大加贬损”也有很大的关系。

从此以后，吴维平的原则是，一不和宋万成“共事”，二不和宋万成“过事”。

八年前，他在南方意外发现了苏眠，一是看出这个歌手的潜质，二是也想帮他一把，于是把苏眠带回了北京。可到了北京怎么办，苏眠得吃饭，得住店，苏眠已经不是一般的北漂，得让他挣一点钱，怎么也得像个歌手吧！

吴维平当时没有自己的公司，于是经他介绍，把苏眠签到一家很小的影视制作公司，人家看吴维平的面子，说好每个月给三千元酬劳，条件是苏眠要在公司的指导下去歌厅、洗浴中心跑场子唱歌。这个收入与苏眠在地方上的差不多，苏眠很高兴，要知道，虽然价钱一样，可这是在北京呀！在这里可以大展宏图呀！

两个月下来，苏眠的名声渐渐传了出去，这么个年轻的小伙子，眉清目秀，要嗓子有嗓子，要身段有身段。那个小公司的老板姓于，高兴地对吴维平说，这个苏眠可是个宝贝呀！您是从哪儿淘来的呀。您可真有眼力呀，谢谢呀！

没想到，苏眠的情况被宋万成知道了，他派人找到苏眠，开价每月一万元，让苏眠到他的公司来。苏眠一愣，他还是个老实人，还记得吴维平的恩情，也明白这不是简单的钱不钱的问题，于是推辞道："我和人家于经理是有合同的，不好随便就这样跳槽吧！"来人笑着说："这没有关系，只要你个人同意，于经理那边我们能摆平。"

苏眠没有说话，当天就找到吴维平。吴维平听说是宋万成的公司找他，骂了一句，心中也暗暗赞赏苏眠这孩子有良心。但是他不动声色地说："我想听听你个人什么意见？"苏眠毫不犹豫地说："我听您的……"

吴维平拍拍苏眠的肩："好！哪儿也不去，等我有了公司，就在我这里，我一定要把你打造成一线的歌手，先参加中央台的青歌赛，将来争取上春晚！"

"好，我就跟着您了。"

过了两天，于经理对吴维平说宋万成找了他，一定要把苏眠挖过去。"我也顶不住了，我可不想跟宋万成闹掰了。"

"按合同办事呀，两年还没有到，你怕什么？你不是说苏眠是个宝贝吗？还没有焐热就送给别人呀，甘心吗？"

于经理摇摇头："宋万成说，两年合同的钱他全付，再给两万的违约金，话说得这么瓷实，人家这是给我面子，我再挡着他肯定恨我不是？"

“那你也得看人家苏眠同不同意呀！”吴维平强压怒火。

于老板笑笑：“您是聪明人，这里的事情苏眠做不了主呀！咱们千万别把事情闹僵了，您还是得想想办法。”

吴维平明白了于经理的意思，于是他建议于老板和苏眠解约，多给苏眠一个月的工资，对宋万成就说苏眠本人不同意，吴维平把苏眠“接过来”。于经理说，也好，这样我也就不承担责任了。

从那个月开始，吴维平就让苏眠住到他的家里，每个月给苏眠三千元酬劳，还得假说是公司给的，怕苏眠不肯要。

于经理把事情的经过告诉了宋万成，宋万成什么也没有说，只是微微一笑。

两个月以后，吴维平又成立了自己的影视公司，那时候成立这种从事文化娱乐有限公司的最低注册资本是三十万元，当然对于像吴维平这样的人，筹借这点钱也不是什么太难的事情。

从那以后，他的公司蒸蒸日上，苏眠也就顺理成章地成为他重要的签约歌手。吴维平找到有名的词曲作家，为苏眠写歌，终于在两年以后，一曲《生死含笑》让苏眠成了大名。

谁也没有想到就在事业顺利前进的时候，苏眠对吴维平提出要与宋万成合作的事情。

吴维平大吃一惊。

“你有病呀？他威胁你了？”

苏眠不说话。

“说话呀！他是要找人打你？还是杀你？还是绑架你？”

苏眠摇摇头：“你就别问了。”

“我怎么能不问，你是我们公司的歌手，要和别人合作这算怎么回事？”

“请您相信我，我决不会做对不起您的事情，这不是钱的问题。他说的合作很简单。就是每年借我替他们干两次活，酬劳照付。”

“一次也不借，他那个人非常阴险！”

“这个我知道，可是如果您不同意，我也就没有办法继续在公司干下去了。”

看苏眠说得这样坚决，吴维平换了个口气问道：“他到底跟你说什么了，咱们把公司抛在一边，你就把我当成你大哥，跟我交交心怎么样，我没准能帮你……”

苏眠想想，似乎是下了很大的决心说：“前天，他找了我去，给我看了一个东西……这是我的隐私……他说不合作就公之于世……吴哥，我就只能说这么多了，您别再逼我……”

吴维平愣住了，他万万没有想到宋万成还有这样的手段，他一定是专门找人调查了苏眠，难道苏眠说的“隐私”是什么“艳照门”之类的东西？卑鄙下流！他不想再问了，命运呀！想躲，还是躲不开！他想起了那句壮胆的话，咱不惹事，咱也不怕事！早晚能水落石出！这样想，他也就不再追问，还对苏眠安慰说：“没关系，年轻人一时办糊涂事可以原谅，但千万别让人拿这事威胁咱，那可就上了坏人的套了。”

两个月前，老李在北影厂南门遇见了肖子航，他心中一动。一是因为小伙子长得精神，二是因为在此之前，他就听说苏眠要拍电影，像苏眠这样的明星，说不定需要个替身。因此看到肖子航，他就留心了，当天就给吴维平打了电话。

电话那头，吴维平犹豫了一下说：“也不一定需要，这样吧，明天早晨你带他到录音棚我见见再说。”

就这样，他就把肖子航引荐给了吴维平。

过了一个星期，吴维平约他见面。对他说，肖子航这个小伙子还成，很感谢老李……说着话，他拿出五千块钱递给老李。老李有点惊讶，这介绍费有点多，况且像吴维平这样的大客户自己是要巴结的，于是说：“您这是干什么呀，平常您帮我们那么多忙！”

吴维平说：“你知道苏眠这个人的脾气，就是将来电影真用了替身，不论是文替还是就给站站机位，他都不愿意别人知道。你记住，这件事情不要和任何人提起，你也不要再给那个姓肖的小伙子介绍任何剧组……就当没有这件事一样！”

老李连连点头说：“吴总您放心，我知道咱们行里的规矩，放心，我对谁也不说。”

吴维平又说：“你也知道，这个圈子说大很大，说小很小，名利场呀！有的人气人有，笑人无，为了利益人盯人……”

老李是个精明的人，这个圈里的人际关系他也都有数，也明白人盯人的意思。于是他又把钱往前推了一下说：“太多了，我不能要，您放心吧！”

吴维平按住了他的手，推了回去。

今天早晨，老李忽然接到宋万成的助手打来的一个电话，老李有些受宠若惊。当明白是什么事情的时候，老李心中扑腾了一下，那助手说他们正要拍摄一部电影，苏眠主演，现在急需一个替身，在片子里替苏眠拍些远景，背影的戏，不会武打也没有关系，很着急，有现成的最好，没有现成的给提供信息也成。最后强调说，这件事是宋总委托的……

苏眠拍电影，怎么给吴维平找了一个了，宋万成还要呢？幸亏之前有了吴维平的“预警”，否则的话，老李会说漏嘴的，他会脱口而出“那人已经介绍给吴总了”，而现在，他就嗯嗯嗯地答应着，同时大脑在飞快地运转、分析、判断、应对。

老李对宋万成的助手说：“好，谢谢对我的信任，我找找，一有消息就给您回复，请宋总放心！”

那助手又问他知道不知道昨天晚上苏眠到建筑工地救粉丝的事情，老李说不知道。助手说：“苏眠公司的人昨天晚上还看见苏眠在院子里和别人喝酒，他怎么能又出现在工地上呢？”老李说，我又不是他们公司的人，我怎么知道！电话挂了。

那助手的话说多了，老李的脑海里灵光一闪，昨天上工地塔吊救粉丝的会不会就是替身肖子航？这个念头一起，他自己先吓了一跳。

宋万成太鬼祟了，别人想到的他能想到，别人想不到的他也能想到，他的想象力太丰富了。

老李想了一会儿，给吴维平打了电话，把宋万成助手说的话叙述一遍，最后说他这只是介绍情况，仅供参考。又嘱咐说，多加小心，你那里说不定还有个宋万成的卧底，我什么也没有说。

老李的电话让吴维平有了心理准备，他对记者们说：“昨天晚上，苏眠的确到工地劝说一个粉丝从塔吊上下来。作为一个有同情心的艺人，这样做是应该的。我昨天陪着苏眠一起去的。可以证明！现在苏眠本人不在公司里，不能出来和大家见面，希望大家谅解！”

有个记者喊道：“有人说，苏眠昨天晚上在公司里喝酒，根本没有到建筑工地，怎么解释？”

吴维平笑笑：“你去找那个造谣的人解释吧。”

记者看看没有什么破绽，也就渐渐散去了。吴维平马上关上大门，回到小白楼告诉肖子航已经有人怀疑昨晚去工地的不是苏眠本人，现在还有记者守在外面！刚才肖子航无缘无故地挨了苏眠的一顿臭骂，正在愤愤不平，听吴维平这样一说，心里稍微有些平和了。

他又在这里待了一个小时，等到天黑了才离开，出大门的时候，左顾右盼生怕有人跟踪。

晚饭时分，吴维平来到苏眠家。苏眠看来可能是睡着了一会儿，情绪比下午好一点。

“我们得好好谈一谈……”吴维平严肃地说。

“谈吧，说什么？”

“我想给你找个替身，你是同意的，怎么现在发这么大火，人家也是我费尽周折请来的，可是你下午这样一阵不分青红皂白的胡闹，还拿报纸打人家，这算什么？”

吴维平还没有说完，苏眠二目圆睁，大声喊道：“我胡闹，我不问青红皂白！那都是因为你干的好事。我糊涂？我还没有糊涂到分不清楚真假的地步。我同意找替身，是拍电影的替身！他在电影里帮我拍拍远景，爬个山跑个步，不是让他替我出席会议、替我演唱、替我吃饭！不是让他冒名顶替！

亏你说得出口，替身！将来他还替我上床呢！”

吴维平一言不发，安静地等着苏眠把话说完，把气出完，他了解苏眠的性格。

吴维平缓缓地开口了：“苏眠，我开始和你想的完全一样，我开始找的就是你说的那样的替身。可是你知道我们现在的情况吗？我们已经到了最危险的时刻！”

苏眠不说话了，他开始看着吴维平的眼睛。

“你现在身体这个样子，唱歌已经非常吃力，眼看着下个月几份演出合同都到时候了，定金咱们都拿了，怎么办？你得实打实地给人家去唱呀！你成吗？现在外面到处都是苏眠已经生病不能再演唱的传言，如果你的人气没有了，什么时候才能挽回来呀？”

苏眠的头渐渐低了下来。

“最要命的是我们眼前这个宋万成，他一直暗中盯着你，处处和我们作对，他到处说请你拍电影，给你筹备个人演唱会，哪一次他真的投钱了？一次也没有，他表面对你客客气气，手里却还拿着你的短处威胁你，他是个什么东西！”说着，吴维平又把刚才和老李通话的内容，记者等在门口的情况说了一遍。

“你现在是非常时期，我们再不成，在外面也得撑着这个门面。怎么撑？就得让他们知道苏眠现在人气很旺，苏眠现在很有票房号召力……可是你现在身体和情绪这么差，我就想找个能帮你的人。这个想法我有了很久了……我这也是没有办法的办法，我不光选人，我还照着你的形象加以培养，等你身体好了的时候再说。”

苏眠这次没有再发火，而是陷入了沉思之中。过了一会儿他忽然说：“唉！咱们什么也不争，就说苏眠得了抑郁，最不济咱们也可以给大家留下美好回忆！”

他这样一说，吴维平急了，说：“苏眠，我们在一起这么多年，可是我看得出，你还是有事情瞒我，你说范局长和宋万成是两个小人，可我还有一点不明白，你到底有什么事儿在他们手里把你压成这样，江湖的事情我知道一点，可是总是有点怪，今天你要是把我当哥哥，你就说说，也让我替你分担一点。”

苏眠看看吴维平，心里有些感动。那天在医生那里，说到图章，他说他忘记了。医生的判断没错，那段经历对他来讲，简直就是刻骨铭心，终生难忘。但是他觉得那是一种耻辱，他不能对别人言表。现在，他缓缓地开口了。

省里传来了一个消息，省艺校招生，学制两年，毕业后有中专毕业的待遇。当然在职的职工也可以报考，但是必须有一个条件，单位必须出示同意该生报考的证明。这个证明有两个作用：第一可以保证学员的思想品德没有问题；第二可以保证所在单位是同意的，而且是单位推荐的，以备将来单位不要来找麻烦！

告诉苏文斗这个消息的是宋老爷子。

那天，他特意把苏文斗叫到他的家里，把那张登着省艺校招生简章的报纸给苏文斗看。

“文斗，看明白了吗？”宋老爷子说。

“你是说让我去报考吗？”

宋老爷子点头：“文斗，你在剧团的职务是什么？”

苏文斗有些纳闷：“什么职务？没什么职务，就算一个歌手吧……您什么意思？其实我还是一个听用，哪儿缺什么我就干什么。”

宋老爷子说：“你现在算什么呢？就像打麻将牌，你就是一个‘混儿’，知道吗？听用就是麻将里的词儿——哪张牌缺了就拿你顶上。文斗，这可不是长久之计啊！剧团现在这个样子，眼看一时半会儿是缓不过来了，这样下去就把你的前途耽误了。你还这么年轻，你不是没有条件，你人很聪明，又有悟性，干吗不深造一下呢？”

苏文斗半天没说话。

宋老爷子伸出手摊开：“我们看事情不能光看手心，要看手指头梢呀！咱们县城之外的世界大了，不能当井底之蛙！”

苏文斗抬起头，眼睛闪闪发亮：“宋老师，你刚才说的跟我想的一样！可是我不愿意上学，太没有意思了。要是省里的剧团调我去，还当听用，我马上就走！”

宋老爷子笑了：“你这个孩子太可爱了，也太可笑了！就你现在这个本事，人家省里凭什么调你！上了学读些书，心里有了点文化底子，艺术才能长进啊！再说了，就是你现在有本事，又有谁能看得见呢？你到省里上学，不但眼界开阔，机会也多啊！还有，我告诉你，这次招生是针对那些在文化单位工作，但文化水平不高的职工，所以文化考试不会太难，千万不要失去这次机会！”

……

苏文斗又去找了白老师，白老师说：“要从我的角度，我舍不得你走。可是要从你的前途来说，我支持你走！”

后来，苏文斗就去找副团长，他管人事，团里的图章都归他管。

苏文斗按照爸爸的嘱咐，带了两条好烟去见副团长，临要找副团长之前，父亲说：“不行，副团长这个人是小人，我和你一起去，面子大一点。”

苏文斗死活不让父亲跟着。

母亲说：“又不是团里的正式职工，不就是为了礼貌打个招呼嘛！去不去没关系。”

父亲说：“你懂什么，得从他那里开证明，没有单位的图章，人家艺校不收！”

苏文斗听爸这样一说，也不再坚持一个人去。

父子俩来到副团长家，说了要报考省艺校的事情。万万没有想到，报考艺校的事情在副团长这里遇到了大麻烦！

“你这个孩子很会算计啊！”副团长冷笑着说。

苏文斗一时摸不着头脑。他赶紧把香烟递上去，副团长没有接香烟，看也没看，就把苏文斗晾在那里。苏文斗看见爸爸的眼色，赶紧把香烟放在桌子上。

副团长又说：“团里培养了你，教你学会了唱戏，又教你学会了唱歌，现在翅膀硬了就想单飞是不是？你这个人是不是不太仗义啊？”

苏文斗愣住了，虽说他社会经验不多，但他也能明白，不知道在什么地方得罪了副团长。他愣在那里想啊想啊！就是找不到地方。

父亲急忙说：“团长，这孩子小，有得罪您的地方请您多包涵……”说着，用手捅了一下苏文斗的腰。

苏文斗硬着头皮上前一步：“团长，谢谢您对我的培养。可是现在有这样一个机会很不容易，您看我就是一个临时工，给团里也没做什么事情。”

“团里研究研究再说吧，我还有事！”副团长下了逐客令。

临走的时候，副团长说：“哎，把你们的烟带走。”

这句话说得父子俩心中冰凉冰凉的。

出了副团长家，父子俩都没有说话。好半天，父亲才说：“咱们什么地方得罪了他呀？”

儿子不说话。

“你是聋了还是哑啦？”父亲的无名火不知道往哪里发。

“我怎么知道？”

苏文斗出门以后，心里非常郁闷，他从来没有这么生气过。眼看报名的时间一天天地临近。副团长那里却一点也不肯松口。

爸爸的一个朋友给他们出主意说：“你们太笨了，他是等你们给他钱呢！”

“啊，真是糊涂了，是要有些表示，可要表示多少呢？是当面表示，还是托人表示？当面表示，他要是不肯要呢？事情不就砸了吗？托人表示，托什么人呢？”

有一天，苏文斗走到副团长办公室的门前，准备再次恳求。副团长没在，门上挂着锁。苏文斗站在门口等，他心中虽说已经不再抱什么希望，但仍然希望奇迹会出现。他的目光停在那个钉锦和锁头上。那是一个有着老虎图案的明锁。门和锁一样旧，钉锦上的螺丝和木制的门框“象征性”地结合在一起。那钉锦好像用手一拽就会掉下来……苏文斗想。

苏文斗发现那个锁不知是坏了，还是主人忘了，那锁没有按实，他神差鬼使地往下拽了一下锁头，锁居然开了。

苏文斗被吓了一跳，他急忙看看四周，一个人影也没有。一个大胆的想法出现了。他摘下锁挂在门上，推开门走进去。他走到办公桌的跟前，办公桌是个老式的“两头沉”，左边三个抽屉，中间一个大抽屉，右边是个柜子。只有左上角的抽屉上挂着锁。拉开中间的大抽屉，里面是两盒红塔山香烟和一个打火机，香烟的旁边是一把钥匙。苏文斗拿起那把钥匙的时候，手开始抖了起来。

他想马上把钥匙放回去，然后逃出办公室。可是，那钥匙就像粘在他的手上——手已经不听他的使唤了。手在告诉他，赶快，剧团的公章就在锁着的那个抽屉里。苏文斗用钥匙打开那个锁，急忙拉开抽屉。一枚“带把儿”的图章就在一个绿色的铁制印台盒上面。

余下的事情，苏文斗觉得不是自己做的，而是一个和他长得一样的人在做。此刻，他已经灵魂出壳，他的“魂儿”像个“小知了”似的飞在空中，看着一个人飞快地把图章在一张白纸上按了上去，盖了一张又盖了一张……

当这个人把图章放进抽屉里，还没有关上的时候，办公室的门突然开了，副团长出现在门口。

“小知了”飞回到了那个名叫苏文斗的人的身体里。

苏文斗觉得脑子里一片空白。他只看见副团长的嘴在动，说的什么都听不清楚。也不用听清楚，内容猜也猜得出来。

当他听清楚的时候，内容是这样的。

副团长狰狞地冷笑着：“撬锁作案，偷盖公章，伪造文件……你知道你要判多少年徒刑吗？”

苏文斗这么年轻，他怎么知道这个罪有多大！他只是感到，这个罪很大很大，副团长说判多少年就是多少年……他惊恐地看着副团长。

“我告诉你，判你十年算轻的！”

苏文斗已经傻了。

“桌上的东西都不要动，到这边来坐下！”副团长命令说。

苏文斗木偶似的坐在一个小凳子上。

副团长拎过另一个凳子，放在苏文斗面前，然后把一张纸和一支笔放到凳子上：“把你作案的经过详详细细地写下来。”

从那天以后，苏眠心里就落下了病，那件事成为了一个永远挥之不去的阴影。他觉得屈辱，他觉得丑陋，他更觉得他被别人抓住了“魂灵”，一瞬间，他也没有了尊严，他觉得他赤裸裸地暴露在世人的面前。所以那次他在外地演出“遇见”了那个姓范的副团长，现在的文化局局长，顿时压抑万分，感到屈辱而没有办法向别人诉说。而范团长就像抓一个小动物，让他又屈辱，又要屈从！要知道，苏眠是个很知道廉耻很有自尊心的人，见到范团长他感到就是一种煎熬……

房间里很安静，吴维平倒了一杯水，走到苏眠的面前，拉住他的手使劲攥了攥。苏眠不禁哭出声来。

吴维平紧紧拉住苏眠的手。

“这种人我们就得和他们斗，比如要是记者问你，昨晚是不是去救粉丝了，你一定要说‘是’！你要是否认，咱们不是自己把自己毁了吗?”

苏眠点点头。

吴维平趁热打铁说：“他们是小人，我们就不能装成孙子！我们找个办法对付这些小人，宋万成多么猖狂！他知道你那么忙，每一分钟都是钱，可他居然让你去给他的女儿当家庭教师！他就是想让你感到屈辱，他才得到快乐！他就是一种小人心态！小人乍富，要睡龙床、吃龙肝凤胆，按照正常人的思维你能理解吗？这种人我们就得和他们斗智斗勇!”

第十五章　屈　辱

吴维平找到肖子航，首先替苏眠向他道了歉，接着便交给他一个具体的任务。一时间，肖子航也闹不清这件事情是“检验”，还是真的有事需要他。

“苏眠最近有病，我们大家一起帮他渡过难关。怎么说呢，我们是想让你替苏眠做好多事。”吴维平说。

“好多事？什么事？”肖子航问。

“比如现在吧，帮他当个……家庭教师。”

“家庭教师，谁的家庭教师？”肖子航问。

吴维平说：“宋万成……宋总有个宝贝女儿是苏眠的歌迷，一个月前她对她爸爸提出一个要求，希望苏眠能给她当老师，教她唱歌。”

肖子航明白了，但他不知道这件事情和自己是不是有关系，他等着吴维平接着往下说。

吴维平说：“你听明白了吗？”说完就紧紧盯着肖子航的眼睛。

“如果那个宋总和苏眠是朋友，教她唱就是了。”肖子航说。

“你是真不明白还是装糊涂？”

“什么意思？”

“这个老总希望每周教他的孩子一次，你想，一个歌星能给人家当这样的家庭教师吗？苏眠大发脾气说，把他当什么了！他唱一支歌就是十几万！给一个女孩当家教！……即便是苏眠同意，他那种病态，那个脾气，他能教人家吗？”

“不是要让我教那个女孩唱歌吧？”肖子航问。他在想象那个女孩的家是何等的富有，居然给爸爸提出这样的要求！那个女孩又是何等的任性，想出其他歌迷不可能想象的主意。

“他既然不同意，推掉不就成了吗？”

“可不像你说的那么简单，我们有求于人家。”

“真的让我替苏眠去教她？你不是开玩笑吧？”

吴维平点点头：“不是玩笑，我正是这么想的。”

肖子航叫起来：“这怎么可能呢？这样面对面的，再说，这不是骗人家吗？不行！”

“你先别说不行，听我讲讲里面的道理，再和你说说这件事情的可能性。”吴维平不温不火地说，“你不是说想当演员吗？”

“这和当演员不一样！”肖子航摇摇头。

“这不是当演员吗？不是比当演员更好玩吗？我告诉你，它比当演员更刺激，不但是演员，而且像特工，又冒险，又神秘……”

肖子航心里有个地方被唤醒了，有点跃跃欲试的冲动：“我干得了吗？”

“干得了，从我对你的观察了解，你绝对可以胜任。我们对你的训练不是白费的，那天我们到工地上救人既是做了功德，也检验了我们的成果。”

肖子航看着吴维平的眼神，心中有种被安全局招募成特工的感觉。他想起在何一梅家被那个小人精错认为是苏眠的一幕。

“这不违法吧？”

“这怎么违法呢？如果苏眠不知道，你冒充他招摇撞骗，那是违法，现在等于他聘请你给他打工，怎么谈得上违法呢?！你别把它看得那么严重，你就把它当成个游戏好不好？”

“我不太相信苏眠会同意，看他那天那个混样儿！”肖子航狠狠地说。

“去工地的事情是个意外，苏眠不知道，当家庭教师的事是他同意的。”

犹豫了一下，肖子航说：“太突然了，我得回去想想，和别人商量商量再答复你。”吴维平连忙摆手：“你同意不同意没有关系，其他的问题也好商量。就是这件事要绝对保密，对谁也不能说。就是有一天，苏眠离开歌坛，你也不能对任何人说。如果商量，你只能和自己商量，要不就是和我商量。对了，我还要和你说说酬劳，如果你同意了，每个月我再付给你一千块钱！”

肖子航心中一动。干吧，能成功最好，不成功人家骂苏眠。这是替人教书，又不是替人杀人！虽说有些尴尬，自己也没有什么风险。说什么都是假的，这钱可是真的呀！

“还是有点骗人！”这样想着，嘴里却犹豫。

“怎么是骗人呢？当一个小姑娘满怀崇拜的心情找苏眠签名的时候，他对人家破口大骂，说人家是蠢蛋，买票来听他的歌是有毛病。小姑娘哭着走了。事后他又后悔得不得了。”

“苏眠真的是这样吗？”

“如果你代替他给小姑娘签了名，教了课，你说这是不是骗人呢？是好事还是坏事呢？”

“为什么非要给这个孩子当家教呢？不教又怎么样呢？”肖子航又问。

“不是跟你说了吗，我们有求于那个宋总……”说到这里，吴维平换了个口气，“现在苏眠有病，他意见正确的时候，我们照他说的做；他做糊涂事的时候，我们只好给他补台、擦屁股！不是我这样里外给他张罗能行吗？”吴维平没有正面回答肖子航的问题。

“苏眠不能休息一段时间吗？”

“你不知道，一个歌星就像一颗耀眼的流星，转瞬即逝，一个月如果没有他的声音，歌迷就会再找一个他们的偶像，苏眠再想上来就很难了……我们一起帮帮他。拜托了。”

“这个家教得多长时间？”

“不太好说，一两个月吧……再说，一个孩子一时冲动，教一两次没准兴趣就转移了。”

“那个孩子多大？”

“初二。子航，帮帮他吧……”

吴维平说得很悲壮，推心置腹。

一种侠义的心情油然而生。好像答应了吴维平就是见义勇为似的，况且还有那么多钱。在吴维平的“教导”下，肖子航表面上不再对新加的“工资”表示惊讶和欢喜，心里可是真真被诱惑了。吴维平说着拿出一个信封放在桌上：“这是给你的奖金，奖励那天晚上你的功劳。”

肖子航犹豫了一下，他不知道以后是不是做每一件事情都单发奖金。他的手没有动，但当家教的事情就算决定了。

“拿着吧，就算你昨天的出场费。”

宋万成在音乐圈里，甚至在演艺圈里都算个呼风唤雨的人物。大家背地里都骂他，可是当面却都奉承他。他不但敢修理苏眠这样刚出道的小歌星，他还能修理乐坛上的那些大腕儿。当年他只是一个管文化的小官的时候，眼看着周围的人纷纷挣钱，纷纷出名，他的心也焦躁不安。公家出面举办一些晚会，他跑里跑外，一头联系电视台的导演，另一头也认识了不少歌星。他知道这些歌星在这类晚会上，基本不要什么钱。为什么？道理很清楚，歌星知道这些文艺演出是不好要钱的，基本就是公益演出。可是这些演出的影响是巨大的，这是出头露脸的好机会。这里出了名，纯商业的演出才会有人请你！对于歌星来讲不就是不花钱的广告吗？歌星只要不是弱智，这个道理都能明白。宋万成更是明白歌星的心态，在那个位置上他有点小小的权力。许多歌星听说了某个有影响的晚会，就纷纷托人来找他……可是他忙里忙外，却没有什么进账！

开始，他写歌词，他觉得在演艺圈中最好干的最容易干的活儿就是写歌词，就那么几句，有些连驴唇都对不上马嘴，一配上曲子，歌星再一唱，一不留神就成了名曲！以后每一次歌星再演唱的时候，词作者的名字就赫赫出现在电视屏幕的左下角上了，还要付版权费，一不留神就成了著名词作家了。

有一次，宋万成写了一个歌词，找熟悉的作曲家谱了曲子，又找到了一位大腕儿，大大咧咧地说：“许多歌星要这首歌，我没有给他们，给他们干吗！就觉得你最合适！我最相信你，录音的时候，告诉我一下……”

宋万成本以为大腕儿会说：“太谢谢了，我正发愁没有好歌呢，您能把您写的给我，真是太谢谢了。”不承想，对方接过那张 A4 打印纸大小的歌词放进口袋，笑笑，连句客气话都没有！

一个月过去了，人家对于这个歌词连一个屁也不放！他给大腕儿打电话：“那首歌怎么样？你是用还是不用？”

“不太好用……”对方说。

“是词不好还是曲子不好？”

“都不太好。”大腕儿说。

“不用你倒告诉我一声啊？你就这么黑不提白不提了，算怎么回事！”宋万成十分恼火！

宋万成又把歌词给了其他歌星，其中有一个接受了，只在一个晚会上唱了一次，没有任何反响，就草草收兵。宋万成这才明白，粗制滥造的歌不是没有，但是好歌的创造是需要才华的，不论是词还是曲……

宋万成是个聪明的人，他虽然缺少写东西的才华，可是分析人却往往有独到之处。比如就说这“明星”，如今这个时代，能成为“星”的无非有三种人——运动员、演员、歌手！人们经常挂在嘴上的也就是球星、影星、歌星！在一般人的眼里，这些人都是有某一方面的专长，可是谈到文化大家却往往摇头，不敢恭维。

什么叫有文化？上知天文，下知地理，中间能背唐诗三百首才算有文化。可是能察言观色，办事灵活，左右逢源的算不算是有文化？我们的潜意识里总认为小脑发达的大脑必定不发达！大脑发达的小脑必定是孱弱的，没有这样的定理！在宋万成的视野中，明星们没有一个是傻瓜，他们都是非常聪明的人，都是眼观六路耳听八方，很会来事儿的人，否则他们根本就成不了什么星！星儿们退役以后做生意一是靠他们的名声，二就是靠他们的大脑！

那位大腕儿不用自己的歌，绝不是因为他傻，不会来事儿，他是根本没有把自己放在眼里。

以后，宋万成再见到那位大腕儿的时候，笑容反而更加灿烂了。灿烂的背后，是狠毒的报复：宋万成终于得到了一次机会，他着着实实地把那家伙给“修理”了一下。

那是一次为抗震救灾捐款的公益演出晚会，动静搞得很大，近一个月的舆论宣传，几乎所有人都知道电视台要实况转播这个晚会，大腕儿和许多歌星都被通知邀请参加演出。演员们知道，这种演出是不能谈出场费的，只是有点象征性的补助而已。但演员们知道演出的分量和意义，大家按照导演的要求参加排练。

从排练到正式演出的过程，也是一个逐渐筛选节目的过程。一台节目时间有限，当然要好中选优！在近一个月的时间里，有些节目就被筛选掉了。有些节目是因为艺术性差，有些节目是因为不适合这场演出的要求等等，这都是很正常的事情。每个演员都希望能在这台节目上露脸，可是人家不选也就只好遗憾了。

最后一场彩排，大腕儿没有接到通知电话，以为自己的演唱被筛选下去了。正式演出之前，也没有接到通知。心里虽然不愉快，也不好再问。这点脸面还是要有的，人家不要你的节目肯定有不要你节目的理由。

演出那天，大腕儿坐在家里看电视。没有参加这次演出的演员多了。

不料演到中间，一个主持人报幕说：下一个节目，男声独唱，接下来就是那位大腕儿的名字。

大腕儿一下子蒙住了，他第一个反应就是自己是不是在看录像——再过一会儿“他”就会走上台……万万没有想到，另一个主持人走上台，什么解释也没有就开始报另外一个节目，原先的主持人愣在那里。大腕儿已经听见台下的议论声。音乐响起，一群少女开始翩翩起舞……大腕儿来不及思考，开车就往电视台跑。

来到电视台，节目已经接近尾声。

“怎么才来?”

“我根本没有接到通知!”

在所有的电视观众面前，有几个人知道那位大腕儿的苦衷！他给观众留下的印象就是“无故缺席”，“这个人没有爱心，就知道赚钱……”

许多娱乐小报看见这件事情是个“吸引眼球”的热点，纷纷采访大腕儿。不论是替大腕儿解释说“没有接到通知”的，还是说大腕儿“没有爱心”的，总体效应就是那位大腕儿“没有参加公益演出”！只有大腕儿自己明白，这是宋万成算计了他，坑了他！

宋万成冷笑着说：“敢跟我摆架子，也不看看他吃几碗干饭！”

这些传闻多了，不但没有影响宋万成的地位，反而让许多人知道，宋万成是绝对不能得罪的，因为他是个小人。可笑的是，这种传闻反倒成就了宋万成的“威望”。

有一天，吃饭的时候，他笑着说自己女儿希望苏眠能当他的家庭音乐教师。

“我女儿可是你的粉丝呀！”宋万成很真诚地说。他一方面可以铁青着脸威胁你，另一方面他又可以满脸堆笑地说我们是无话不谈的好朋友。

这里的苦衷，吴维平当然不能对肖子航说。

“怎么样？”吴维平问。

“什么怎么样？”肖子航问。

“和那个女孩见面啊……”

肖子航不说话，想了一会儿抬起头：“不是等你的指示吗？”

“别这么说，我其实在等你的指示。肖子航，我和你说，这件事就好比是参加一次体操比赛，我们好比就是教练，你呢，就是运动员，平时我教你练，真正到了比赛的时候是你上场，真刀实枪地招呼，你准备好了就给裁判打个手势。我不知道我说清楚了没有？”

肖子航说：“那边也想见面了吗？”

“人家早准备好了，就等咱们这方面的消息。”

“你看我成吗？万一穿帮怎么办？”

“绝对不会，那个女孩只见过舞台和电视上的苏眠，生活中的苏眠是什么样子，全靠你自己创造，你创造成什么样，苏眠生活里就是什么样，你说是不是这个理儿？”

肖子航还是有些忐忑不安，毕竟是面对面啊！吴维平又说：“这好比也是一场演出。”

“这还不是一场演出，是电视连续剧。”肖子航打断他。

“你说得好，可就是再长的电视剧也有个头啊！咱们这场戏不长，我们跟他有个口头约定，一个月到两个月左右，每个星期一次，时间还由咱们定。还有，凭我的经验，这种家庭的女孩子或者说这种一时冲动提出这样要求的女孩子也是三分钟热度，她看见了你，满足了她的虚荣心，满足了对歌星崇拜的欲望，热度就会消退。至于说学唱歌，那么枯燥，那么费劲儿，你再选些让她觉得没什么劲儿的项目，比如练声啊什么的，到那时候不用咱们说，她自己就会提出不学了。你说对不对?”

肖子航咬着嘴唇点点头，忽然想起一件事……万一这个女孩子对他有了感情依恋，有多麻烦呀！于是支支吾吾地把这个想法提了出来。

吴维平笑了：“那好啊！她就成了咱们的人质了。把她抓在手里，让她爸爸干什么他就得干什么!”

肖子航愣愣地看着吴维平。吴维平大笑说：“和你开个玩笑……这种可能也不是没有，但只要你坚持原则，坚守阵地，坚定意志，从始至终以师生的关系对待她，我觉得不会有任何问题。”

肖子航苦笑着：“这我倒没问题，一个初二的学生，正是问题年龄……咱们又不了解她什么脾气什么秉性，你看那些粉丝在场子里多疯啊……”

“好啦!”吴维平打断他，“咱们该说的全说了，别像老娘儿们似的磨叽，我们开始怎么样?我们已经说好了，父母不跟着来。”

肖子航点点头，心里松了口气。

“你精神点，咱们上场全凭一个状态，状态知道吗?一个好演员心里再有事儿，一上台马上精神抖擞。”

见面的时间好办，见面的地点却颇费心思。这次见面的性质哪边都靠点边，说是家教吧，太低了；说是拜师吧，里面又藏有交易的性质；说是与歌友的见面会吧，工作又非常具体。按苏眠的身份和师生礼貌，那女孩是应该到苏眠家的，但苏眠根本不同意。到女孩儿家里吧，一个像苏眠这个级别的“老师”到学生家又太失身份。想来想去，吴维平决定把“教室”设在自己家里，让女孩到自己家里来。

第十六章　如履薄冰

两天以后的一个下午，肖子航端坐在吴维平家的客厅里。

外面响起敲门声，肖子航刚要从沙发上站起来，吴维平一把拉住他，严厉地低声说：“你是腕儿，你是大牌儿，知道吗？”肖子航重新坐好，摆出一副悠闲的样子，拿起一本杂志。吴维平慢条斯理地走到门厅打开门。

一个女孩出现在门口。吴维平问：“你是宋多多吗？”

女孩点点头。

“来！请进！”吴维平说着把女孩引进客厅。

听见脚步声，肖子航很想抬头看看进来的女孩什么样，但想起吴维平的嘱咐，吴维平曾经跟他说过一段很经典的话：“谦虚谨慎是君子美德，礼贤下士为大家风范，咱们本来应该效法，可现在这帮孙子不认这个，君子不畏威而怀德，小人畏威而不怀德，为了对付他们，咱们就是装也得装得傲慢，咱们演也得演得霸气。”

肖子航硬着头皮继续看杂志。

吴维平说话了：“苏眠，宋多多来了。”

肖子航抬起头，只有女孩自己，旁边没有父母陪同，悬着的心落下了一半。心想，这个女孩少不更事，对她装傲慢是不是有必要？于是想站起来和女孩握握手，又不知道这样做是不是有损师道尊严，于是欠欠身子微笑了一下：“你好！”

那女孩嘴唇动了动，声音很小，根本听不清说什么。但看那意思也是

“你好”。她忽然抿着嘴唇，一副要哭出来的样子。只是眼睛直瞪瞪地看着肖子航。这样被人盯着，肖子航有几分不自然，于是急忙说：“请坐吧！”说完他看看吴维平，吴维平点点头，肖子航知道自己的表演还行。不料，女孩站在那里没有动，还是盯着肖子航看。肖子航有点发毛了，别是看着不像吧?!

吴维平轻轻拍拍女孩的肩膀：“来，坐下，你看歌星生活里是不是也特普通?”

女孩摇摇头。

吴维平说：“没有台上那么精神是吧?”

“不！比台上还年轻还精神！”女孩激动地说。肖子航清楚地看见泪花在女孩眼里闪烁。

肖子航心中一喜，悬着的另一半心也放下了。女孩坐下了，眼睛低垂着，目光始终看着地面，只是偶尔才抬起头看一眼肖子航，但刚一说话，眼睛又垂下了。歌迷这个群体主要是集中在年轻人当中，年轻人中又主要集中在学生群体之中，再集中一下，那就是初中这个年龄段了。其中以女孩儿尤甚！剧场里的尖叫欢呼、爱慕和狂热都出自她们年轻的心灵！

肖子航眼前的女孩正是这个年龄段。

肖子航没看过多少现场演出，就凭在电视上看到的画面来说，那些最狂热的歌迷长得都不是太漂亮。是不是好看的女孩比较矜持，比较含蓄，心里有了激情也只是微笑地点一点头？肖子航这样想。眼前的这个宋多多就不是属于让人一看就眼睛发亮的女孩。如今的女孩可能营养好了，发育早了，都微微有些发胖。这位宋多多却比较消瘦，眼睛虽然不大，但眉宇之间却有着一种倔强的神情。如果发起脾气来，也是让人够呛，能和自己的父母提出让歌星给她当音乐教师的要求，可见被娇惯到什么程度！

今日得见，更证实了肖子航的这种猜测。

她有些平静了，同刚刚见到歌星时的那种不能自已的感觉没有了，眼中流露出来的是一种淡淡的忧郁。

“给您添麻烦了。”那女孩在没有任何问讯的情况下突然冒出一句，这让肖子航对女孩有了点好感。

女孩的父母没有跟着来，这是吴维平刻意安排的，首先，他怕肖子航在那些经验丰富的大人面前紧张。其次，这样做也会给人一种歌星不是可以随便见的效果。在歌迷的眼中，歌星是偶像，在其他人的眼里，他们就是唱歌的演员而已。当然，如果由家长带着来也可以表示尊重和礼貌，但权衡利弊，女孩儿还是自己来为好！

肖子航变得非常主动了，说话也开始自然起来，他问女孩在哪个学校上学，学习成绩怎么样，有什么爱好，女孩一一作答。客套的话说完了，吴维平说："宋多多，咱们还没正式叫老师呢。"

女孩站起来怯生生地看着肖子航，好半天才说："苏眠老师！"话还没有说完就害羞地转身走到座位前，从书包里拿出一个包装很精美的小盒子，递到肖子航跟前说："这是我爸爸让我送给您的礼物。"

肖子航看了一眼吴维平，吴维平急忙点点头。肖子航接过小盒子，也不知道里面是什么东西，掂掂分量，估计是块手表。肖子航说声"谢谢"，把小盒子放到茶几上说："宋多多，别紧张！你看，你刚才叫完我老师还没等我回答呢！"

宋多多害羞地看着肖子航。这个老师太年轻了，当男朋友还差不多。

吴维平在旁边突然想起来，"演员"松弛好是好，但千万不能随便发挥，戏也千万不要演过了，于是急忙说："宋多多，让苏眠老师听听你的声音。"说着又用眼睛瞪了一眼肖子航，肖子航急忙站起来坐到钢琴旁边。

虽然肖子航没有学过钢琴，但他练过几天手风琴，手风琴比不上钢琴，但都是键盘乐器，哪个音在什么地方，他还是知道的。他用那个老太太开始教他唱歌的口吻和方式弹了一个小三和弦，然后问："宋多多，能听出这是哪三个音吗？"

宋多多一脸茫然。

"你都学过什么乐器？比如钢琴、小提琴什么的。"

宋多多摇摇头。

上大学之前，肖子航听人说，北京的小孩儿不是学了钢琴就是学了小提琴，因此在艺术市场十分萧条的情况下，钢琴和提琴还是热销的乐器，现在听说女孩什么都没有学过，肖子航心里更踏实了，面对这样一个什么都不懂都不会的人，他这个“家庭教师”可就好当了。

吴维平急忙说：“宋多多，你给我们唱首歌好吗？”

宋多多羞涩地点点头，唱了一首《希望你能忘掉我》。这是苏眠的另一首非常有名的爱情歌曲。听声音，宋多多嗓子还可以。许多流行歌曲听着好听，但只有歌星唱才行，因为这些歌都没有太动人的旋律，普通人一唱就什么都不是，没有抑扬顿挫，没有细部的处理，听起来与和尚念经毫无二致。歌迷们自己还没有自觉，别人听了就会觉得很可笑，要不怎么叫“自娱自乐”呢！

宋多多就这样像唱卡拉 OK 似的唱了一遍，漏洞多了，毛病就好挑了，随便指出几点就可以显示老师的权威。

爸爸的教导和熏陶又在肖子航的身上起了作用，他启蒙小学生非常耐心，一个小学生唱完了，无论唱得怎么不好，爸爸却总是非常肯定地说：“好！非常好！首先你非常勇敢……”然后又说，“但有个小毛病咱们得注意一下……”

肖子航没有修炼到爸爸那样的水平，不会把一个像念经一样的歌唱说得非常好，但是他也说：“还行，挺不错！”

女孩的眼睛亮了，来到这里半天，她的眼中第一次闪烁着欢喜的目光。

肖子航指出她的一个小毛病：“你的音准稍微有点问题，我弹一个音，你唱一下好吗？”

女孩点点头。接下来，肖子航就把那老太太教给他的第一堂课原封不动地“传”给了宋多多。只是费劲得要命！

临离开的时候，宋多多小声问：“苏眠老师，我可以给您打电话吗？”

苏眠看了一眼吴维平，吴维平点点头。宋多多看见了，有些调皮地问：“你们俩谁听谁的？”

吴维平急忙说：“当然我听他的。”

宋多多走出房间，肖子航长长地出了一口气。他打开那个礼品盒，想知道那是一块什么牌子的手表，及至打开一看，原来是个皮革制成的十几厘米长两厘米宽的钥匙牌。

“不是手表。”他忍不住说。

吴维平看了一眼说：“你不要小看这个钥匙牌，是名牌……大约要三十美元，合人民币二百多块钱呢，如果真送手表，那就俗了。等你有了自己的汽车，把钥匙拴在上面。”

肖子航心里一颤。谁手里没有拿过钥匙？可要是手里拿着自己的汽车钥匙，那是什么滋味？那钥匙牌上有排凹进去的字，肖子航仔细看去，原来是一排汉语拼音——SUMIAN WOXINZHONGDEXING（苏眠，我心中的星）。

肖子航一阵惊喜。但转念一想，自己的名字是肖子航啊！不免有些遗憾！

“你今天的表现非常出色。”吴维平情不自禁地说，“你看，我说不难吧！”

肖子航点点头，事情的顺利是他意想不到的。

吴维平似乎还觉得应该奖励肖子航点什么，于是从茶几上拿起一张卡说：“这张卡你拿上。”

肖子航接过一看，卡上画着许多水果，还没有等他发问，吴维平就说：“这是张礼品卡，打个电话就会送上门，可能是水果点心什么的……”

肖子航刚要推辞，吴维平就说：“我这里还有，不值几个钱的！”

吴维平又拿起桌上的两张票递给肖子航：“人家送的，我们也不去了，你和同学去看吧。星期六的。”

肖子航收起票，心里比给他钱还高兴，他可以约一下何一梅了。

吴维平急不可待地给苏眠打了电话，报喜一样地把肖子航的表现说了一遍：“我跟你说，简直是天衣无缝！太成功了！你放心吧！”

不料，苏眠那头就是嗯嗯地应付着，并不见怎么兴奋。

吴维平说完了，苏眠忽然说：“那天我跟你说的事情，千万要保密呀！”

吴维平愣了一下，想起苏眠跟他说的那段辛酸的往事，于是连连说：

“那当然了，我怎么能跟别人说呢！你放一百个心！”

吴维平不知道，电话的另一头，苏眠的心情很不好，他手里正拿着一张照片，那是孟莲的照片。他躺在床上，看一会儿照片看一会儿天花板，往事又忽地一下浮现在眼前。

写完“作案经过”，苏文斗一个人来到剧场。

剧团的剧场不大，现在已经承包给别人，里面的座位大多已经被拆除，只留下前三排。没有座位的地方搁着些用铁棍儿焊成的架子，转圈摆了一溜儿，成了小贩的摊位。有时候卖菜，有时候卖服装。今天这里一个人也没有，空空荡荡的。

副团长的声音还在耳边回荡：“待会儿，我叫警察来勘察现场，你先回家听候处理……我还告诉你，回家跟你父亲说，怎么处理你，还要看你自己的认识和表现！记住了——”

苏文斗不想回家，也不敢回家。他不愿意看见妈妈的眼睛，更不愿意看见爸爸蹲在地上唉声叹气的样子。他现在只有一个想法，怎么处理就快点吧！千万不要这样磨磨蹭蹭的。他不想去找宋老头和白老师，他觉得自己很丑，他没有脸去见人家。以前他听说过“撬锁作案”这样的说法，怎么今天这个说法会落在自己的身上呢？！

他到门口买了一盒烟，这是出生以来第一次抽烟，刚刚吸了一口，就被呛得咳嗽起来。

他坐在第一排的中间，脑子里还是乱哄哄的。判刑看来是免不了了，不是判不判的问题，而是判多和判少的问题，判刑是不是要戴手铐呢？……突然一个念头在脑子里猛地闪了一下：如果他被关起来，孟莲找不到他怎么办？现在要不要去告诉她一声？时间很紧迫，说不定今天傍晚或者夜里，警察就会来到家里把他带走，带走了就带走了，孟莲怎么会知道呢？对！要告诉她一声。

苏文斗来到饭馆，长长地吸了一口气，极力装出若无其事的样子走进门，坐在一张桌子旁。整个饭馆里，只有一个司机在喝酒。

过一会儿，孟莲从厨房里走出来了。看见孟莲，苏文斗的第一个感觉就是想哭。他想忍住，但是表情却不听他的指挥。他意识到了，转身走出门去。孟莲跟了出来。

“你怎么了？”孟莲问。

苏文斗头也不回地走进旁边的一家杂货店，孟莲也跟着走进去。

苏文斗眼睛看着窗外，像是在自言自语：“我最近可能要出去一段，你不用找我。”

“到哪儿去？”

“以后你就会知道的，我不是坏人……”这句话还没有说完，苏文斗的眼泪已经流下来了。

孟莲焦急地问：“你一定有什么事情，告诉我……你告诉我呀！”

苏文斗走出杂货店，一面走一面把事情的经过全部告诉了孟莲。

回到学校，肖子航拿出吴维平给他的礼品卡按着上面的号码拨通了电话。第二天下午，就有人送来了两个纸箱子。

宿舍里的几个人都围过来，肖子航很高兴，今天可以豪爽一下了，管他们怎么样，我大方一把我高兴！他坐在床沿上：“拿刀子来。”

有人马上把刀子递到手上。

捆着纸箱子的塑料封条被拦腰割断，上盖被掀起来。

薄薄的透明塑料袋里面，水汽凝成的露珠仿佛有了生命，照应着下面那一个个饱满浑圆的果实，荔枝皮上面的凸凹清晰可见，每一个果实都是红绿相间，果然是新鲜无比，苍翠欲滴。原来是新鲜的荔枝。

“主编”立刻就吟出了唐代杜牧著名的诗句：“一骑红尘妃子笑，无人知是荔枝来。”

下铺兄弟称赞道：“主编，你还真行啊！”

“主编”来了情绪：“我还告诉你，这个‘妃子笑’三个字现在成了荔枝一个重要品种的名称了。”

心情好，话自然就多起来。肖子航小心翼翼地割开塑料袋，他也吃过荔枝，但从来没有见过这样可爱这样新鲜的。他的第一个念头就是要拿一大串送给何一梅。

“哟！这么多呀！”一个哥们儿喊起来。

下铺兄弟说：“北方天气干燥，塑料袋是为了保鲜的。”

“那得快吃，一两天就干了。”“主编”说。

“怎么着？”全屋的人看着肖子航。

肖子航想道：不能都便宜了这帮小子，这箱荔枝要拿出一部分送给宿舍外的朋友。

他拎出一串，本以为不大，结果觉得压手，再往上一拎，哇！一串“巨大”荔枝被拎出来。看看箱里，大约已经拉出了四分之一。

“吃吧！”

肖子航不由得想起在家的时候，爸爸就是这样的，有了好东西，尤其是数量比较大的时候，他从来都要分给左邻右舍。看他分东西时候那个快活劲儿是发自内心的，每到这个时候，妈妈总是有所保留，怪爸爸穷大方。

分东西看起来很容易，其实颇为思索，很费时间和精力。几位室友在大啖鲜荔枝的时候，肖子航在盘算着这些珍贵而“保鲜期”又极为短暂的东西如何分配给他的朋友们，一边想，一边用刀把剩下的荔枝进行分割。

首先要给何一梅，另一部分要给于牧强和四人演唱组合的兄弟们……

他首先剪了一串最水灵最好看的用塑料布包好放在一个手提纸袋里……

肖子航给何一梅发了短信：欧毕拜克。

不到十秒钟，短信回复了：欧毕拜克。有好吃的吗？

真是心有灵犀一点通，怎么会这么巧呢？

晚饭之前，肖子航在食堂门口把纸袋交给何一梅，还故意留了个悬念说：“回宿舍再打开。”说完，肖子航径直走进食堂，此刻他真体会到了什么叫“潇洒”。

晚上，肖子航照例到图书馆上晚自习。刚刚翻开书，手机就像鱼在水里吐泡一样发出一阵好听的咕咕咚咚的声音。打开一看，短信上写着：太感谢了！除了水果的鲜美之外，我最佩服的是你怎么知道我想吃荔枝！

肖子航马上回了短信：一骑红尘妃子笑，无人知是荔枝来。

吃完荔枝的第二天就是周五。

啊！交女朋友也得有经济实力呀！肖子航想。

音乐堂坐落在中山公园里，人们穿过公园的游廊、树林和草坪的过程中就已经在欣赏音乐会的序幕了。黄昏时分，落日还有些恋恋不舍地发着柔和的光辉，游人大都已经散去，整个公园沉浸在一种梦幻迷人的氛围之中。

“我已经好长时间没来了。”何一梅眼里流露着“怀旧”的神采。

肖子航此时的确有种心旷神怡的感觉。就是不来听音乐会，在这公园里漫步不是也挺好吗？

两个人的脚步不由得都放慢下来，可惜，脚步再慢，那童话一样的路程也很快就走完了。

登上音乐堂的高台阶，肖子航拿出门票，刚要往里走，就被检票员拦住了：“对不起，你们的票是明天的。”

肖子航怎么也没有想到会出这样低级的差错，他拿着票喃喃地说：“怎么会是明天的呢！怎么会是明天的呢？”

检票员不客气地说：“你自己看看日期。”

什么都想到了，几点出发，在哪儿“集合”，坐几路车，在什么地方吃饭，怎么就没有看看日期呢？再想想今天是几号呢？

“反正我们有票，今天看了明天就不看了。”肖子航觉得汗都下来了。

“那不成，这是对号入座的。”

他们反复地恳求了半天，还是没有结果。

“我们等下退票吧！”肖子航抱歉地对何一梅说。

“我们明天再来不是挺好吗？”何一梅的目光中没有丝毫的责备和急切。

两个人走下台阶，慢慢走到一条石径小路上。

一株硕大的塔松旁边有条长椅，他们不约而同地停下了。

乐曲悠悠地从音乐堂传了过来，不知道是有室外的喇叭，还是音乐厅门窗没有关好，若隐若现，若即若离。

两个人的心都动了一下。那是贝多芬的《月光》。

“多好啊!”一向显得非常沉稳的何一梅像小女孩一样双手合十忘情地叫起来，她坐在椅子上，“多好啊——”

此刻，肖子航也感到了那时断时续的乐曲有着一种沁人心脾的魅力，说不清道不明，但让人的心弦不由得跟着它颤动起来。

肖子航与何一梅并肩坐下了，惊喜地看见挂在树梢上的月亮，在高楼林立的城市里看到树与月亮在一个画面里，这简直是不可能的。眼前的月亮显得那样洁白那样明亮。

“欧毕拜克!”肖子航站起来。

“干吗去?”何一梅问。

“我去买点水，你要喝什么?”

“等会儿再去，万一音乐没有了，多遗憾啊!我听人家说原来这个音乐堂是露天的，后来又加了个顶，但还是和外边通着的。”

肖子航突然感到一丝拘谨，他第一次与何一梅坐得这么近，也是第一次与一个他喜欢的女孩子坐得这么近。

演唱会可能开始了，报幕的声音，说话的声音，甚至唱歌的声音都听不见，只有乐器的声音从远处断断续续地飘来，就像这美丽夜晚的背景音乐。

“你说古诗里说的‘此曲只应天上有’，是不是指的就是这种意境啊?”何一梅幽幽地问。

“是——”肖子航点头，“在老家的夜晚听见远处的胡琴声、笛子声都觉得特别好听。”

“真的，我也是这样……”何一梅说，“肖子航，你爸爸妈妈是做什么工作的?”

肖子航一愣，说:“我是小地方来的。”

“你所答非所问!”

“他们都是老师，普通的老师。”

“还不具体!”

“他们都是勤勤恳恳、兢兢业业的老师。”

“还不具体。”

“你还没告诉我你的父母都是干什么的呢。”肖子航反问道。

“我的父母都是非常普通的人。”

“你也所答非所问。”肖子航笑着说。

“他们也是老师。”

“还不具体！”

“他们都是勤勤恳恳、兢兢业业的老师。”

两个人一起笑起来。

何一梅的肩挨着了肖子航的肩，肖子航心中紧了一下，他不知道这意味着什么，是有意，还是无意？只觉得心跳加快起来。

两个人沉默了，他们没有再就那个关于父母的话题继续“追问”下去。

肖子航尽管长相不失为英俊，但他确实没有“谈”过恋爱，也没有和女同学约会过。他也曾经对两个女同学有过好感，但是与一个女孩子像现在这样“亲密”接触却从来没有过。

“你冷吗？”何一梅问。

“不冷，你冷吗？”

“有点冷……”何一梅看着他。肖子航急忙站起来脱下外套，披在何一梅的肩上。

何一梅转过头看着肖子航，凑过身，肖子航以为什么事情要发生了。

何一梅为他整整衬衣的领子。肖子航已经感到何一梅的呼吸。

……

第十七章　心　债

苏文斗第三次来到精神康复中心。

医生说：“我先问你个事儿。”

“您说。”

“有个歌星叫苏眠，你认识他吗？”医生紧紧盯着苏文斗的眼睛。

苏文斗愣了一下，他歪着头看看窗帘，说：“不瞒您说，我就是那个歌星苏眠！”

医生笑笑：“看来今天我们有一个好的开始。我们能接着上次说吗？”

“您还记得我上次说到哪儿了吗？”

“当然记得，图章！能详细说说吗？”

苏眠把事情的经过和医生说了一遍。医生没有一点吃惊的样子，反而说：“这种事情我听得多了，不算什么事儿。”苏眠不知道这是医生又一次安慰他，心里舒畅了许多。

“后来呢？”

“什么后来？”

“你和孟莲后来怎么啦？”

“后来我们就分手了。我再也没有见过她。”

“你被判刑了吗？”

“没有。”

“副团长怎么就这样放过你呢？”

“就这样放过我了。”

“不可能，这里面一定还有事情，一定有人和副团长说了情。要不这件事情说不通啊！”

“真的没有了，就是有人说情我也不知道。”

“你后来还留在剧团吗？”

“我后来就上了省里的艺校。”

“副团长给你开了介绍信了？”

“开了。”

“你还是见到孟莲了，你是给忘了，再想想……这可能是沉睡的记忆。”医生说，“你从副团长的办公室出来以后去哪里了？”

“我不知不觉走到了饭馆，见到了孟莲，然后我就走了……”

“孟莲怎么说？”医生问。

“想不起来了。”

“你总是回避问题可不成。后来孟莲一定说点什么了吧？”

“我没有回避，我连图章的事情都说了，我能回避吗？我就是想不起来了。”

“好！说说你后来在艺校的事情、歌厅唱歌的事情。除了孟莲还有过其他的女朋友吗？”

苏文斗上艺校的时候有个女朋友，名字叫包梅。她追求苏文斗的热情既让苏文斗感动，也让苏文斗招架不住。她帮苏文斗买饭，把家里带来的好东西给苏文斗吃，还送给苏文斗一件衬衫！热情有加自不必说，况且包梅长相也的确美丽、可爱！说实在的，苏文斗心里还有孟莲，因此对包梅也不敢陷得太深。有一天，他接到父亲的一个电话，说孟莲已经“有主”了，他的后顾之忧没有了，见到包梅的表情也变了。本来脑门上写着“红字”：有人。现在变成了“绿字”：没人……

恰好一个电视剧摄制组到艺校选演员，苏文斗被选上了。本来人家没有选包梅，私下里说因为她的鼻子长得有点刁，而剧情需要的是一个显得和善的女孩。包梅的父亲在当地说话还是挺管用的，于是电视台就把包梅也“选”去了。当不了主角，还当不了配角吗？

在摄制组里，包梅和苏文斗的爱情开花了。一有空的时候，两个人就避开众人，卿卿我我的在一起聊天说话。有一次，排完夜场戏，苏文斗和包梅离开大家去镇上吃夜宵。吃完了还不想回家，就在一个古戏台后面聊天。整整一夜，不知不觉就“东方之既白”。

那一天晚上，是苏文斗第一次吻一个女孩。

那天夜里，把制片和导演可急坏了，到处找不到人。

第二天早晨他们回到驻地，导演是又喜又气！喜的是庆幸没有出事！气的是这两个人心里完全没有想到别人是多么替他们担心！

“你们回去以后，爱怎么样怎么样！做爱结婚生孩子我都不管，在摄制组你们要守规矩，我们这是来拍戏，不是泡妞的，不愿意干就回家！”

苏文斗羞得满脸通红，头也不敢抬。包梅却噘着嘴嘟囔着：“至于吗，我们又没有影响排戏，也没有做什么坏事，至于吗！”

制片出来打圆场：“导演话粗理不粗，你们想想，找不着你们，大家多着急啊！再说你们年纪又这么小，你们的家长把你们交给摄制组，我们得对你们负责是不是？”

电视剧拍完了，苏文斗和包梅回到学校。谁都知道他俩是那种朋友了。

熟悉以后，包梅经常问苏文斗一个问题：“要是你妈和我同时掉进河里，你先去救谁？”

这是个老掉牙的问题，苏文斗早知道“标准答案”。苏文斗笑笑：“谁离我近我救谁。”

包梅的脸上顿时就显出了不高兴：“救你妈耽误了救我的时间，我不就死了吗？”

“这不过是假设，开玩笑的。”

“玩笑也代表你的心，你连玩笑都说先救你妈，要是真有这事情，你还不知道怎么对我呢！”

苏文斗年轻，不明白女孩怎么这么想问题。他不知道这种女孩只是广大女人中的很少的一部分，但绝对数量却不少，反正谁碰上了谁倒霉！

包梅可能是那种在家里被惯坏了的女孩，不但非常自我，还很自私，属于那种吃亏难受、占便宜没够的女孩子。

包梅和苏文斗好了没几天，就颐指气使地指挥苏文斗干这干那。别的女孩如果和苏文斗多说上两句话，她就和苏文斗没完没了地吵。那个时候，爱和烦是苏文斗从包梅身上同时得到的两种情感，所幸爱的力量足够抵消苏文斗对包梅的烦。

有一天吃过午饭，她把苏文斗叫到宿舍里问："你在老家有女朋友吗？"

苏文斗愣了一下，强打精神回答："没有。"

包梅冷笑一下说："有个叫孟莲的是你什么人？"

苏文斗吃了一惊："不是什么人，她是我们剧团旁边饭馆的服务员。怎么啦？"

"你慌什么？怎么人家不是人呢？"

"我怎么慌了，我凭什么慌啊！"

"我问你，你和她是什么关系？"

"什么关系？你说什么关系，就是吃饭的人和服务员的关系呗……"说这话的时候，苏文斗暗想，不知道老家那边传来了什么消息。可是他和孟莲的事情没有什么人知道啊！

"没这么简单吧？"

"什么关系，你说。"

"你和她的关系你最清楚，我凭什么说啊？"

"我不知道，你爱怎么想就怎么想。"

"我的眼睛里可不揉沙子，你要想瞒着我什么事情可没那么容易！你说，你们到底什么关系？"

"你今天要干吗呀？"苏文斗站起身要走。

"你还挺横，我再问你一句，你和她是不是好过？"

"没有。"

“好，我给你看一样东西，看你怎么说。”

苏文斗停住脚步，回转身。

包梅从抽屉里拿出一个牛皮纸信封，扔在床上。

苏文斗一眼看见信封上写着自己的名字，心中不由一惊。

“谁让你拿我的信？你凭什么拆我的信！”苏文斗叫起来。

“没有亏心事儿，你怕什么？”

“那你也不能拆我的信。”

“我身上的什么地方你都看见了，看你的信有什么了不起。”包梅的逻辑让苏文斗有些吃惊。

事已至此，信都拆了，再说也没有什么用，况且对包梅这样的人。

苏文斗抽出里面的信件，一共两封，一封是孟莲的笔迹，另一封居然是自己给孟莲的信，心中不由剧烈地跳动！

文斗：

你好！

我到省城找过你一次……知道你的情况发生了变化，心里不明白，心里很难过。我没有多少文化，不知道怎么表达我现在的心情，只好把白老师说的几句戏词放在一起：

问君能有几多愁，恰似一江春水向东流。

便做春江都是泪，流不尽许多愁。

……

现在我把你给我写的信还给你，只想问你一句：你为什么要这样？我想起我们和那几个大学生玩“杀人游戏”，你是杀手，我也是杀手，我又害怕，我又高兴！因为，即便是杀手，我们也是一头的，我们是一家人。

“你给孟莲写的信呢？什么内容？”医生问。

“是封感谢信。”

“感谢信?”医生皱起眉头，“是情书吧?”

“感谢信和情书有什么不同吗?”

医生微微一笑：“能不能告诉我，你为什么不跟孟莲好下去呢?不是一个很好的女孩吗?”

苏眠没有说话，医生又问：“你和包梅的关系还持续下去吗?”

“没有，很快就分手了。”

苏文斗，一个不正规的艺校的学员，一个一文不名的穷小子，也就是这个样子了。包梅虽然纠缠了几次，看看没有什么前途，加上有人劝了包梅，包梅也就渐渐与苏文斗冷淡下来。从离开艺校之后，她和苏文斗也就没有什么来往。苏文斗暗暗松了口气。

可包梅并不是省油的灯。

三年以后，一次电视台直播的文艺晚会上，苏文斗以一曲《生死含笑》让全国观众知道了一颗新星冉冉升起！那时候，他已经改名叫苏眠了。包梅又重新找上门来。

“没那么容易!”这是包梅的口头禅。

人一出了名，就开始爱护自己的羽翼。对于自己的形象，苏文斗不得不有所考虑!

“你让他们也给我包装，你出名，我还想出名呢!”包梅有点不知趣。

苏文斗把包梅的事情和吴维平讲了。

吴维平说：“真是有病！我能把一只鸭子包装成天鹅吗?不要理她，北京可不是她撒泼耍赖的地方。”

苏文斗剧烈地咳嗽起来。

“好，我们下次再谈你的感谢信。你需要找个医院住院治疗，你的肺可能有问题……心理治疗治不了肺部的疾病。”

“心治好了，身体就好了。”

“你只说对了一半，人说到底是物质的，身体好了，当然心也会好的。”

第十八章　赶　场

肖子航给宋多多上完第二次课的那天下午，刚要离开，吴维平说：“一起吃晚饭吧。”

肖子航看看表，才四点多钟。吴维平把肖子航拉到了自己的书房。好像在书房说话的保密级别比客厅高似的。在这个家里，肖子航没有看见过吴维平的家人，不知道吴维平是单身还是别处另有房子，当然肖子航也不好多问。他发现书桌上的一个小篮子里有许多打火机。

吴维平忽然面色凝重地看着肖子航：“有件事和你商量，愿意的话，我们就共担风险，如果你为难的话，我也不勉强。”

肖子航愣了一下，不由得歪过头，躲避着吴维平的眼睛。

“您说吧！”肖子航从书桌上拿起一个打火机。

他知道吴维平有许多好玩好看的打火机。有一打火就“脱”的美女造型的、和手表做在一起的、和钢笔做在一起的……今天这个打火机很奇特，一个薄且宽的金属机身中间有个小屏幕，屏幕上是个身穿三点式泳装的美女，笑眯眯地看着你。肖子航以为又是那种一打火就要有点“料”出现的，他不由得把打火机拿在手里。他还不敢在吴维平面前过于随便，因此没有点火，更怕吴维平说自己好色。

吴维平误会了他的意思，把茶几上的一听铁筒中华香烟推过来：“你要想抽烟就抽吧！”

这是他认识吴维平以来，吴维平第一次请他抽烟。

肖子航是不吸烟的，也就是和同学们聚会时大家起哄地抽一根，凑凑热闹。吴维平今天这样的举动，看来已经不单单把他当成一个“打工仔”，也说明了吴维平今天恳切的心情。

为了了解那个打火机的秘密，肖子航从铁筒里抽出一支香烟。烟还没有放到嘴上，先按了下打火机，眼睛盯着那个屏幕上的美女……不料，美女居然活动起来，就像在演小电影，她咯噔咯噔走到画面中间，忽然柳眉倒竖杏眼圆睁手指着画外大声叫道：“你不是戒烟了吗？为什么还抽，没出息！”

肖子航吓了一跳，打火机差点从手中滑落，他万万没有想到，打火机上的美女不但会动还会说话。而且奇怪的还说这样的话，这设计和构思真可谓情理之中，意料之外。

打火机上的美女赌气地向画外走去，刚走了两步，又突然转回身来举起手指着画外：“愣什么？还不快把火关了。”

肖子航下意识地松开打火机的按键。一切恢复正常——美女又笑盈盈地看着你。

啊！真是太有意思了，肖子航不由得大笑起来。数字技术真是太厉害了，居然可以在打火机上放“录像”。

吴维平微笑地看着他，他可能是见多识广，见怪不怪吧，他没有接着和肖子航赞叹这东西是如何奇巧，而是说：“你要抽就抽吧！”

肖子航还沉浸在玩的心态中，情不自禁地把打火机又按了一次。

“你不是戒烟了吗，为什么还抽！没出息……”那个女人又大叫！

肖子航笑出声来。

吴维平似乎有些不耐烦了，皱皱眉说：“你要觉得好玩，我待会儿送给你一个，咱们先说正经事儿。”

肖子航不好意思地把打火机放在桌上：“对不起，您说。”

吴维平告诉他，苏眠和外地一个演出公司签了一份合同，答应过两天要去演出，可是目前苏眠的身体状况很不好，精神状态尤其不好，爽约的话不但挣不到钱，而且消息传出去，还会让社会上认为苏眠身体已经不好到了无法参加演出的地步。

“不光是这一件事，而是会发生连锁反应，以后恐怕就会有人对苏眠大做文章。”

说完，吴维平自己点着一根烟，肖子航注意到了一个细节，吴维平抽烟从来都是用火柴的。

屋里顿时升起青青袅袅的细烟。屋里显得更加安静。

肖子航不是傻蛋。如果苏眠能到外地演出，吴维平不会找他来；如果吴维平想推掉合同，也不会找他来。

肖子航已经影影绰绰地感到了吴维平在想什么。

“苏眠病得真是厉害吗？”肖子航问，“我看他唱歌不是挺好的吗？”

吴维平摇摇头：“他登台唱一两首歌还勉强，唱第三首就不行了。我们还准备给他搞一个大型个人演唱会呢，如果是这种状态，他的个人演唱会就完了，这个消息如果传出去，那些赞助个唱会的公司还怎么会投钱呢？到时候，他就是能唱，演唱会也开不成了。”

吴维平又拿出支烟递给肖子航：“抽吧！我这两天为这个事急得吃不好，睡不好的。”

“让他先好好休息一段，到山清水秀的地方疗养一下，休养半年再重出江湖。”

“这种话，说着容易，可是歌星休养不起啊！”吴维平苦笑着。

肖子航有些糊涂：“歌星那么有钱怎么休养不起啊？”

“我不是说他们拿不起饭钱和房钱，我是说他耗不起这么长时间。说不好听的话，歌星独自一个人的时候他是个人，他只要在公众面前，他就是一个商品，商品要是不竞争，他还能存活吗？你在台上别人还挤对你呢！现在你自动下台，别人马上就会跳上来，站到你的位置上。”

肖子航不说话了。

“你说怎么办呢？帮我出个主意。”

“我能有什么主意，我一点也不懂呀！”

“我有个想法……”说到此处，吴维平停顿了一下，忽然放低了声音，其实这房间里只有他们两个人，可见人突然放低声音说话主要是因为下面要说的话有相当大的私密性。

肖子航瞪大眼睛看着吴维平。那个想法是不是和他猜测的沾边儿？

“这话今天咱们哪儿说哪儿了，如果不成就算我没说。”

“对！也算我根本没听见……”肖子航也跟着幽默了一下。

“你替苏眠去怎么样？”吴维平想得很复杂说出来却是如此简洁。

“我去干吗？”肖子航明知故问。

“你明知故问。”吴维平说。

“我真的不明白。”肖子航一副诚恳的样子。

“你——替——他——演——唱。”吴维平一字一顿地说，眼睛盯着肖子航。

尽管肖子航对吴维平的这个主意已经有了预感，但这话从吴维平嘴里说出来，仍然让他有些吃惊！

肖子航没有马上回答。替苏眠到工地上“救”发烧的粉丝让他觉得自己具备装扮苏眠的可能性，可那是黑天啊！不过那一天让他得到的“享受”却久久难忘。当他再代替苏眠给那个叫宋多多的女孩当家庭音乐教师的时候，他战战兢兢如履薄冰。没有想到却是那样顺利！这样的结果让他获得了极大的信心，救“发烧友”是黑天，见宋多多是白天，尤其是这样一个曾经看过苏眠演出的女孩居然没有看破他是一个替身！以后会不会识破不好说，但从目前来看，肖子航代替苏眠出现在舞台上，从形象上看不会有太大的问题，现在的问题是肖子航的歌喉能不能瞒得过那些观众……

吴维平说：“你不用担心声音，正式唱就是对对口型，另外几位也都是这样，和演出公司谈好的。”

“对口型”就是假唱的体面说法，此时此刻，肖子航的心里已经产生了一种强烈的愿望，他很想这样出去闯一闯。

吴维平说：“你不用担心，我所以敢提出这样的主意，就是因为我觉得你完全可让观众相信你就是苏眠！如果你同意，这次演出我可以付给你一万块钱！”

“苏眠知道吗？”肖子航听到这个钱数的时候，心中咯噔了一下。

吴维平默默地点点头。

星期六上午九点钟，肖子航和吴维平直奔机场。这是肖子航有生以来第一次进机场，第一次坐飞机。

机场的一切都让他感到新奇。不要说来来往往的人比火车站的档次高，设施也像宾馆一样。光是那推行李的车，火车站就没有……过安检的时候，他莫名其妙地感到害怕。虽然他和恐怖分子不沾边，但十分的不安。后来，他知道他为什么不安了。他用的是自己的身份证。那位验证的警察却盯着他的脸看了半天，还让他摘下眼镜，最后才在登机牌上盖了章让他过去。

“我都没有想到。”吴维平告诉他，机场的人大多都见过苏眠这张脸，看见肖子航就会想起苏眠，他们可能在想，眼前这个人怎么那么像苏眠？可身份证上却明明是肖子航的名字！这人是不是苏眠的兄弟啊？

“摘下眼镜，赶快把你的身份证收起来，你现在就是苏眠了。”吴维平说。

从进入候机大厅到登机口的一路上，肖子航经常遇到一些人关注的目光，还不时地看见有人向他这个方向指指点点，偶尔听见背后传来议论的声音，当然也无非就是：“看——快——苏眠……”

遵照吴维平的指示，肖子航基本做到了视而不见，听而不闻。吴维平还告诉他，万一碰到了苏眠认识的歌星或熟人，他会提前告诉他，即便没告诉他，如果遇到有人招呼他，只要微微地点点头招招手就可以。在这个圈子里苏眠没有交往密切的朋友，他和其他歌星都是半熟脸，见面的时候不过就是嗨一声，顶多是握握手。别人问什么问题，笑而不答就是了。千万不要以为这样会失礼，会有什么不自然，在歌星的圈子里这是再自然不过了。因为他们既然不喜欢别人打听自己的事儿，当然他们也就不主动去打听别人的事情。

吴维平说：“比如你出门碰到一个熟人，人家问你去哪儿呀，你千万不要认真地回答去哪儿，因为人家不过打个招呼而已，人家才不关心你去哪儿呢。所谓‘去哪儿’的意思就是说‘你好’或者和老话经常问的‘你吃了吗’是一模一样的。”

“那就不说话吗？”肖子航问。

“你就说：‘啊！我出去走走！’”

“这不是等于没回答吗？”

“你脑子不是有毛病吧？我都说得那么清楚了。我们这叫以不变应万变，话说多了，没有不穿帮的。”

一过安检口，吴维平就把一个手提箱从肖子航手里拿了过去，那里面是演出服。这样，肖子航手里空空荡荡，而吴维平的手里除了一个手提箱还背着一个大皮包。

“我拿一样吧！”肖子航有些不适应。

吴维平说：“我说怎么做，你就怎么做。”

进了机舱，吴维平说：“往前走，我们是公务舱！”

肖子航又是一惊，马上明白了，公务舱就是高级舱，就是雅座。进了机舱以后，里面已经坐了些人。果然，坐着的人里就有人向肖子航微笑，肖子航也微微一笑。有个人还从座位上站起来伸出手。肖子航也微笑着和他握握手。

名人啊！尤其是让人熟悉脸盘的名人！名人的魅力是如此之大呀！怪不得那么多人想当歌星、影星呢！肖子航的心中又涌起了那种在工地上“救”歌迷时候的感觉。人虽然是假的，但那崇拜的热情和掌声却是实实在在，他并不因为那是顶替别人而产生一种“隔岸观火”的感觉，而是有一种身临其境的忘乎所以的激动，心中的兴奋和满足都是真真切切的。

当歌星当名人多好啊！他突然有了一种庆幸的感觉，他很庆幸自己长得与苏眠相似，他也庆幸吴维平选中了他，给了他这样机会让他过一把名人瘾！岂止是过一把名人瘾啊！他可以过多少把名人瘾啊！与这些享受和满足相比，那些不安和恐惧又算得了什么呢？如果说自己与苏眠什么都不像，扮演起来的确让人诚惶诚恐，可是自己有了“像”的资本，已经被那么多人认可，那还有什么可犹豫的？他不免有些感激地看着吴维平。

吴维平打开行李舱把行李放了进去，然后坐在肖子航旁边小声说：“看着我！”

肖子航看着吴维平怎么打开又收起前边的小桌板，又看吴维平如何在扶手上按动电钮，灯亮了，一束光打在肖子航的膝盖上。吴维平让肖子航把耳机戴在头上，吴维平又按动电钮，耳机中不同电台的声音响了起来……

“演示”完毕，吴维平看看肖子航，肖子航点点头。

……

一路顺风，一路平安。在飞机上吃饭、在飞机上上厕所、在飞机上看电视，甚至在飞机上看空姐演示救生设备如何应用的场景都给肖子航留下了深刻的印象。这是他第一次坐飞机，第一次就坐公务舱，他也万万没想到他第一次坐飞机是替“别人”坐的……

飞机快降落的时候，一位空姐走过来递上一个小本子：“你好，苏眠，能给我签个名吗？”

肖子航愣了一下，他还没有完全进入苏眠的角色，听到人家叫“苏眠”的时候，还没有完全反应过来。吴维平笑眯眯地略带谦恭地说：“漂亮小姐请你签名呢！”

肖子航急忙拿起笔签上苏眠的名字，苏眠本人虽说有些忧郁，但是苏眠的签名还是神采飞扬的，像个淘气大男孩的眼睛。此刻，肖子航的心中涌起了一种一定要把苏眠的歌唱好的强烈愿望。

那个地方叫湖州，虽是一座不大不小的城市，但却是一座富裕的城市，演出是由一个大企业赞助的半商业性半公益性的演出。

人们关注明星，除了崇拜之外，许多人对他们的收入状况也都表示了极大的兴趣，他们拍一部电影能得多少钱？拍一集电视剧能得多少钱？参加一次商业演出能得多少钱？有个现象很奇怪！几乎所有的媒体都有关于演艺圈的报道，无论是新闻还是丑闻，是成功还是失败，是造谣还是辟谣，是美女还是丑女……它们都在敬业而执著的记者编辑或狗仔队的探索和编造下堂而皇之地出现过。可是读者和观众最关心的有关演员收入方面却讳莫如深。你可以想想，有哪张报纸刊登过一个演员在某个地方演出得了多少钱吗？即便有，也是凤毛麟角。

肖子航现在更是关心这件事，苏眠唱首歌到底能拿多少钱呢？以前人家收入多少和他没关系，现在他关心了，因为这钱里有他的血汗……

他现在特别想知道苏眠的价码是多少。

他曾经委婉地问过吴维平关于这种演出的举办者赔不赔钱的问题。吴维平告诉他，所有商业演出的主办者都是要赚钱的，最后的结果能不能赚钱，赚多少钱，那就要看各方面的因素了。肖子航又问是不是票房收入的钱就是他们全部收入了，回答说当然不是！吴维平还告诉他买卖广告可以有收入。比如在剧场的场地里、说明书上、门票上……当肖子航问到参加演出歌星的收入可能有多少的时候，吴维平就“王顾左右而言他”了。

这次演出的安排是这样的，今天晚上明天晚上各演出一场，肖子航每场要唱两首歌。

肖子航和吴维平被人接到宾馆，已经是下午三点多钟了。肖子航算了算，坐飞机好倒是好，就是到机场和出机场的路上都太耽误时间，飞机飞了不到两个小时，整个行程却用了六个多小时。

肖子航一个人坐在宾馆的房间里，像做梦一样，就像从人间来到了天堂。一切都显得那么不真实，与其说在宾馆休息不如说在参观房间，这里的陈设之豪华，肖子航从来没有见过。

一个硕大的双人床却号称是单人间。肖子航百思不得其解，这张横竖都可以睡的大床真是没有必要，这不是浪费吗?！肖子航真像“刘姥姥进了大观园”。

吴维平推门进来说：如果要洗澡，只要用温水冲一下就行了，千万不要用太热的水，否则声带会松弛，唱歌效果就差多了。虽说是对口型，但万一需要真唱也得能对付。一会儿可以到餐厅吃点东西，四点半钟有车送他去剧场看场地。

有人敲门，吴维平走出去，肖子航听见吴维平在对什么人大声说：“你们找错房间了，苏眠根本不住在这儿!”说完，吴维平关上门回来对肖子航说：“又是记者!”

吴维平递给肖子航一张节目单，告诉肖子航，根据合同规定，肖子航在演出之前要在剧场的小休息室里有个半小时和记者的见面会。

肖子航的心又变得紧张起来。他的任务是只唱那首成名曲《生死含笑》，如果返场，再唱另外一首。总而言之，最多两首。这都是肖子航最熟悉不过的东西。

“怎么还有记者见面会？”肖子航问。

吴维平说：“你放心，就几分钟，主要是照照相，你总要给那些娱记一碗饭吃吧！另外，你在报纸上也看到了，对苏眠的猜测越来越多，也越来越邪乎，有人说苏眠得了喉头癌，已经不能再唱歌了……”说着，吴维平递给肖子航一张报纸。

这是当地一张报纸的娱乐版，版面的左下角有个显眼的标题：苏眠到日本美容变脸？

肖子航急忙细读标题下的内容：

据北京某名记透露，著名歌星苏眠到日本美容准备隆鼻扩眼，近日不能参加演出，本报记者找到与苏眠非常熟悉的朋友处得到真实消息，所谓变脸纯属无稽之谈。

“这不是胡说八道吗？报纸怎么能这样呢？”

吴维平说：“这你还没有看出来吗？造谣的和辟谣的是同一个人，哼！谁不知道这种小伎俩，可是你拿他毫无办法。他在标题上就先画个问号！内容上他又是‘透露’，又没有记者和什么朋友的真名实姓。你打官司也没有办法，这叫‘一虾两吃’！”

“一虾两吃？什么意思？”

“‘虾’就是瞎话的‘瞎’，他编一个瞎话吃两次！”

“我怎么听说，有些明星为了广告效应，自己让记者制造这种自己跟自己斗的新闻，真假无所谓，反正是出名了。”

“要命的就是这个，明明被人欺负，被人诬蔑了，还说这消息是自己制造的。如今这真真假假的消息多了，虚虚实实，真中有假，假中有真，虚中有实，实中有虚。有多少为了往上攀的，为了出名不怕给自己制造丑闻，有多少真的丑闻又被虚化，真他妈的不知道怎么办好了……好了，我们不谈这个了，我的意思是如果有个和记者的见面会，苏眠唱不了歌等等谣言就会不攻自破，包括刚才这种下三烂的报道……”

“我能说什么呀？”

“放心，我就坐在你的身边，别人如果问身体怎么样，你就说正如你所看到的，如果问有什么新歌，你就说正在考虑，其他的问题一律微笑。顶多说说风景和天气……就这样！”

说到这里，吴维平忽然笑起来。肖子航有些奇怪：“您笑什么？”

吴维平指着那条“下三烂”的新闻：“这条新闻倒也不是什么坏事。”

“什么意思？”

“万一有人看到你和苏眠长得有什么不一样的地方，他没准会想，噢！原来是到日本做了整容手术了，如果是那样，你肖子航就更不会有人怀疑，因为他们的思路是整容而不是替身。”

肖子航心中突然悟到了什么，不管这种感觉对不对，但客观的后果就是这样，事情的发展全部在吴维平的预料之中，或者说都在吴维平的设计之中。

你看，最开始让肖子航又学形体，又学唱歌，说是在电影里给苏眠当替身，却没有告诉他到底什么时候拍电影，接下来又突然让肖子航去救塔吊上的女孩，后来又说让他替苏眠当家庭音乐教师，现在就发展到替苏眠唱歌……这一步步的“前进”看似偶然，实际上每一步都是吴维平的完整计划中的一个个紧密连接的环节，这是不是都是吴维平预先设计的呢？接下来会是什么呢？吴维平想达到什么目的呢？

肖子航的手机短信声音响了起来：

欧毕拜克……

不用说，那是何一梅发来的，这个短信虽然短，但是肖子航知道，这是何一梅问他能不能通电话的信号。肖子航心中一阵高兴，于是急不可待地拨通了电话。

“你在哪儿?”电话里传来何一梅亲热的声音。

“我在郊区。”肖子航撒了个谎。

“干吗呢?”

“爸爸的老同学约我……”

“什么时候回来?”

“明天晚上。”

“好吧，你忙吧。”

电话挂断了。

肖子航有种怅然若失的感觉。出这么远的门应该和何一梅打个招呼。可是这件事情也不好对她说呀!

第十九章　走上舞台

“电话打完了吗？咱们走。戴上墨镜！”吴维平表情很急切。

“去哪儿？”

“一会儿就知道了。”

肖子航跟着他走出门。

“你饿吗？”吴维平问。

肖子航摇摇头。

走出房门，吴维平立刻变得警觉起来，他往往是先走几步，看看左右没有人这才招呼肖子航：“快！快！”

他们不坐电梯而是走着下到一层，几乎像竞走一样，穿过了宾馆的大堂走到街上。吴维平招呼一辆出租车，上车以后吴维平才长出一口气，整个过程就像做贼似的。

吴维平问司机：“城里有没有什么寺庙？”

司机想了一下：“城里没有，新开路再下去有个广济寺。”

“来回得多长时间？”

“你要是去了就回，大约四十分钟。”

“好！开车，就去广济寺！”

“明天参观不行吗？时间这么紧！”肖子航小声问。他不明白，吴维平干吗非要这么急急忙忙地去寺庙。

这座城市不像北京那么大，十分钟以后，人车就都稀少起来，显然已经到了郊区，远远地已经看见一座寺庙的房顶了，如今的寺庙已经不光是佛家修行的所在，更不是什么清静的地方，几乎无一不被开辟成了旅游景点，热闹的程度就连剧场也无法相比。果然，这座虽然不大的寺庙门旁左右，卖纪念品的、算命的、乞讨的便“成群结队”出现了。

进了寺庙，吴维平非常虔诚，每迈过一个殿堂的门槛，他都要双手合十做个姿态，步伐也显得稳重而平静了。

吴维平信佛，肖子航想。

来到大殿，吴维平买了两把香递给肖子航一把说：“来，咱们拜拜菩萨求她保佑。”

保佑什么，肖子航心里已经非常明白了。吴维平之所以要在演出之前急急忙忙赶到庙里，不就是为了保佑晚上的演出成功吗？

肖子航虽然不信佛，也不相信拜了就好，不拜就会穿帮，但正如吴维平所说，拜拜也没有什么害处。礼多人不怪，礼多佛也不怪！于是也照着吴维平的样子点了香，心里默默地提了三个希望，一是希望父母健康，二是希望何一梅身体健康，三是希望菩萨保佑今天晚上演出成功。

嘴里念念有词，别人也不知道他心里想的什么。

出了寺庙大门，一个小个子男人突然拦在肖子航眼前高声叫起来：“啊！先生好面相。”

肖子航心中一惊，他虽然知道这里有算命的人，但他怎么也想不到算命的怎么就像拦路抢劫似的，他躲闪一下继续往前走。

那人又高喊：“你命里犯小人。”

肖子航心中一动，虽然他也知道这是算命的广告公式，全国几乎通用，脚步还是不由得放慢了。

吴维平用手点着小个子的鼻子说：“你接着就会说，我能说出那个小人的名字，是不是？”

那人瞪了一眼吴维平，又对肖子航说：“我不但能告诉你小人的名字，我还能告诉你他什么时候害你！”

虽然都是瞎话，但听的人仍然有些心惊！

吴维平拉着肖子航上了出租车，回到宾馆，求神拜佛倒也真快，来回不到五十分钟，不管这趟去广济寺是对还是不对，但肖子航觉得吴维平是个非常有数的人。这让他的心中踏实不少。

肖子航和吴维平被接到剧场的时候是傍晚六点多钟。大部分观众还没有来，剧场门口的人显得稀疏，因此，下车的时候，并没有什么太多围观的群众，但仍有几个苏眠的歌迷等候在这里。一块牌子突然举起来：苏眠我们喜欢你！

肖子航从走下小汽车的时候起，身边就多了两个保安，保安的手就随时向左右摆动，轰赶着偶尔聚过来的人群，从大门口一直跟到休息室。这短短几十米的路程，肖子航又一次体会到了什么是威风，什么是光彩……

记者见面会在剧场的小休息室里举行，半个小时到一个小时，况且苏眠的节目排在后面，倒也不着急。

走进休息室小门的一瞬间，吴维平小声说："下面就看你的了，拜托。"

肖子航走进门，本来他已经做好了闪光灯一片闪亮，晃得他睁不开眼睛的准备。不料，没有一个人照相，而是十几双眼睛齐刷刷地盯着他。那目光既不友好，更没有崇拜，而且还明显地露出冷冷的审视。关于这一点，吴维平可没有教过他，心中顿时紧张起来。

从门口到前面的桌子也就是几米的距离，肖子航觉得脚下就像踩着棉花，腿上一点劲儿也没有。吴维平对他耳语："一定不能低着头。"

这个教导非常及时，但只是理论上的，一个年轻人能勇敢地面对众多审视的目光，没有几十场这种场面的历练，谈何容易。关于这一点，吴维平也曾经有过教导。吴维平说，凡是这种场合，如果紧张，就盯着一个没有生命的地方看，比如记者的话筒、他的本子、某人的头发、迎面墙上的钟表或者剧照。

肖子航是个很可造就的人，他牢记吴维平的话，同时，形体训练的女老师也让他知道了自己身体各部位怎么样摆放就能显得大方和得体。

吴维平和肖子航并肩坐下了，肖子航很想微笑，但很难。他的目光盯在了一个记者的肩膀上，那记者的手机套很时髦，其实就是夹克衫的肩肘之间有个很酷的口袋，外面还绣了一个鹰的图案，很有点军人的味道。

吴维平简单地说了一下对媒体感谢和多年关照之类的话，然后就请记者"问话"，说是"问话"很确切，因为在这种场合，受审的感觉相当强烈。

记者开始问话了，肖子航忽然有种强烈的想回答问题的愿望。他意识到面对人群呆呆地坐在那里让人"观察"是非常不自然的，如果回答问题就会缓解那种尴尬。此刻，他那种发怵的感觉消失了，想立刻表现自己的愿望变得十分活跃。他知道，只要一说话，他就敢于看着别人的眼睛了。

肖子航用手关节轻轻敲着桌面。吴维平微微一笑。

第一个记者的问题十分怪异："请问苏眠，听说你家养了两只鹦鹉，不但会说话而且都会骂人。"

几个记者附和地笑起来。

肖子航自然听出了挑衅的味道，但他根本不知道苏眠家是不是有鹦鹉。他几乎是不假思索地回答："我告诉你，我根本没有养什么鹦鹉，如果你碰到会骂人的鹦鹉，你一定不要和它对骂，要告诉它，骂人是不对的。"

赞叹的议论在会场上响起，内容虽然听不清楚，但情绪和气氛是感觉得到的。

那个记者又问："以前我也参加过苏眠先生的记者见面会，你的脾气很大，而且经常出言不逊，不知道现在是不是有所改进？"

肖子航微笑一下，其实是冷笑一下，说："投之以桃报之以李，互相尊重才好！"

会场有点惊讶了，可能苏眠以前留给大家的不是这种印象。

吴维平看了一眼肖子航，那目光分明露出了敬佩。那位记者怏怏地坐下了。

接下来的提问便是善意多了，敌意少了。

最后那位记者问道："有传闻你最近身体不好，经常到医院看病。不知道苏眠先生是偶感风寒还是什么其他的病，能否告诉我们也免得让喜爱你的朋友担心……"

面对这种没有挑衅气味而又具体的问题，肖子航反倒缺少了那种伶牙俐齿的回答。他想起苏眠真的身体不好的状况，此刻仿佛他也有病在身，于是情不自禁地苦笑了一下：“谢谢大家对我身体的关心，如果说有点病的话，就算是偶感风寒吧！”

吴维平立刻站起来说：“实在对不起大家，下面还要演出，大家照相吧。”

会议室立刻忙乱起来，几个记者立刻蹿到台前。因为大家互相“争夺”给肖子航照相，肖子航光是微笑着就足够了。

肖子航站在台上，还没有张嘴，欢呼和掌声就像一阵热风扑面而来。

肖子航享受到了一种从来没有过的愉悦和兴奋，同时还有担心和害怕。但那种神秘和刺激却是刻骨铭心的。这种感觉是只有像他这样给人当替身的人才能体验的。什么叫演员？这才是本质上的演员，这才叫名副其实的演员。什么叫演戏？这才算得上是货真价实的“演戏”！

观众在赞许一个演员出色的时候往往这样说：啊！他简直把某某某给演活了。但观众心里依然认为这是表演，再投入的观众心里也明白演员就是演员。观众还能分得清剧中的人物和演员是两个人。

在戏里的演员没准刚刚跳了楼，卧了轨，可是走下舞台他卸了装去掉油彩，他仍然可以走到饭馆和朋友推杯换盏，或者与心爱的人在酒吧里谈情说爱……

肖子航的情况则不然，观众从来没有认为他在演苏眠，观众认为他就是苏眠。这种神秘带来的刺激，这种害怕被人揭穿的不安所带来的惊险和亢奋是所有演戏的人都不曾体验过的。

“大家好，我是苏眠——”

又是一片掌声和欢叫。

前奏音乐响起来，按照吴维平的指示，带子里有苏眠的歌声，按照音乐对口型就成了。对口型虽说是假唱，但也不容易，需要练习。在北京的时候，对口型也练习了不知多少次，假唱也需要技术！

第二十章　穿　帮

谁也没有想到，就在这天晚上肖子航代替苏眠在湖州与记者见面的两个小时之前，苏眠本人也正在北京的一所医院里与一位记者“聊天”。

苏眠每次到医院接受医生治疗都是由吴维平陪同前往的。吴维平陪同去有许多好处，除了照顾苏眠之外，万一碰到有人围观，吴维平都可以替苏眠应对。到了后来，因为苏眠看病引起的舆论，他们已经不再去医院，而是到医生的家里。即便去医院也是非常秘密的。

这次苏眠去医院纯粹是偶然。他是觉得眼睛有些胀痛，临时到住处附近的一家医院看眼科的。他自已来到了医院，碰巧看眼科的专家暂时不在，于是苏眠走到住院处的小花园坐等，一位来医院看病的报社记者看见了他。

这位记者如获至宝地“扑”了上去。

这一段时间关于苏眠的传闻太多了，但都是让人感到扑朔迷离的“戏说”，能逮住本人采访一下是个千载难逢的好机会。那位记者看看前后都没有人，更是心中暗喜，这是老天爷给他的恩赐！

他心里暗暗琢磨，在医院里见到苏眠这件事本身就是很大的卖点！他接受采访是新闻！他不接受采访也是新闻！

不知道是那天下午苏眠特别有想找人诉说的愿望，还是苏眠的脑子出了问题，还是他心里太郁闷，也可能是那位记者的采访能力太强。不论什么原因，结果是一样的，苏眠与那位记者“聊”了两个小时！如果记者当时想拍照肯定也是可以的。可惜那天他也是去看病，没有带相机和录音机。所有的采访都用笔记在看病用的病历手册上了。整整记满了一个本子！

记者回到报社，打开电脑边写边改。他的长篇报道名叫《笑脸背后》。

大约晚上十一点，一篇上万字的长篇采访记出现在主编的电脑上。主编草草看了一眼就看出文章的信息量和它的价值。这是一篇真实的记录苏眠心声的文章。太有卖点了！

……

在湖州的演出受到热烈的欢迎。第二天晚上再登台的时候，神差鬼使一般，肖子航向吴维平提出了一个要求："吴总，今天晚上只放伴奏带，我试一把怎么样？"说完这句话，连他自己都非常吃惊。

吴维平愣了一下："你是说你真唱？"

肖子航点点头："我在家里试的时候觉得还挺像的，您听过的……"

吴维平的眼睛里显出一种莫名的光彩："噢，这我倒是没有想到，你不害怕吗？"

"什么事情都有第一次吧，不当着观众我有把握，当着观众不知道怎么样，这个机会很难得……"

吴维平开始在房间里踱步，走来走去走来走去，一直到第六个来回，他停住了脚步说："好吧，你试一下……万一有什么差错，千万不要停下来。"

"您要觉得不成，要不还对口型？"肖子航突然犹豫了。

"不要害怕，我在家里听过你唱的《生死含笑》，没有问题。今天成功与否就看你是否镇定了！"

上台之前，吴维平特意用力握握肖子航的手，两个人又使劲地拍了一次巴掌。肖子航只觉得身体里充满了必胜的勇气。

第一句歌词刚刚唱完，肖子航就听到了震耳欲聋的掌声和女孩的尖叫，紧张的心一下子松弛下来，他不再羞涩了，他不再是模仿谁了，他只要尽情地表现自己就行了，大家承认他就可以了。他放开了，知道人在放开的时候所焕发出的能量吗？那能量也可以征服一切怀疑。也就是说，真的有一天，苏眠本人和肖子航同时到这个舞台上来演唱，让大家找出一个"假"的，人们会振臂高喊苏眠本人是假的！

肖子航用充沛的情感唱了苏眠的成名曲，也是最为大家熟知的歌：《生死含笑》。全场的情绪达到了这次演唱会的最高潮。

舞台上谢幕的时候，肖子航觉得他不用再“装”了，他已经运用自如了，他已经完成了从量变到质变的过程。

当吴维平和肖子航参加完演出赶夜班飞机飞回北京的途中，北京记者的那篇文章已经被签字付印了。

“星”们的消息在报纸电视上占的版面最多，不但多而且滥。如果仔细观察一下就会发现：干货少，水分多；内心少，脸面多；事实少，猜测多……人们看了那有关星们的消息很少被感动，就像看烟花，炫目一下，接着便烟消云散。说句不好听的话，“星”在大部分人的眼里都像条广告。其实“星”们也是人，他们要掩盖要隐藏的东西比正常的人要多得多。今天这篇《笑脸背后》可是有相当的分量，报社的主编在编前会上如是说。

星期天的深夜，吴维平回到公司，肖子航回到一家旅馆，他准备第二天早晨再“卸了装”回学校。他的书包里带回几张有关苏眠演出消息的报纸。那些照片让他激动不已，不管将来干什么，这都是绝对珍贵的纪念。

第二天早晨大约八点钟，吴维平在睡梦中被电话铃声惊醒。来电话的就是把肖子航介绍给他的老李，电话里问他看没看今天的《娱乐导报》。

吴维平听清楚了老李的问题，他不回答人家看没看，他反问对方什么事儿。

老李说《娱乐导报》刊登了有关苏眠的报道，吴维平刚开始还以为这是在外地演出的报道，于是便跟着有一搭没一搭地对付。

说着说着，吴维平发现有些不对头了。因为老李说到了苏眠在医院接受采访！“医院”这个关键词让吴维平睡意全无。最后老李说：“接没接受采访，您自己知道，好自为之吧！”这话让吴维平感到了压力。

放下电话，吴维平马上跑到信箱里去拿报纸，翻到娱乐版头条的时候，吴维平的脑袋嗡的一下大了。接着他又打开电脑，这才发现，关于苏眠的消息已经是铺天盖地了。

某月某日下午四点，本报记者采访了著名歌星苏眠。采访地点：北京××医院住院处小花园内。

苏眠去看病就看病吧！他为什么要在医院的小花园里接受记者的采访呢？这给人传递的信息，就是说苏眠有病！这苏眠真是昏了头了。

他再看采访的内容，几行文字看下来，觉得手心出汗了。苏眠在采访中说了许多“犯忌”的内容，说是“犯忌”倒不是犯上面的忌而是犯了行业中的忌。

在这个世界上，哪行哪业都有好人也有赖人，没有人规定哪个行业好人就多些哪个行业赖人就少些，歌坛影坛也是如此，要命的是这个圈子里的人和事都被置于“聚光灯”下，一言一行、一举一动都被人“监视”着，都被“放大镜”给放大着。对于圈子里的赖人赖事，圈子外的人怎么说也得挺着，可是圈子内的人互相一说就显得有点不仗义了。有些事圈子里的人都有经验都能理解甚至见怪不怪了，可是让圈外的人听见，他们就会大惊小怪！

那记者也是太刁钻，这是好听的说法，说难听点那个记者有点下三烂，他问的问题很无聊：“听说有些男歌星为了出名找有钱有势的女人认干妈？”

如果苏眠是个“正常”的人，他应该说：“我不知道！”

可苏眠居然回答：“这算什么，比这下作的多啦！”

那个记者还问：“有的歌手买了歌词，让人谱了曲，然后就说这歌词是自己写的，是吗？”

苏眠说：“你不要大惊小怪好不好！”

……

吴维平拿着报纸赶到了苏眠的住处。

苏眠还在睡觉。吴维平一手晃着报纸，一手晃着苏眠的肩膀：“前天你在医院接受记者采访了？”

“什么采访，就是聊天。”

“他把你说的话都登在报纸上了，你知道不知道?”

“这怕什么，假话登在报纸上都不怕，还怕登真话!”苏眠睡眼惺忪地说。

“你到底睡醒了没有?”

“睡醒不睡醒都一样，这怕什么!”

吴维平无可奈何地苦笑着。苏眠真是太二了!

吴维平隐隐地感到，这篇采访带来的负面效应肯定不止这些。可到底是什么，他还没有想明白。

果然，下午的报纸出来了，一看标题，吴维平就明白了自己的猜测不是多余的！但是这个“点”他没有猜到，被人抓住了。

一家报纸的娱乐专栏有个通栏标题：

著名歌星苏眠分身有术!

副标题老长老长：“苏眠前天下午四点同时在北京和湖州两地接受不同记者采访。”

名人啊！尤其是这种吃娱乐饭的名人真不容易！他们的成功就在于有人关注，人越多越好！但恰恰名人倒霉也就是倒霉在关注的人太多了，太及时了。要命的是他们的一举一动都有人在关注!

就像有人突然发现了金矿，于是“淘金者”蜂拥而至，这个报道就好似“火燎蜂房”，立刻成了新闻的热点，各报纷纷转载!

其中最紧张的有两家报纸。一家是湖州的城报，另一家就是北京刊登长篇采访的《娱乐导报》。可是最着急的还是苏眠的家里，吴维平的手机已经被打爆了，没办法，只好关机。他在屋里踱着步子，从门走到窗，又从窗走到门。

他打开电脑，在微博上，有个叫“睁大眼睛”的博主发了“苏眠分身有术”的消息，这条微博已经被转发十万多次，一个叫“扬眉出剑”的博主贴出了演唱会的具体日程安排和苏眠的行踪进行比对，一个叫“陆地行舟”的博主更是呼吁大家“打假”……

看着看着，吴维平惊出了一身冷汗。

本来算计得好好的，怎么苏眠就恰恰在这个时候去看病呢？看病就看病吧！怎么还去接受采访呢！甭埋怨谁了，这真是命里注定！现在的问题是如何化解。

疑问的矛头指向了苏眠，他必须对大家有个交代：这到底是怎么一回事？

在公司小白楼里，吴维平、苏眠和肖子航坐在桌子旁，三个人都点着一支烟。

“怎么办？”吴维平说。

“不用管它，过几天就没事啦！”苏眠说。

肖子航默默地抽着烟，他觉得他没有发言权。

“我们现在没有别的选择，只能否认一个！”吴维平说。

“否哪一个？我是实实在在在医院接受了记者的采访，我是真的！”苏眠说。

“我的少爷，你还不明白吧，肖子航到湖州唱歌也是以你的名义，否了他不就是否了你吗？你们两个人在公众场合出现都是苏眠，现在不能看哪个是真的，哪个是假的，在观众的心目中都是真的，因此我们只能否掉那个分量轻的、对我们不利的采访。”

苏眠不停地开关那个“戒烟”打火机，屋里不断响起那个女人的声音：“你不是戒烟了吗……”

“我求求你，咱们够乱的啦——”吴维平说。

苏眠举起打火机一把摔到地上，那个女人立刻闭了嘴。

“我能说两句吗？”肖子航说。

“你说！”吴维平抬了一下手。

“首先，这不是坏事，是个好事儿！如果苏眠到湖州唱了两首歌，只能让人知道一条苏眠参加演唱会的消息。这真算不上什么新闻，可是现在苏眠在北京又接受了采访，引起媒体的惊讶！这就形成了一个热点，苏眠没什么可遗憾的，而是做了一件大好事，观众的目光一下子又关注了苏眠，一下出了大名，这叫歪打正着，我们出了名。再否掉一个，观众发现居然有一个是冒名顶替，这热点比前一个热点就更具有震撼力。”

苏眠冷冷地看着他。

吴维平也目不转睛地看着肖子航：“我也是这个意思。我们分析啊！一方是苏眠隆重地参加演唱会，而且召开了与记者的见面会，另一方是苏眠在医院偶然接受一个记者的采访，哪个重要不是一清二楚了吗？再说如果否定了去演出的苏眠，事情就闹大，我们倒是出了名，但我们会一败涂地！湖州的观众还不把我们给吃了?！而否定医院接受采访的那个苏眠，我们不但毫无损伤，而且还会给我们的知名度加分。再说，否定了苏眠说的那些话，也省得我们得罪人……”说着，吴维平转脸看看苏眠，“你说是不是？”

苏眠不说话了。他已经完全从睡梦中醒过来了。

吴维平又问：“怎么样？苏眠，我们就召开记者招待会，否定那个在医院接受采访的苏眠！”

苏眠很不情愿地说：“你爱怎么弄就怎么弄吧！反正我不参加记者招待会。”

吴维平笑了：“不用你去参加，还让肖子航去参加，他根本没有在医院接受过采访，说起话来会更加理直气壮！”

“我去不了。”肖子航突然说。

“怎么回事？现在就靠你了，怎么会去不了呢？”

“我替苏眠唱歌，我替苏眠开记者招待会，我替他担惊受怕，我何必呢？”

吴维平有点急了：“你这是什么意思？”

肖子航不说话。

吴维平略微思索了一下说：“肖子航你这些天的确很辛苦，你的意思我也明白，大家现在都不容易，等过了这阵子，我每月给你加工资。”

肖子航还是不说话，他心里很不平衡。这次演出，人家当地给的出场费是二十万，可他这个出场人，却只得到一万，也就是说他只得到了二十分之一，无论怎么说都是太不公平，况且这钱也不知道什么时候给。还有，这不光是个钱的问题，再这样下去，他不是成了一个骗子了吗?!

房间里突然安静下来，现在谁都明白了对方的意思，但谁都不愿意先开口。

吴维平说："肖子航，你的确很辛苦，也帮了我们的忙，但是我们也很不容易，俗话说不当家不知柴米贵呀！你知道我们养房子要多少钱？养车要多少钱？给组织晚会的人回扣要多少钱？我们音乐制作请乐队，租棚又要多少钱？我们给词曲作者要付多少版权费？还要交个人所得税……出场费剩不下几个钱啊!"

吴维平以为他云山雾罩地一说，肖子航就会被唬住了。不料肖子航却冷冷地说："你们找别人好啦！我实在是做不了这事儿。再说，这不是欺骗吗?!"

吴维平看了一眼苏眠："肖子航，你现在说这话有点不仗义，你早干吗去了!"

苏眠一拍桌子大声喊道："肖子航，你是不是觉得你翅膀硬了，我告诉你，你还太嫩，你知道不知道，如果你不是顶着我的名唱歌，以你肖子航的名唱歌，有没有人给你一块钱？你做梦吧！你倒找给别人钱，别人也不会听你的!"

话赶话，话跟话，肖子航也急了："我不愿意沾你这个光，你自己去唱好啦！我并没有求着要替你去唱啊!"

局面僵住了。

吴维平摊开两手说："大家都是自己人，你帮了我们，可是我们也没有亏待过你，你可以想想，你一个普通的大学生，如果没有我们，你生活上也不会像现在这样是不是？肖子航，做人要讲良心!"

肖子航听见这话还是有点不中听，但他也不准备进行针锋相对的反击了，他默默不语。

吴维平说："今天先这样，有时间我和苏眠再商量一下，我们绝不会亏待你，但是你也一定要有个分寸，事情闹僵了，你还真找不到这样的机会，好吧?"

肖子航勉强点点头。

第二天下午三点，吴维平领着肖子航在仙后饭店召开了与北京记者的见面会，吴维平请了电视台和报纸的十位记者。临上汽车的时候吴维平把手里的十二个牛皮纸信封递给肖子航。

“这是什么?”

“这是给记者的车马费，你打开看看。”

肖子航打开信封，每个信封里装了两千元钱。

“你看，每个记者两千元，十二个记者就是两万四，这还不算给饭店的场地费……你说一个歌星的花费少吗?”

肖子航明白了，这是吴维平特意教育他要“勤俭节约，艰苦奋斗，顾全大局”的教材。

他把信封放回到吴维平的书包里问：“记者不是要新闻吗？干吗还给他们钱?”

“从本质上来说，记者和艺人是互为依存的，因此一般情况下，应该是互相需求的。艺人需要记者宣传自己，而记者们也需要艺人们的消息和新闻，没有这些东西，媒体的娱乐版也无法生存。可是实际情况下还是‘店大欺客’‘客大欺店’。”

“咱们属于哪种?”

“咱们处于非常时期。”吴维平接着说，“大牌明星一举一动不用招呼，记者们趋之若鹜，而一般艺人就只能恳求记者给自己宣传。可是除此之外谁都知道媒体的厉害，因此再大牌的明星也要对媒体客客气气。几乎所有的媒体都有采访费这项开支，可是你看见哪个记者主动给被采访对象钱来着?有！可是咱们没有见着啊。”

吴维平请的记者里没有那家刊登“专访”的《娱乐导报》，这是吴维平故意冷落他们。没有告他就算“便宜”他了，当然吴维平也自知“理亏”，不愿意把事情闹大，如果告上法庭那可就是引火烧身了。

开会的时候，那位《娱乐导报》的记者却也匆匆赶来，坐在前排中间，

表情凝重。他的眼睛直盯盯地看着肖子航，这是肖子航当替身以来最紧张的时刻，如果没有前面几次的成功，他会立刻抱头鼠窜的。

本来请了十二家记者，来的却有三十多家。

肖子航有些担心，那钱不够分怎么办？吴维平却不动声色，只是对那位负责发钱的小姑娘耳语了几句，小姑娘把钱又装回了书包，坐到一边喝水去了。

吴维平念了一份简短的声明：

近日北京有报刊刊登苏眠在医院接受采访一事，我代表苏眠对此表示非常的震惊和遗憾。苏眠本人某月某日在湖州参加演出并召开了记者见面会，根本不可能同时在北京接受采访，因此某报所谓苏眠的专访纯属子虚乌有！特此郑重声明。

在吴维平宣读声明的时候，那位导报记者的眼睛锁定了肖子航，目光就像两把钩子，恨不得能从肖子航的脸上剜出一块肉下来。看着看着，他也有点二乎了，因为昨天他采访的那个苏眠尽管与眼前的非常像，但还是稍稍有些区别。眼前的苏眠比昨天的那个苏眠显得年轻，而且好像昨天真的没有见过他。如果见过他，他的目光会躲闪的，如果现在是装傻充愣，装得可真是太像了。

那记者真的晕了，怎么会有这样的事情呢？他这样资深的记者怎么会让一个冒名的苏眠给骗了呢?!

声明念完了，几乎所有的目光都盯在了这位导报记者的脸上，仿佛今天的新闻发布会，他是主角。

一个是被采访的苏眠，一个是采访他的记者，而现在他们相见却不相识。多么难得的情景啊！真是有好戏看了，谁也料不到故事将会怎样发展！

记者一下子拥上来啪啪啪地拍照，照片里要有两个人，《娱乐导报》的记者和苏眠。

会场的气氛显得十分诡秘，没有一个记者发问，闪光灯却亮个不停。导报的记者不能再沉默了，他沉默就会让人认为他上当了，发了假新闻或者说他主观上就想骗人。

导报记者站起来，声音有些颤抖："苏眠，你那天在医院真的没有见过我吗?"话一出口，有敏感的记者就意识到导报记者在给苏眠"做套"，因为他已经把苏眠去医院说成是既定事实。

肖子航冷笑说："我那天还在湖州，怎么会在北京的医院见过你呢?"他说得理直气壮。

没有任何一个人能想到眼前的这位"苏眠"是个替身！但吴维平和肖子航却已经紧张到了极点，这可真是一着险棋呀！

结论只有一个了：导报记者如果是老实人的话，他昨天采访的是一个冒名顶替者，被采访的所谓苏眠是一个骗子！

另一条新闻热点马上形成了：一个骗子冒充苏眠接受了采访。

一个记者站起来："请问苏眠，你有双胞胎兄弟吗?"

肖子航摇摇头。

又有一个记者问："请问苏眠，你不准备去追查那位冒名者吗?"

"会的，但我们能力有限。"

"你们不准备起诉导报吗?"

吴维平抢先说："我们认为这位记者是无辜的。但我们将保留诉讼的权利。"

有记者热心地出主意："其实不难，让公安局到医院去追查，一定会找到那个骗子！"

吴维平和肖子航都觉得浑身冷飕飕的，但静心一想，能查出什么呢?空忙一场就是了，所幸的是医院那里没有苏眠看病的记录。

吴维平恐怕言多语失，夜长梦多，他两句话就让见面会戛然而止："谢谢大家，发布会到此结束！"

那天的新闻发布会上了各网站的头条。

第二十一章　跟　踪

肖子航大获全胜，走路的时候都觉得脚底下格外带劲！

走出饭店的时候，一个身影让他心中猛地收缩了一下，那个人是段元生。奇怪呀！他怎么会在这里出现呢？是偶尔路过吗？他来干什么？也参加了刚才的记者招待会了？

肖子航的脑子飞快地运转着。这次他是以苏眠的身份出现的，也就是说，段元生即便是来参加记者招待会，目标也是苏眠。

心中有鬼，难免心虚，是不是他发现了自己是苏眠的替身？

如果真的发现了，那么他跟踪的可能是苏眠，也可能是肖子航。这个想法一经出现，肖子航就觉得有股凉气从腰际嗖一下直冲脑门。

也可能他什么也不知道，就是路过这里。

段元生远远地看着他，肖子航告诫自己，苏眠肯定不认识段元生，自己要目不斜视才对！

上了吴维平的汽车，肖子航把自己的怀疑跟吴维平说了。

吴维平立刻变得十分警觉，听完了，沉吟片刻才问："这个段元生是个什么人，你敢确定他是大学生吗？"

肖子航把他对段元生的了解全部告诉了吴维平，并说出了他和段元生一起"喝酒"，以及戴丹给他看段元生匿名信的事情。

"这么说，他和你有仇了？"

"谈不上仇，这个人有病！真是莫名其妙。"

“多半是偶尔路过。他看着你的时候以为在看苏眠。”

吴维平又说：“这件事也给我们提了个醒，你以后要格外小心！在学校可千万不要暴露！”

记者招待会以后，《娱乐导报》的记者来到采访过苏眠的医院。他心里非常的奇怪，也非常的窝囊，不要说他从来没有遇到过这样的事情，就是全国、全世界也没有听说过冒充歌星接受采访的先例！太邪乎了！那个人要干什么呢？没有任何好处呀！满足虚荣心吗？也不像呀。凭他多年采访的经验，那个人不像假的呀！这个骗子怎么这么专业呢！

以前他是名记者，现在可好，他成了同行嘲笑的对象！他的长篇通讯也成了“丑闻”。这件事他怎么想也想不通！真窝囊啊！

他来到医院有两个目的。第一他要和医生了解一下，苏眠是不是到医院看过病，苏眠是名人，来医院看病，医生不会不知道。另一个目的就是那个冒充苏眠的家伙既然是在医院遇到的，他就可能是个病人，没准他还会出现在医院里！万一再“碰”到他，一切就会真相大白！公安局不追查，他要追查！就这样不清不白的，以后他还怎么在报社混呀！

按照以往的经验，他制订了一个计划。他拜托报社经常采访医院的记者联系了这家眼科医院的院长，院长热情地接待了他。他说想采访一下给苏眠看过病的医生，请务必帮忙！

院长眯起眼睛说：“我们医院有那么多医生，我怎么知道是谁给苏眠看过病呀！”

记者又问：“看看病案室里苏眠的病历不就成了吗？找到他的病历，就能找到给他看病的医生。”

院长点点头：“你说得有道理，可是我告诉你，医院只保存在我们这住过院的病人病历，一般的病历是不保存的。苏眠在这里住过院吗？”

“电脑上帮忙查一下？”记者几乎是在哀求院长。

院长还真的帮忙，找有关人员查了一下，没有苏眠这个名字。哪怕是同名同姓的人也没有。

整整一个下午，这位记者在医院东转西看，却一无所获！他的眼睛红红的，在这起事件中，他是最大的受害者，他被伤害了，他想报仇！可是他不知道伤害他的是谁。

我一定要把这件事情弄清楚！他重重地扇了自己一个耳光！

为了和苏眠的形象保持距离，肖子航在学校里极力让自己穿着朴素，头发每天都洗过，蓬蓬松松的，一点型也不要有！随时都戴着眼镜。只有在给那个追星族宋多多“上课”的时候，才穿得离苏眠的形象近一点。

这两个星期，肖子航被那个叫宋多多的女孩折腾得够呛！

如果光是那每个星期六的一节课，怎么都好对付，可这个孩子真是娇生惯养，以自我为中心。她自从知道了肖子航的手机号码，肖子航就成了她炫耀的道具，开场白基本都一样：“喂！是苏眠大哥吗？”

“是我，哦，是宋多多呀，有什么事儿啊？”

“是这样，我有一个好朋友，叫李小晖，她非常想跟你说句话，我说您很忙，她就说我骗她，说我根本不认识苏眠，没办法，您帮帮我吧？”

肖子航举着手机，那头传来几个女生叽叽喳喳的议论声。

宋多多的声音：“说吧，就许说一句啊！”一会儿，电话里就传来另一个女生哆里哆嗦的声音：“您是苏眠吗？”

“我是，你好！”

“我特别喜欢您唱的歌……”话还没有说完。手机就传给了宋多多，就像飞快地逃走了一样。女生的尖叫和惊叹从电话那头传来。

宋多多说：“您忙吧，不好意思啊！”

第一次接到宋多多电话的时候，肖子航还很高兴。后来就有些厌烦了。尤其是上大课两个课时连上的时候。

有一次，宋多多当面对他说，下个星期六他们学校要搞文艺节，希望肖子航能到他们学校出席文艺节和同学们见面。

“反正您星期六也得教我唱歌，我们把它改成到学校和同学们见面好不好！有些同学和您通了电话还不相信，说是我找人装的，您说气人不气人！”

“小姑娘，教你唱歌和到学校去是完完全全不同的两件事情！你让我很为难，知道不知道?”

宋多多瞪大眼睛，她不明白怎么就是“完全不同的两件事”。她居然还死缠烂打：“其实也就是一个小时，您和大家见见面说几句话就走。”

肖子航只好说：“我想想，明天再答复你好吗?”

“您可一定要来呀!”

宋多多走了以后，肖子航给吴维平打了电话。吴维平停顿了一下说：“去吧，咱们有求于人家！我担心的就是千万别穿帮，这样吧，下星期六我陪你去。”

肖子航没有办法，只好想想怎么面对那么多中学生，为了万无一失，他还写了个小小的发言稿。

不料，星期五的下午，宋多多来了电话说，不用去学校了。

“怎么又不去了?”肖子航问。

“我费这么大劲儿，他们还不领我的情！咱们不去了，明天照常上课，我也不去参加什么狗屁文艺节了!”宋多多气愤地说。

肖子航真是哭笑不得。结果星期六，宋多多没来上课，还是去参加学校的文艺节了。

今天又是星期六，宋多多一进门，好像心中有事儿。招呼过后，她对肖子航说：“苏老师，我能求您一件事情吗?”

“你说吧。”肖子航心里有点打鼓，心想，你可千万不要提什么古怪的要求啊!

“您能跟我说实话吗?”

“你是要问我问题，还是要让我办什么事儿?”

“问问题。”

“问吧。”

“您教我学唱歌，我爸给您多少钱?”

肖子航愣住了。这句问话那么直接，那么毫无遮拦，那么赤裸裸！肖子航实在是不知道宋多多的爸爸到底和苏眠或者是吴维平有什么协议或者是“交易”，也没准儿就是朋友，当然可能是肝胆相照、推心置腹的朋友，也可能是互相利用的酒肉朋友……这一切，肖子航真是一无所知。谈到钱，宋多多的父亲决不会像每次付给普通家教一样的给钱，因为肖子航就从来没有从宋多多的手里拿过一分钱！让他吃惊的是，这个女孩子为什么突然提出这样的问题？

宋多多的眼睛盯着肖子航的眼睛，那目光天真无邪，让你都不忍心撒谎。

“你突然问这个问题干什么？”肖子航说。

“我就是想知道！”

“一定有个原因吧？”

“我就想知道关于我的事情总可以吧？比如我为别人付出了多少，别人为我付出了多少，难道还要原因吗？”

“你爸爸没有告诉过你，他给我多少钱吗？”

宋多多摇摇头：“他说不用我管，我好好学习，能高高兴兴的就好，一切由他来安排。”

“就是呀！你听你爸爸安排就好了。”

“不，我想知道我在爸爸心里的地位，就像他送给我一件礼物，我不在乎是用多少钱买的，我在乎送给我礼物的人的心的价值！”

肖子航心中一动，尽管眼前的宋多多说着从小美文里面学来的“字儿话”，但情感是实实在在的。肖子航说：“你看，你说得多好啊！如果你说的是心里话，那你干吗还要问他给了我多少钱呢？”

宋多多抿着嘴唇不说话，肖子航的反驳在逻辑上让她无懈可击。一个初中二年级的女孩还没有学会对自己心情做准确的表达，因为有些东西她们自己也没有思索清楚！但肖子航已经明白，他的话合理但是不合情。可是没有别的办法，自己难道是那位父亲没有花多少钱但情谊无价的礼物吗？有点荒唐！不过想到这里，他心中一亮，他已经明白了那个女孩所渴求的答案。

“你还有别的家庭教师吗？”肖子航问。

“有——”

“你爸爸给他们多少钱？用什么方式给的呢？”

“外语老师一个小时一百块钱，每次上两个小时给二百块钱，爸爸把钱放在一个信封里给我，上完课我交给老师……”宋多多老老实实地说。

肖子航笑着说：“你看，我都给你上了这么多节课了，从来也没有收到过你的信封！”

宋多多的脸红了。肖子航急忙说：“我是开玩笑！”说着，他从兜里拿出一串钥匙，上面的钥匙牌就是宋多多送给他的。他把钥匙牌递给宋多多：“你看！这是你第一节课送给我的。”

宋多多接过钥匙牌，低头一看，眼睛湿了，泪珠就扑簌簌地滚到脸颊上。

“我实话对你说，除了唱歌，我的事情都是由吴维平叔叔安排的。你爸给没给我钱我真的不知道。我只知道，我教你唱歌和一般的家庭教师不一样，我唱歌比教书要挣得多得多，你说是不是？”

女孩一个劲儿地点头。

“好了，我们上课吧。怎么，还要问你爸爸每个月付给我多少个信封吗？”

宋多多破涕为笑，用手抹了一下眼睛，肖子航急忙递上餐巾纸。女孩接过餐巾纸，转身跑进了卫生间，洗了个脸走出来的时候，脸上阳光灿烂！

女孩对肖子航说：“苏眠老师，我告诉您一件事，从今天开始我就不学了，这几次耽误您许多宝贵的时间，我知道您为了我损失了好多时间和精力！我今天来就是要和您说再见的……也是要跟您说谢谢和表示抱歉的。”说着，她又用手捂住了眼睛，怕眼泪掉下来。

“什么？不学了？”

宋多多点点头。肖子航如释重负，一身轻松：“为什么不学了？”

“我觉得我挺幼稚的。”

“什么？幼稚？”

“我妈说我不懂事，她不让我学了。”

“开始学的时候，她不知道吗？”

“我亲妈不知道，后妈知道。”

噢——肖子航这才明白，宋多多有一个离异的家庭。

“你和谁住在一起？”

“和后妈住在一起，有时候去看我亲妈。”

肖子航觉得话题有些严肃，不想再继续。不料宋多多却自己往下说：“那天我妈知道了我和您学唱歌的事情，她对我说：你以为你是谁呀！你以为你是公主呀？你以为你是皇后呀？你可好，听歌星唱歌还不算，还请歌星给你当家庭教师！你就差把歌星请到你们家唱堂会了。你爸爸给你花了多少钱，你以为他这是爱你啊？他这是把你给害了……她听说我让你到学校和同学见面，她坚决反对。她说，同学们怎么看你，他们会说，瞧！人家大款的女儿能把歌星给请来，有钱能使鬼推磨……你不是想和同学们一样吗？这样招摇可不是好事！你太幼稚了！”

“你就听你妈的了？”

“我当面反驳她了，事后一想，觉得妈妈说得挺有道理的……”

“你不学了，你后妈怎么说？”

“我后妈也挺好的，我虽然叫她阿姨。她说：多多，不论你学也好，不学也好！只要你高兴！”

宋多多走了，肖子航坐在那里发愣。吴维平第一次找他来的理由是在电影里给苏眠当替身。电影不拍了，这个理由不存在了。后来又说是替苏眠给宋多多当家庭教师，现在这个任务完成了，宋多多已经走了。接下来肖子航还要干什么呢？还有什么理由再和苏眠合作呢？尽管他已经感到，吴维平和苏眠现在已经离不开他了。

如果让他自己选择呢？离开还是留下呢？

他现在就在吴维平的家里，吴维平去公司了。叫吴维平回来一趟谈谈不是正好吗？他应该给吴维平打电话了。电话里，他把宋多多不再上课的情况详细地说了一遍。

“你在听吗？”他没有听到吴维平的反应。

“我听着呢，你接着说。”吴维平很平静。

“我的工作已经结束了，没有什么事情的话，我该走了。”肖子航为自己的“一语双关”感到得意。吴维平可以理解成肖子航离开吴维平的家，也可以理解成他将辞去“替身”的工作。

不料，吴维平却说：“行，你要走就走吧！”

吴维平可能误会了他的意思，肖子航又说：“你现在能回来谈谈吗？”

“对不起，我现在正忙着呢。”

“要不我去你的公司？”

“以后再说吧。”吴维平的态度很冷淡。

“我把你给我的手机就放在你家了，里面的卡我拿走了……”

这话再清楚不过了。“武器装备”都交了，吴维平再不明白那就是故意装傻了。他本以为吴维平会吃惊地说：“你这是什么意思？你要干什么？”

吴维平却说：“一个手机值几个钱，你留着用吧。”

肖子航愣住了，人家已经不指着他了。直到这个时刻，他才发现眼前的工作真是得来不易，离开吴维平和苏眠，他什么都不是，他到哪儿去挣这么多钱啊！他突然觉得心里很空。他高估了自己在吴维平和苏眠心中的地位……也可能他的地位是不低的，可经过了那次差点“穿帮”的事件，吴维平是不是也感到了替身的危险性，于是有了新的打算？几个念头在肖子航的脑海里轮流浮现着。

对方的电话挂断了。肖子航呆呆地坐在那里，心中十分的后悔！唉！正像先哲们说的那样，许多东西，失掉了才觉得珍惜。

他突然想起来，吴维平答应给他的一万块钱演出费到现在还没有给他，于是马上就给吴维平打了个电话。不料，吴维平却说：“我们已经付给你工资了。”

“你不是开玩笑吧？你忘了我到外地演出之前，你答应给我一万块钱的。”

“是吗？以后再说吧。我现在很忙。”

本来他是想“要挟”吴维平一下的，才说出刚才那些“我该走了”之类的话，没有想到，吴维平居然这样回答，而且来得这样快！

肖子航回到学校，在楼道里碰上了下铺兄弟：“干什么去了？”

“有点事。找我？”

“找你，不是我找你，是辅导员找你。”

“找我干吗？今天是星期六，又没有课。”

“今天上午，所有补课的同学都在阶梯教室开会。”

“和我有什么关系？”

“什么？和你有什么关系，你有门课不及格。”

“哪门？我怎么不知道？”

“《修辞简论》。楼道的布告栏里贴着通知让你们找任课老师……”

肖子航的头嗡的一下大了。从上学以来，他从来没有过考试不及格的纪录，现在可好，破纪录了。

“还有谁不及格？”

“一共五位，男的就你一个！你小子每天魂不守舍的在干什么？人家戴丹是要拍电影，你也拍电影吗？”

肖子航几乎是奔跑着来到中文系教学楼的楼道。系里教务处的通知就在自己的教室门口贴着，自己怎么就视而不见呢！他又跑上楼来到这门课的教研室。门锁着，里面空无一人。这脸可丢大了！一个帅哥考试不及格，关键这不是什么难学的课呀！看上一遍就成了。多了不敢说，六十分没有问题啊！真是大意失荆州！肖子航回到宿舍，躺在床上。房门背面贴着一张影星科鲁斯的照片，他正拿着手枪对着肖子航示威！

手机又响了起来，肖子航心中一动，可能是吴维平。刚才的谈话就像市场上的讨价还价，看谁能挺得住。吴维平一定是怕自己真的要走，来电话挽留！

电话却是戴丹打来的，说有重要事情和他谈，地点就在学校的“日本料理”餐厅。几乎每天都在教室见面，什么事不能谈？戴丹这种人就是这样神经兮兮的。

就在肖子航每天忙忙碌碌地为苏眠工作的时候，戴丹倒显得清闲起来。肖子航心里明白，她的电影已经告吹，她还怎么忙得起来呢？不过，戴丹毕竟是戴丹，她是个永远不会示弱的人。

有一天，肖子航随便问她：“电影拍得怎么样了？”

“拍完了，样片拿到澳大利亚洗印去了，国内的洗印技术根本不行！”戴丹信誓旦旦地说。

“苏眠是不是男一号？”肖子航明知故问。

“当然是了！因为他的加入，投资方多花了几百万呢！”

“影片什么时候上映？”

戴丹想了一会儿说：“这个电影是合拍片，有些镜头不太适合中国的国情，咱们要求改，外方不同意，闹不好，这个片子没准暂时只能在国外发行！唉，太遗憾了。现在他们还在谈判，咱们这边也说，这么好的剧本，这么好的演员，不在国内发行实在是中国电影的损失！”

肖子航听得有些发晕，一时间他闹不清是他自己在犯糊涂还是戴丹在撒谎，她那么真诚地说着这些根本不存在的事情。她睁着眼睛说瞎话，她为什么呀？她不觉得累吗？

这些天，肖子航感觉到，戴丹明显地向他靠近！他有些唯恐避之不及的感觉，因此接到电话的时候，他本能地说：“对不起，我还有事情。”

戴丹说：“你还是来吧，有些事情电话里不好说，我只能告诉你，现在有人格外注意你！”

最后这句话对于肖子航决定和戴丹见面起了决定性的作用。

肖子航走进餐厅的时候，一个女服务员走过来问：“您是肖先生吗？”

肖子航点点头。服务员把他引到一个单间。推开门，只见戴丹正笑眯眯地看着他：“快请进！”

肖子航的脚步停下了，他无论如何不能走进去。和一个女同学单独在一个单间吃饭，要是有恋爱关系的还差不多，比如和何一梅，现在和戴丹这样工于心计的女孩单独在一起，还不知道她有什么目的。这是大学里的餐馆呀，来来往往的不是老师就是同学，传出去怎么说得清？他不能不有所提防。

“我们在外边吃不是挺好的吗？”肖子航说。

戴丹似乎是看穿了他的心思，嘲笑着说：“看把你吓成这个样子，不是我请你，是你的一个朋友请你，是个男的！去洗手间了……”

她的话音还没有落地，肖子航背后传来一个声音：“肖子航来啦？快请进呀！”

肖子航回头一看，原来是本系的梁副主任，戴丹的新闻发布会他也是主席台上的一员。

肖子航有些不明白，今天这是什么饭呀?！和领导吃饭太别扭了。可是没有办法，只好老老实实地坐下。

幸亏梁主任先开口了：“我和戴丹的爸爸是老同学，听戴丹说你是她的好朋友，我就说咱们一起吃个饭，互相认识认识！”

肖子航真是有点受宠若惊。

过了大约有十几分钟，梁主任说：“你们一个班，以后要互相帮忙，团结才有力量。丹丹，你不是要请肖子航帮什么忙吗？你不说，他怎么知道？”

“其实也没有什么大事，这么一说，好像挺严重似的，也就是朋友托朋友。”说着，她突然端起酒杯，“肖子航，我根本不会喝酒，来！我敬你一杯！”

肖子航说：“我也不会喝酒，算了吧。”

梁主任说：“那次的记者招待会不是说丹丹的小说要拍一部电影吗？你也知道，苏眠演主角。什么都有了，本子、票子、班子，可听说戏拍了一半，这个苏眠突然不干了，怎么说都不成。为了这件事，丹丹哭了好几回。你说这件事儿怎么办？”

“噢——有这事儿！不是说在澳大利亚做后期吗？”肖子航只好装傻充愣。

“他们是安慰我。”戴丹可怜地说，“后来我才听说出了问题……听说你和苏眠很熟……”

肖子航心中咯噔了一下，现在他明白了今天这顿饭的真正目的了。他急忙说：“这肯定是误会，我根本不认识苏眠。”

戴丹惨然一笑，摇摇头。梁主任插话说：“肖子航，你先别肯定，如果你真的认识苏眠或者其他有影响的人，你就给说说，帮帮戴丹。”

梁主任的话说得这样恳切，肖子航不好再说什么。

一顿饭就这样不咸不淡地吃完了，还要说着客气话，这可真是折磨呀！

走出餐厅门，肖子航急忙要走，戴丹追上他说：“我还有重要的事情没有告诉你！”

肖子航停住脚步，本来他以为这句话是戴丹让他来吃饭的借口，现在他感到戴丹真是有事。另外，她一口咬定他认识苏眠也不是空穴来风，于是想问问戴丹为什么这么说。

“我说你认识苏眠不是没有根据的。”说着，戴丹递给肖子航一张纸。

肖子航接过一看，只见纸上写着：

某月某日　下午四点　与吴总见面。地点：新新咖啡

某月某日　上午十一点　与吴总见面。地点：凯月饭店（吃饭）

……

肖子航心中有些慌乱，急忙问：“这是什么意思？”

“这里的主语没有写，这个主语就是你。谁都知道吴总是苏眠的经纪人，也是出名的音乐人，你和他那么熟，起码是经常一起吃饭吧，你和苏眠能不熟吗？”

“真是奇怪呀！这是谁写的？有毛病呀！”肖子航故意冷笑着。

“不会有错！这是我的一个朋友告诉我的。”

肖子航有些毛骨悚然，居然有人在跟踪自己！为什么？莫非他们知道了自己当替身的事情？

“第一，我不认识什么吴总。第二，他们跟踪我干什么？你的朋友是公

安局的吗？这是怎么一回事？”

“你带我见了苏眠，我就告诉你。”

“不可能！”

“要不你带我见见吴总，我就告诉你这是怎么一回事。”

“我不认识什么吴总。你不告诉我也没有办法！”

“你不要摆出这种拒人于千里之外的态度好不好？”戴丹脸色开始不好了。

“你都是从哪里弄来这么多莫名其妙的消息呢？太可笑了！”

“可笑不可笑，你心里明白。如果你带我见到吴总，我就告诉你是怎么回事。我不是那么好欺负的，谁也甭想骗我！这个电影我投入了多少力气，怎么能说不拍就不拍了呢？歌星怎么啦！”

肖子航苦笑着：“这些话你跟我说不着，也不是我不让拍的！我们先不说我认识不认识什么吴总，你怎么就认为是苏眠的责任呢？要拍成一个电影因素很多呀！演员、导演、投资方……你怎么就认定是苏眠不愿意演了呢？”

“你还说你不认识苏眠，听你的口气，你就是在向着他说话。”

肖子航哭笑不得，真是无言以对，只能摇头。

戴丹的表情突然显得又真诚又可怜：“肖子航，求求你，帮我跟苏眠说说吧。”她恳求的目光真让人心动。

“我能帮肯定会帮你，可我怎么帮啊！”

离开了戴丹，肖子航立刻把刚才听到的情况告诉了吴维平。

“有人在盯着你！”最后，肖子航特意强调说。

吴维平沉吟片刻说：“我可以见她一次，你只承认说认识我，不认识苏眠。条件是必须告诉我们他们是怎么知道我们认识的。”

第二十二章　小　人

回到学校，肖子航感到十分郁闷。躺在床上把最近遇到的事情一一整理。想到不通的地方，就拿起个本子在上面勾勾画画，想让自己有个清晰的思路。

居然有人跟踪！肖子航第一个想到的就是段元生。可是他又不在我们学校，怎么知道我哪天干什么呢？

有人敲门，进来的是于牧强。

“这些日子你在忙什么，也不到我们那儿去了，是不是谈恋爱了？”

肖子航坐起身，让于牧强坐下。“也没有什么事情。”肖子航说。他很想向于牧强请教点东西。可是有些话又不能说。

“不像没事啊，你看，脸上都挂相儿了，腮都嘬进去了。我告诉你，色这个东西是杀人的毒药、刮骨的钢刀……”于牧强笑着说，“开个玩笑，我这个叫吃不着葡萄就说葡萄酸。”

肖子航比以前成熟了，他不再因为别人一起哄说他想媳妇就跟人家急眼。

“真没有谈恋爱？”

“真的没有。”

“你们班的那个戴丹怎么样？我听你们班有些小子说你们俩有戏。”

“谁说的，一派胡言！”说别人，肖子航不急，说戴丹就有些反胃。

“你对她一点意思都没有吗？”说完，于牧强就直盯盯地看着肖子航。

“跟你说实话，一点也没有。”肖子航说。

于牧强眼睛亮了：“好！没有就好！”

看于牧强这个样子，肖子航误会了，以为于牧强对戴丹有意思，现在来试探一下戴丹有没有人追求。大学里都有个“传统”，高年级的学生，尤其是临近毕业的学生，说具体点就是男生，追求低年级的女生。他们将要离开这个人才资源丰富的地方，将来不管他到哪儿工作，多好的单位，也不会再有大学这样“花团锦簇”的场面了。与其将来凑合，不如现在找一个，结不结婚另说。

“你是不是对她有意思？”肖子航说。

于牧强笑着摇摇头：“你先别管我有没有意思，我跟你说个戴丹的事儿，你就明白了！”

“一个星期以前，全校找了十个有特长的学生，由团委书记带队参加一个中外大学生的联谊活动。鄙人也在被选之列。

“活动在大会堂举行，将近有一百多人。开幕式前首先是个酒会，我们正要举杯，团委书记接到戴丹的电话，说她没有请柬进不来。团委书记客气地说：没有请柬自然进不来。因为戴丹根本没有被邀请。

“戴丹先是质问为什么没有她，接着又说有人通知她来……书记的电话算是放不下了。戴丹说着显而易见的假话，说有人通知她在大会堂门口集合，她大老远地赶来了，请书记一定要想办法，电话里传来哭泣的声音……书记被她缠得毫无办法，只好找到会务组又要了一张请柬，让我到大门口把她接进来。她那天穿着一身雪白的套裙，非常显眼，一进来就引来许多关注的目光。许多人以为她是演员什么的。

“她是在团委书记的帮助下才进来的吧？可是见了面她连个谢字都不提。一般人进来就进来吧，戴丹可是蹬着鼻子上脸，进来以后就像蚕蛹变成了一只花蝴蝶，到处乱飞。整个一个自来熟，什么人她都搭话。酒会之后的座谈会上她也要求发言，自我介绍说她是学校最优秀的学生，发表了长篇小说，作品被拍成了电影……她现在不但代表学校也代表她自己问大家好！说完之后，她自己先拍巴掌！那些外国人和外校的学生也不知道戴丹是什么负责人，听了她的发言，也傻乎乎地鼓掌！会上的记者也真买账，纷纷过来讨要名片！

“团委书记气得直搓手：‘你说她算老几啊！我真后悔，我关上了门，可是忘了关窗户！放了这么个扑棱蛾子进来！”

听到此处，肖子航点点头说：“这像她干的事！”

于牧强说：“你们班这位戴丹可真是个人物啊！”

“你问我谈恋爱的事情和她有什么关系？”

“我是要告诉你，千万不要找这种人当女朋友！”

“好，让我们共勉吧！不过，那些大师哥们要是找她怎么办？”

“活该他们倒霉！”

两个人笑起来，笑够了。于牧强表情严肃起来：“肖子航，刚才我们说的都是玩笑，现在说正经的，我看你最近肯定有事！什么事你不愿意说我也不问，我只想告诉你，有什么事情需要我帮忙，告诉我，我的经验比你多！”说着，老大哥似的拍拍肖子航的肩。

肖子航心中很感动，心想，自己最近做的事情是够大的了，也不到操场上锻炼，也不去别的宿舍聊天，经常离开学校，别人肯定有觉察！于牧强一定担心自己不学好，他哪里知道自己心中藏着这么大的秘密！现在，他真想把这些天的事情都和于牧强说说，可这些话还是不能说。因为这不是他一个人的事情！

他也握握于牧强的手说：“放心吧，我不会干坏事的！”

第二天下午，吴维平在一家咖啡店和戴丹见了面。戴丹尽管能干，但毕竟不是吴维平的对手。戴丹对“吴总”充满了敬畏，几句话以后，就把消息来源说了出来。那个人果然就是段元生！

“他为什么要盯着肖子航呢？”

“我不知道。”

“能不能去问问他？”

“我尽量吧……不过我从来也没有给他回过信，也没有给他主动打过电话。他说什么我就听着。”

戴丹说完了，对“吴总”再三说：“这件事您可千万不要对任何人说！我觉得他们这种行为很不好！”

“你和这个段元生是什么关系呢？”

“老同学、朋友——老师，我说的拍电影的事情，您还没有和我说呢。”戴丹很天真地看着吴维平。吴维平告诉她：“我诚恳地告诉你，电影没有拍成，责任不在苏眠，而是投资方的资金根本没有到位，说什么苏眠拍了一半，这是瞎说！苏眠一个镜头都没有拍！”

“可人家这么说的。”

“谁说的？”

“出版社。”

“这是个不真实的消息。你可以找他们看看有没有合同，否则，光凭嘴说，就是一分钱的许诺，他们也可以不给你！”

说起段元生，不能不感叹近些年大学的变化之大。一心钻研学问的学生也有，但是许多学生却把精力放在了当下如何兼职如何赚钱上。赚钱的门路也是五花八门，家里有权有钱自不必说，既不是官二代也不是富二代、能力有限的同学呢？开个网店卖些小商品的有之，倒卖光碟倒卖电脑配件的有之，当家教给出版社“编书”的有之……还有个别的同学给人当“枪手”，一种枪手是帮人写电视剧写回忆录，甚至写小说写博客。还有一种枪手代人考试，大到公务员的专业考试、外语考级，小到帮助中学生考试，真是“应有尽有”。其中风险最大的就是帮人参加高考，这些人大都是大学一年级的学生，他们刚刚参加了上一届的高考，有效的高考记忆犹存，参加一次这样的考试，可以得到一万元到两万元的酬劳。考生的家长则大约要拿出十万到二十万，各个环节利益链上的人分走其余的钱。这种代考风险大、成本高，但是获得的酬劳也大。令人可怕让人可悲的是，当事人不以为耻反以为荣！

博客、微博、手机短信都是他们互相串通宣传联络的工具。从精神层面来讲，当今大学生生存的环境很是艰难。

段元生的第一个“兼职”有点特色，公开的名称叫报纸信息员，每提供一条信息一元钱，如果采用了，上了报纸就可以酌情给到十元到二十元。段元生上学不久就当上了一个小报的信息员。

他的文笔不错，提供信息又积极，于是成了那家小报得到高校信息的主要来源之一。

有一天，段元生接到一家音像出版社的电话，约他在出版社见面。

“我今天找你来，是想见见这位认真的热心人!”男人说话的时候，并没有一丝嘲讽的意思，段元生倒是有点不好意思。

男人又问：“你在什么地方工作?”

“我还在上大学。”

“上大学，那更好了……如果我们公司给你一份兼职的工作你愿意吗?”

段元生心中一亮：“当然愿意！什么工作?”

“我们是一家很大的演艺公司，和我们打交道的歌星影星可以说是星光灿烂!”

“我知道，我知道。”段元生连连点头。

“我们对这些歌星的策划、包装、宣传，要投入巨大的资金！因此我们必须对歌星的实力、现状，发展有详细的了解。我的意思你明白吧?”

段元生又点头。

……

十分钟之后，段元生被“招募”了。一个小时以后，段元生离开了办公室。他得到了另一份信息员的工作，他要定期给人家提供歌星的消息。这个工作每个月要发工资的，他的第一个任务就是提供苏眠的各种信息。

那个中年男人的眼力是极准的，他看中了段元生身上那种猎狗的素质。这个人就是宋万成。

段元生很执著，执著得近乎一根筋，在爱情上执著，在工作上他同样执著。他的执著让他认死理，在听了张画画无意中说的“挑拨话”之后，他就死死认定戴丹不再理他是因为肖子航的出现！他要报复，他恳求他的本校同学帮助他把肖子航揍一顿！

那天晚上，段元生带着两个“哥们儿”跟踪肖子航来到一家咖啡店。肖子航站在咖啡店左侧的胡同里像在等人。这可真是个好时机，天黑、地段偏僻、路上基本没有行人。段元生对那两个人说：“看，就是那个。千万记住别打坏了！”

两个哥们儿正要向前，忽然一辆轿车从街口飞快地驶到咖啡店的门口，从车上下来一个人。肖子航匆匆跑上前去和他握手。段元生定睛一看，那人居然是著名的音乐经纪人吴维平。

看到吴维平和肖子航走进咖啡店，段元生急忙跑过去，隔着玻璃门看去，只见他们坐在一起，很熟悉的样子。再仔细确认一下，那个人果然就是“吴总”吴维平！

肖子航这个小子怎么还会认识“吴总”这样的名人呢？再说，这“吴总”不就是苏眠的经纪人吗？

段元生拉着两个哥们儿回去了，心里暗暗庆幸自己这一次的意外收获。从这以后，他开始更加密切地注意肖子航，这种注意甚至发展到了病态的程度。他发现“吴总”经常和肖子航单独接触，而且肖子航还去过“吴总”家。这说明他们关系密切！

后来，段元生居然还“收买”了肖子航的一个同班同学，他交给那个同学的任务很简单，就是肖子航应该在学校而不在学校的时候，给他手机发一条短信！报酬也很特别，每个月一张洗浴中心的门票。这票是音像公司送给他的，可以洗澡、游泳、吃饭，一张票值一百五十元呢。

雕塑大师罗丹说得好啊——世界上不是缺少美，而是缺少发现美的眼睛！段元生发展了罗丹的名言：世界上不是没有秘密，而是缺少发现！

段元生是只嗅觉灵敏又很执著的猎犬，但他喜欢叫，他不会保守秘密。

段元生依然对戴丹很痴情，是他告诉了戴丹，肖子航和“吴总”关系密切，这说明肖子航和苏眠的关系也不会差！至于“好”到什么程度他还不知道！

他在报纸上看到“苏眠分身有术”的质疑以后，他也到记者会上来看热闹，其实也是一个收集“情报”的好机会。

那天，他在饭店看到苏眠，他的第一个反应就是苏眠怎么长得有点像一个他认识的人，可是怎么也想不起来长得像谁……

可惜，段元生作为一个“情报员”的内幕吴维平和肖子航并不清楚，他们以为段元生对肖子航的态度就是为戴丹而生成的“情仇”。

那天晚上，肖子航又接到了何一梅的短信，还是那几个字：欧毕拜克！她在等着肖子航的回信。肖子航心中几分高兴，又有几分怨气！

何一梅是个含蓄的人，肖子航在和她的交往中，已经明显地看出何一梅喜欢他。可是何一梅的表现却总是若即若离的。他们偶尔在学校的食堂或图书馆相遇，何一梅的表情不像是见到了一个心心相印的恋人，只像遇到了一个熟人，也微笑，也问好，但却没有什么特别的表示。那次在月光下、音乐厅旁边草坪上依偎的是谁呢？难道是另外一个人？

为什么呢？是不是女孩子天生害羞，需要男孩子像一团烈火似的不断烘烤她的心呢？她的燃点是不是太高了呢？记得上中学的时候，有一次上化学课，老师的桌上摆着五样东西——一盒火柴、一张纸、一团刨花、一块木柴、一块煤。

老师说：“我眼前的五样东西都可以燃烧，但它们燃烧所需要的温度不一样，也就是说，它们的燃点不一样，其中火柴的燃点最低，而煤的燃点最高！我们如果要生起一个煤炉，我们得用火柴点燃纸，再用纸点燃刨花，再用刨花点燃木柴，再用木柴让煤燃烧起来……”

不知道为什么，那只煤炉的形象清楚地出现在肖子航的眼前。

何一梅是不是就是那块燃点最高的煤呢？老师说过：你别看它燃点高，可是一旦燃烧起来，它的热量最大，时间最持久……

可自己总不能像段元生那号人吧——跟在一个女生后面穷追猛打?！自己虽然用不着假矜持，但总是要有些尊严吧！何况像自己这样优秀的男人！再说，穷追猛打的男人，女生也未必就喜欢！

肖子航喜欢那种两情相悦的感觉，你给我发个短信，我给你发个短信。你邀请我，我邀请你。如果你给人家发了两三封信，人家也不回，再发就有点没意思了……当然，肖子航有时候也有些心虚，何一梅这样的女生是不是看不上自己呢？他实在是猜不透何一梅的心思。她是等着肖子航“追”她呢？还是让肖子航耐心等待呢？

肖子航和何一梅有一个月没有见面了。

何一梅把肖子航约到图书馆，对肖子航微笑着说：“晚上我请你吃饭！”

看到何一梅那灿烂的微笑，肖子航心中的阴影和不满一扫而光！

那是一家离学校很远的西餐厅，大厅里灯光柔和而又平静。人不多，背景音乐又让肖子航想起音乐厅的那个晚上。

“你最近都在忙些什么？”何一梅眼睛亮亮的，肖子航又一次发现她的睫毛很长！

这些日子，肖子航心里藏着那么多的秘密，心中感到很压抑，心情老是沉甸甸的。他很有一种想对别人诉说的愿望，说出来可能好一些。可是俗话说：受人之托，忠人之事。“任务”虽说基本完成，可秘密依然存在。说不说呢？多传奇的故事啊！

“有什么秘密吧？”

“其实也没有什么。”肖子航言不由衷。心想，何一梅要是再动员他一次，他就会把心里的话说出来。

“你最近在做什么？总没有接到你的电话。”肖子航反问。

“跟你一样，其实也没有什么。”何一梅学着肖子航的口气说。肖子航意识到了，笑起来。

“跟我说说你的事情。”

“什么事情？”

“总有些有趣的事儿吧。”

肖子航终于忍不住了，但他的话中还是很有保留的，他准备假借别人的身份说自己的事：“前些天，我当了一次群众演员，挺好玩的……”他这样开了头。

“当群众演员！特有意思吧？”何一梅说，“哪天我和你一起去！”

“群众演员长得都不好看，没有你这么漂亮的。”

何一梅嫣然一笑：“这么说，长得都像你一样难看了？”

“倒不都像我这么难看，反正好看的少。”

两个人会心地笑了。气氛仿佛回到了音乐厅的那一天，肖子航开始把第一天到电影厂找活干的情况详细地复述了一遍，基本上是实话实说。

“后来你当上了吗？”何一梅听得津津有味。

“我当了一个五四时期游行的学生……”肖子航瞎编了一个他想象中的角色。

“脖子上围着围巾，手里拿着小旗的那种吧？”

“没错，就是那种！”

“后来呢？”

“后来就没有了，可是我听说了一个好玩的故事，听他们说，一个群众演员刚开始演一个保安，后来被人家看上了，给一个演员当了‘替身’！”

“什么替身？”何一梅问。

于是，肖子航就把自己隐去，假借别人的身份，把自己的“奇遇”简单地说了一遍。

“那个演员叫什么？演过什么电影？”何一梅忽然专注地问。

“那我可不知道。没准还是瞎编的呢，你说可能是真的吗？”

“也没有准，我记得有位作家说过：‘事实比虚构更离奇，因为虚构必须要考虑是否符合生活的逻辑，而事实则不管不顾’！”

“可能是吧。”肖子航发现何一梅的眼睛紧紧盯着自己。

“这个人是不是就是你啊？”何一梅忽然问。猝不及防，肖子航的脸一下子红了，他连忙掩饰说：“你说什么呢！”

何一梅笑了：“如果真是你，那多有意思啊！”

转眼已经一个小时过去了。肖子航很高兴。

“你明天下午有事情吗？”何一梅问。

“什么事？”

“我的表姐想见见你……”

“你表姐？见我？”肖子航很奇怪。

“我表姐对我特别好！她特别关心我。”

“是相亲吗？”肖子航半开玩笑地说。

“你怎么这么俗呀！一个男生到女生家就是相亲吗？”

“对不起，我开个玩笑。去就去吧，什么时候？”肖子航很豪爽地说。

何一梅不说话了，眉头微微皱了起来，好像有什么心事。

“怎么啦？有什么不舒服吗？”

何一梅抬起头，看了肖子航一会儿，弄得他很不自在。

“我告诉你，我的表姐有病，现在住在医院里。情况非常不好！”说着，何一梅的眼睛湿了。她侧过脸，用手抹了一下眼睛。肖子航吃了一惊，不知道怎么回事，急忙递上餐巾纸。一面问：“什么病呀？”

何一梅摇摇头，泪水落在桌面上。她仰起脸恳求地看着肖子航：“陪我去好吗？”

肖子航点点头。

“穿上那天你到我家给我过生日穿的那身……”

第二天上午，肖子航如约来到一个地铁站口等何一梅。约定的时间过了十分钟，何一梅匆匆跑来告诉肖子航说，表姐那边有点事情，今天不方便去了。谢谢。说完何一梅又匆匆走了，弄得肖子航莫名其妙，心里很不舒服。

第二十三章　拷　问

这些天，苏眠的情况越来越不好了，一整天也就能睡着一两个小时。他经常莫名其妙地就感到心慌，那种不舒服的感觉和别人难以言表。他也吃了医生开的医治抑郁的药，开始说怕影响身体只吃半片，现在吃一片也不太管用，对睡眠根本不起作用。

苏眠已经有点不敢出门了，怕被别人看见自己消瘦的样子。这一天他又来到精神治疗中心。

“现在还顾虑什么呢？保命要紧呀！”医生叹口气说。

“你不会有命案在身吧？”医生忽然说，“就是向公安局坦白交代也比你这样等死强呀！”苏眠愣了一下，摇摇头说：“我再说一件您不知道的事情……”

医生拍拍他的手说：“多好啊！只要说出来就轻松了，说吧！”

苏眠讲起了在艺校和包梅吵架的事情。那时候他还叫苏文斗。

那天包梅递给他的大信封里第二封就是他写给孟莲的信。

苏文斗看见自己写给孟莲的信，那信还像他寄给孟莲的时候一样——折成一个小狗的形状，仿佛从来就没有被人开启过！展开自己的信，上面的折痕衬着自己又熟悉又陌生的字迹。苏文斗的手不由得哆嗦起来。

孟莲，亲爱的孟莲：

我来到艺校已经一个月了，我在这里一切都好！只是总想念你。我多希望有一天你也能来到艺校，坐在我的身边……

孟莲，我永远不会忘记你为我做出的一切，你为我做出的牺牲我将永世难忘，时时铭刻在心！

等我有一天，出了名，挣了钱，你不要笑话我，我挣不了大钱，也能挣点小钱，那时候，我就让你到省城来读书，到那个时候，我们就可以永远在一起……

包梅在一边冷笑着说："你不会说这信不是你写的吧！这就是你和一个服务员的关系？"

苏文斗心里很痛苦，他没有料到会有这样的局面出现。一切都是这样的猝不及防，他还没有痛定思痛的时间。上次爸爸来电话说孟莲要和副团长结婚，他丝毫没有不相信的疑问，命里注定吧！当时他这样想……他只是很震惊，但是却没有非常痛苦！那正是包梅向他示爱的时候！恩情和爱情是不同的两件事，孟莲对他有恩，这是没有问题的，他和孟莲的爱情呢？他突然说不明白了。孟莲嫁给副团长也不一定就是爱他，是不是就是老人们常说的"生米煮成熟饭"呢？当时苏文斗还真有一种"无可奈何花落去"的感慨！可现在这封来信表达的却是孟莲的拷问。

"她为你做出了什么牺牲？"包梅的冷笑寒彻骨髓。

苏文斗不说话。

"做都做了，有什么不能说的，好汉做事好汉当。"

孟莲的拷问在远处，包梅的拷问近在咫尺："一个女人能为男人做什么牺牲？能献出什么一切？"

孟莲的拷问是一种无助的恳求，包梅的拷问是凶光毕露的审讯。他本来是想守口如瓶，一直到死……危险出现了，人们想到的是保护自己的安宁，自我防卫的本能让苏文斗实话实说："我和她什么事情都没有，我连亲都没有亲过她一下。"接下来，苏文斗把事实经过告诉了包梅。

"你爱她？"

"以前。"

"现在呢?"

"爱你——"

说到这里，苏文斗已经隐隐有些悔意。说出了那段他自己都不愿意回忆的往事，他感到他把自己和孟莲的衣服都脱光了，摆在一个实际上并不爱他的陌生人面前。他感到很丑陋，还不如说他和孟莲做爱呢！尽管这是假的。

他觉得心里空空荡荡的。但他已经意识到了，他将再一次对不住孟莲！

包梅没有说话。苏文斗准备要去撕那些信，信被包梅一把抢过去。

苏文斗扭头就走，包梅威胁说："你走了就永远不要再见我。"

苏文斗这时表现出对包梅从来没有的强硬。他已经决定与包梅分手，他摔了门，头也不回。

半年的时间过去了，包梅在苏文斗的心目中已经淡忘了，成了一个模模糊糊的影子。

这么多年过去了，不知道包梅通过哪根藤条攀缘，居然找到了宋万成，告诉他苏文斗——也就是现在的苏眠——在老家的那段"情史"，并把苏眠给孟莲信的复印件给了宋万成。这正是宋万成对苏眠不满，准备"修理"苏眠而苦于找不到"武器"的时候。

"名人的隐私我们不太感兴趣。"他轻描淡写地对包梅说。

"你不感兴趣没有关系，有人感兴趣。我开记者招待会。"

宋万成冷笑着说："你只是他原来的女朋友，说句不好听的话，没有结婚，也没有怀上他的孩子。这种新闻有什么价值吗?"

包梅就像一个卖东西的小贩，顾客说这个商品不值钱，她就再给你拿一个：看看这一个值多少钱?

"你知道他和那个女孩是什么关系吗?"

宋万成微微一笑，看着包梅："大同小异呗。"

"这个小异你一定感兴趣……"

"不见得吧?"

包梅把孟莲为苏眠献身的故事讲了出来。宋万成看出了这件事情的“卖点”，刚才他不知道信里竟然埋藏着这样“独特”的内容，心中暗暗高兴。

“你为什么要把这些东西拿出来给我看呢？”宋万成问。

“你最好不要问我什么因为所以的。你感不感兴趣？”

“如果说我感兴趣的也就是要怎么保护我的朋友……”

“你怎么保护你的朋友？”

“我出五千块钱。”

“买什么？”

“你说呢？”

“我刚才说的就值五千块钱？”

宋万成笑了：“那是你主动说的，我还没有富到听别人说话就付钱的地步。实话跟你说，我听这种东西听得多了……我还有别的事情。”

“你说五千块钱买什么？”

“我要那封信的原件。”

“你要它干吗？”

宋万成笑笑：“买了然后撕了。对苏眠，我想给朋友省麻烦，况且我还不知道这是真的还是假的，就算破财免灾吧。对你，我就算是赞助了……”

包梅夸张地笑起来，仿佛她心目中的数目能买一幅张大千的画：“开玩笑也有点不着边吧。”

“什么信啊？你以为苏眠那么值钱吗？”

“再见！”包梅站起来。

“再见。”宋万成说。

“你不能在五位数上考虑一下吗？”包梅好像在自言自语。

“可以，我给你一万。但有个条件，没有我的允许，你的嘴要闭上。”

“我要是不闭呢？”

“你不会的。”

包梅把苏眠那封信的原件给了宋万成，得了钱，在收据上写道：有关这封信的事情，我保证不对其他人说。

“你是怎么知道这些情况的?”医生问。

“都是宋万成告诉我的。”苏眠回答。

“告诉我，你和孟莲到底什么关系，你说永远忘不了她对你的恩情?”医生问。

苏眠眼睛眨眨，他开了口。那是他一辈子都不愿意再想起也更不愿意提起的夜晚。

那天晚上，苏文斗走出杂货店的门，一面走一面把事情的全部经过告诉了孟莲。

苏文斗的目光惊恐而无助。

那里的秋天是很少刮风的，那天不知怎么就刮起了风，苏文斗清楚地记得大街上的行人都在乱跑。一个烟摊的放烟的木盒子被掀翻在地上，灰暗的天空上到处是飘舞的塑料袋。

“我去找他说说，给你求个情。”孟莲说。

“管用吗?”苏文斗说。

“试试吧。他在我们饭馆吃饭的时候常说，孟莲，有什么困难来找我。”

那时大约是傍晚七点钟的样子。

苏文斗点点头:“我在饭馆等你。”

孟莲摇摇头:“你在一线天等我。”

苏文斗知道，孟莲说的“一线天”是售票处和剧场之间的夹道，那里以前是剧场的休息室，里面还有一排椅子。现在售票处租给了一个小贩卖烟酒饮料，中间的屋顶裂开的缝子可以看见天上的星星。老百姓管这里叫“一线天”。

那天的“一线天”上没有星星，上面的裂缝倒给了风表现的机会。几个摆摊子的小贩还没有离开，坐在地上打牌，鬼哭狼嚎的风声对他们毫无影响。

一个小时过去了，孟莲还没有回来。打牌的小贩已经走掉了，散落了一地的纸牌。不知什么时候，风已经停了，空荡荡的夹道里只有苏文斗一个人。

苏文斗开始担心起来。他在设想着孟莲为他求情的情景，那个副团长不会就轻易答应的，也可能副团长不在，孟莲还在门口等。

又是一个小时过去了，苏文斗开始变得焦躁不安。会不会出什么事啊？自己应该过去看看，要是没有事，现在自己出现在副团长的面前合适吗？

接下来的十分钟对苏文斗来说是如此漫长，那简直是一种煎熬。他向前走两步，又往后退三步，向前走三步，又往后退两步……当他决定到副团长的办公室看看的时候，孟莲出现在了“一线天”。

接下来的事情，苏文斗想不清了，说实在的是他不愿意再细想了。他只记得孟莲一直在哭，反复说一句话：“他们喝醉了……”

孟莲走进办公室的时候，副团长正在和一个朋友喝酒。

听孟莲说明来意之后，副团长先说了苏文斗的罪行如何如何严重，接着他们就嬉皮笑脸地看着孟莲。那个朋友问了一句：“这妞是干什么的？”

副团长说是隔壁饭馆的。副团长的朋友走出门，朝着副团长诡秘地一笑。

副团长带着醉意把孟莲奸污了……

苏文斗只觉得血往头上涌，他没有说话，从地上拿起一把铁锨就往外走。

孟莲一把拉住他：“你干什么？”

“我打死这个畜生！”

“你要吃亏的——”孟莲哭喊着。

“我到公安局去告他们。”

孟莲说：“他们酒醒了，他们害怕了……”

苏文斗愣了一下：“那也要去告他们！”

“他们说如果告，他们上边有朋友，没准什么事情都没有……可你的事情就要判刑。如果不告，他们不但不追究你，不但给你开介绍信，还给你提供学费！”

“就这么算了？！”

孟莲只是哭。

说到这里，苏眠两眼直瞪瞪地看着前面。

第二十四章　新的高度

和戴丹一起见过吴维平以后，吴维平也没有再和肖子航主动联系，给苏眠当替身的事情就像做了个离奇古怪的梦。醒了，梦也就只有回忆的份了。

风也刮过了，雨也下过了，彩虹也出过了，按理说肖子航可以安安静静地当他的大学生了。

不料，肖子航却辗转反侧，久久不能入睡。他第一次听见宿舍里还有鼾声，以前是他睡着了没有听见呢？还是同屋的人添了毛病呢？打呼噜都是老头儿的事啊！

他离开了苏眠，离开了吴维平，离开了替身的位置，心里很别扭！不是他想永远赖在这个位置上。可这次离开得太突然，太仓促，太不符合正常的“程序”了。他又猛然觉得，对于苏眠和吴维平来说，这样的替身资源是多么可贵多么难得呀！几十年上百年也不一定出现一个长得如此相像而又可以模仿他的人呀！

这也不像吴维平一贯的办事作风呀！在他心目中，吴维平精明、稳健、能干，心里有大主意，眼观六路，耳听八方，有再大的事情，表面上永远是笑盈盈的，不露半点声色。

这次如果是吴维平炒了他的鱿鱼，吴维平应该正经八百的——就像当初请他来当替身的时候一样……吃饭不吃饭倒没有关系，先邀请，然后商量……这次也应该正式地告诉他“本店生意不好，不要耽误了先生的大好前程”之类。

如果是他炒吴维平的鱿鱼，吴维平应该先挽留，不成的话再客客气气说：“既然先生执意要走，我们也无法挽留”等等。

起码要在一起吃顿散伙饭吧！好说好散，有始有终吧！要命的是说好的给一万块钱怎么就这样“黑不提白不提”了呢？为了当替身，我的考试居然不及格！多么惨重的代价呀！

他又后悔是自己首先提出“没有什么事，我就走了”之类的废话，你还没有到人家离不开你的程度呢，是不是上次因为报酬的事情小吵了一次给吴维平留下了“爱财如命”的印象呢？是不是那一次，吴维平就准备让他滚蛋呢？可那次小吵之后他服软了呀！

都不对，主要是他们觉得“替身”太危险，万一被人发现不就身败名裂了吗?!

这一切都是正常的，你给人家打工，人家给你钱；工作完了，把你解雇了。这不是很正常吗?！你得了钱，你损失了什么呢？什么也没有损失，一个愿打一个愿挨……你又不像那个段元生，被戴丹欺骗了感情，变得疯疯癫癫的。想到这儿，肖子航的心态平和了许多。

吴维平应该把那一万块钱给我呀，一万块！能做多少事情啊！吴维平怎么这么不讲信用呢！虽说没有合同，到法院起诉也没有用，但吴维平不能这样骗人！想到此处，肖子航又有些气愤难平！突然一个想法在脑海升起——召开记者招待会，把当替身的丑闻说出去！那可是轰动全国的新闻啊！是爆炸式的新闻啊！

爆炸是爆炸了，可是自己在哪儿待着呢？不能遥控吧？只能是自杀性的爆炸，自己将来怎么办？就像那些一文不名的女子说与某个名人有染，然后上报纸电视。想想那些活生生的画面，肖子航又觉得不免有些丑陋……暂时自己还做不到……不过，拿这个吓唬一下吴维平，就说要开记者招待会，将此事昭告天下！不怕他不归还本来就属于自己的那一万块钱！

肖子航想了几种可能，吴维平很可能把钱还给他，这样最好！彼此相安无事！万一吴维平说：好！开吧！没有人会相信你，正好给苏眠再做一次广告！

这世界上有两种人可能活得自在，活得不累。一种是逆来顺受的，你打我左脸，我给你右脸，虽然受了欺负，但心安理得！因为他们有精神支柱。还有一种人就是以眼还眼，以牙还牙！一事当前，这两种人都不用过多的思考，照着信念干就是了。可怜的是我们这些大多数，我们处于前面说的两种人之间，因此总在考虑是往东走，还是往西走！

肖子航心里空空荡荡的。前一段，在吴维平的“设计”下，他仿佛做了一次离奇而又惊险的飞行！演员、特工，离奇、惊险，云里雾里上下翻飞！

现在，这一切都像梦一样离他而去了，是离开了宾馆的单间吗？是那747的公务舱吗？是那万众仰慕、一人唱万人和的快感吗？是那伴着尖叫的掌声和鲜花吗？

他突然感到他就像歌迷一样产生了一种对苏眠的依恋！几百万人当中才会出这样一个歌星啊！

等了一个星期，吴维平没有任何消息，肖子航准备给吴维平打电话了。

离开了苏眠，肖子航每天都要仔细阅读各个报纸的娱乐版，字里行间他想看到有关苏眠的消息。这成了他每天到阅览室的一项“必修课”。

那次关于“苏眠分身有术”的新闻热点过去了，但仍然有零星的小火星偶尔亮亮！一篇小文章这样写道：苏眠累了，苏眠也该歇歇了！

肖子航每次拿出手机，总想到吴维平那张沉着的脸，犹豫一下又放下了。不说召开记者招待会的事情，催他还钱总是可以的吧！自己怎么这么孬包啊！你如果打了电话，没准还有可能还钱；如果你连说都不说，那还钱的可能就一点也没有了！

一天中午，肖子航吃完午饭，走到宿舍楼与食堂之间的一片松树林前准备打电话。

手机自己先响了起来。可能是何一梅。不料，电话那头传来吴维平那不冷不热的声音：“是肖子航吧？我是吴维平，今天下午两点你到仙后饭店808房间来，我把钱给你。”

还没有等肖子航回话，那边的电话已经挂断了，也不问你有没有时间，这样没有礼貌！吴维平一定在想：有了钱人人有时间，有了钱人人都愿意拿！

肖子航有些不平，但也毫无办法！真是有钱能使鬼推磨！都说为三斗米折腰，何况是一万块钱呢！兴奋和幸福早就把不平挤得无影无踪，下午的课只好不上了。

下午两点整，肖子航准时来到饭店。一见吴维平的面，肖子航就感到今天的气氛格外轻松和亲热。

“请进——”吴维平笑盈盈的。

这是一个套间，里面传来电视机播送新闻的声音。

“还有别人？”肖子航问。

“苏眠也在！”

二人坐下，吴维平从桌上拿起一个信封递给肖子航说：“一万，你点点。”

肖子航的手还从来没有摸过“一万”这么多的钱。他总觉得“一万”是很大的一笔钱，这一沓钱应该是很厚很厚的。可现在握在手里怎么还不如一本书的厚度？他很想把钱从信封里拿出来数数，又怕吴维平说他小气，没见过世面。

吴维平不会骗他吧！

似乎是看透了他的心思，吴维平从肖子航手里取回信封，把钱从里面倒出来说：“点点，我们都放心！”

这是一沓崭新的还没有使用过的票子。肖子航开始数钱，数到五十张的时候，他发现数过的和没有数过的相比，厚度差不多，心里明白，大数是不会错了，于是把钱收起来说：“没错，谢谢啊！”

吴维平接着又问了一些丝毫没有信息量的问题。肖子航回答的时候，发现吴维平根本就没有注意听。明白了，吴维平无非是客气一番，肖子航知道，他该起身告辞了。

吴维平却说：“不忙，我们今天一起吃饭。”

肖子航依然以为吴维平是客套，自己万万不可当真，又说要走。吴维平一把按住他的肩膀："我是诚心诚意的，你帮了我们那么大忙。好好聊聊，苏眠一会儿就出来。"

肖子航对吴维平的怨气消失了，人家吴维平心里可能根本就没有认为和你肖子航有过什么误会或者矛盾，自己太小心眼了。

苏眠从屋里走出来。肖子航一见吓了一跳，苏眠的脸上贴满了新鲜的薄荷叶子，薄荷的清香也飘了过来。

肖子航不由得站起身上前和苏眠握手。苏眠握着他的手说："我自己和自己握手！"

吴维平和肖子航听明白了，一起笑起来。

吴维平对苏眠说："你说吧！"

"都是你设计的，何必脱了裤子放屁，多此一举呢！"

沉默了一会儿，吴维平清清嗓子说："再过一个半月，苏眠的个人演唱会就要举行了。"说着拿起桌上一摞厚厚的文件，"所有的合同之前都已经签过了，可是……"

"没有什么可是！"苏眠忽然大声说。

吴维平狠狠地叹了口气说："苏眠，我们事前讲好的，所以才把肖子航请来，到如今你怎么又这样呢？"

"我怎么样了？"

"我们就这样等着完蛋吗？"

"完蛋就完蛋！"苏眠吼叫着。

"苏眠，你实际一点好不好！你不是小孩子了！"吴维平站起来，十分激动。

肖子航看看吴维平又看看苏眠，不知道他们的分歧和矛盾在哪儿，但他知道，这件事情一定和他有关。

苏眠用手拍着桌子，几个茶杯不住地颤抖："我当然不是小孩子！我是明星，我是一个受到千万人景仰的偶像，我不能就这样毁了我一生的事业和名声……"话还没有说完，苏眠剧烈地咳嗽起来。那咳是干咳，是一种从胸腔里发出的不能自已的震动，旁人听了都觉得十分难受！他的脸涨得通红，好像马上就要被憋死一样！

吴维平摇摇头，拿起水杯凑到苏眠的嘴边，又用手轻轻地拍着他的后背。

苏眠咳嗽了将近一分钟，才渐渐平息下来，脸色惨白。肖子航吃惊地看着苏眠。他不但脸色苍白，比肖子航上次见到的时候还瘦了许多，眼睛显得格外大。苏眠这是得了什么病？是肺炎吗？为什么不到医院去看看呢？

房间里出奇的安静，忽然窗子被风刮开了，紧接着门也开了，这才发现外面起了大风。肖子航站起身去关窗子，几个硕大的雨点打在窗玻璃上。

吴维平开口了："苏眠，我求求你，你让我把话说完，我要做的一切都是为你好啊！"吴维平说到此处，眼睛似乎潮湿了，"你听我都说完了，你只要再说一个'不'字，我绝对不再坚持！"

苏眠不说话，慢慢闭上眼睛。

吴维平又转脸对肖子航说："事到如今，我们也把你当成自家人，我们什么也不瞒你。等我说完了，你就明白我为什么找你来了。"

苏眠来到北京以后，几经周折成为了吴维平公司的签约歌手。但因为宋万成掌握了苏眠的隐私，苏眠还要经常替他干活。每次吴维平和苏眠谈到这些事情，一忍再忍，甚至还做出让吴维平很难忍受的事情，比如给宋万成的女儿当家庭音乐教师。

摆脱宋万成的控制，是他们许久的愿望。半年前，北京很著名的飞乐音像公司找到吴维平希望和吴维平共同签下苏眠，开出的价码很高，而且答应半年内全资举办苏眠的个人大型演唱会。这对吴维平来讲是个极好的事情，飞乐公司家大业大，还有很硬的后台，就是以后宋万成再有什么威胁，飞乐也能把事情摆平。宋万成听说了这个消息，曾经百般阻挠，但是在吴维平的鼓励和坚持下，苏眠挺住了。

第一次听说这些内幕，肖子航就像在看电视剧，惊讶得说不出话。但他知道，这些都是真的。

因此，就要举行的这个演唱会对苏眠，对吴维平，对苏眠的整个团队都有着生死攸关的意义。这次音乐会就是飞乐举办的，演出成功了，挣钱的事小，摆脱宋万成是最重要的！

“演出不成功，我们彻底完蛋！”吴维平说。

肖子航心中不由得感叹，原以为苏眠的日子不但衣食不愁，而且是灯红酒绿，天堂一般！这样一听，真是家家有本难念的经呀！他虽然没有说话，但他的心动了。

“我们这是万不得已的办法呀！”说完，吴维平又面向苏眠：“我多次问过医生，你目前的状况，绝对不能开演唱会。还不是唱得好不好的问题，而是要命不要命的问题……退一万步来讲，就是你不要命，你的身体也不允许你把歌唱完……”

“我就是不想要命，我就是要死在台上，让所有的人都知道有这样一个歌星像凤凰一样飞进了烈火，在烈火中他舞蹈，他鸣叫，最后，他的身体与火焰融成一片，化成了无数的耀眼的星星……在歌迷的心里将永远记住我的名字！”

吴维平没有急，反而微笑地拍起手来：“说得太好了，太让我感动了……”

说着说着，吴维平的神色变得严肃起来：“可惜你说的是一个歌舞的策划方案，而不是苏眠的演唱会。我问你，如果唱歌的时候，你的嗓子突然哑了怎么办？你突然咳嗽起来怎么办？观众会不会嘘你？你的一世英名不就毁了吗?！万一你只唱了前几首歌就倒在了台上，几个人上来把你抬下去，画面是不会好看的！绝对不会有凤凰涅槃的效果。更要命的是观众就会要求退票，场地做广告的厂家就会要求赔偿！到那个时候，你不但挣不到一分钱，我们还要赔偿所有损失。到那个时候只有一个人高兴！”

“谁高兴？”肖子航忍不住问。

“只有宋万成高兴！”

肖子航点点头。

“要命的是，我们现在还不能得罪他，还得给他面子给他票，他是音乐演出协会的常务理事，我们不盼望他支持，他不捣乱就谢天谢地了！”

……

苏眠不说话了。他瞪着眼睛，肖子航在他眼睛里看到的是一种惶恐。那眼神分明在说：“怎么办？”

吴维平把脸转向肖子航：“小肖，你说怎么办？”

“我怎么知道？”肖子航一愣。转眼他就被当成了朋友，当成了家人，不过听了吴维平的一番话，肖子航的确长了不少见识。他也清楚地意识到了吴维平接下来的意思。

“只有你能帮苏眠这个忙，以前你就帮过。”

“帮他什么？”

“帮他在演唱会上唱歌，我们准备好，万一苏眠坚持不住了，你就上！”

肖子航只觉得心中怦怦乱跳：“你们还没有和我商量呢。”

“我们不是和你商量，我们是求你，我们是恳求你！”

肖子航头有些发晕，总觉得眼前的世界越来越不真实，梦里梦外怎么都变得一样模糊呢？

吴维平对肖子航说：“你看，现在我们的面前摆着三条路：第一条路是取消演唱会，赔偿违约损失，苏眠离开歌坛，让坏人看笑话！第二条路就是举办演唱会，如果上帝能够照顾我们，让苏眠上台演唱完全部的曲目。第三条路就是苏眠在台上支撑不住的时候，肖子航你来替他……”

如果说在这之前，肖子航在吴维平的带领下走了一着又一着险棋的话，那么现在，这就是“一盘”险棋。一着出错，满盘皆输！

地铁的出入口已经张贴了苏眠个人演唱会的海报，几位作为嘉宾友情出演的歌星的名字也已经赫赫在目，都是当今一线的歌手。

这样规模的演唱会，排练的难度可想而知。这次演出有乐队伴奏，必须要合练，必须要走台，必须要彩排。光是苏眠一个人怎么都好办，可是现在多了一个肖子航。排练的时候，工作人员和乐队近在咫尺，总不能两个人都上去吧！可是，肖子航不熟悉也不行！这可让吴维平挖空了心思！

乐谱是固定的，乐队是优秀的，每一个歌手或乐手随机应变的能力是有的，没有这种能力，你就没有上台的资格！想到这些地方，吴维平心中稍稍踏实了一些。

最大限度地减少合练的次数，两次合练，一次彩排，还是由苏眠本人出场。至于肖子航，腮上贴上胡须，戴个墨镜，坐在第二排，那么多人，没有谁会注意他。他自己可要尽心竭力，台上排练的时候，他要小声哼哼，牢牢记住要点。大家离开以后，他要按照刚刚苏眠的足迹走走台。

更重要的是在这一个半月里，他要熟悉苏眠准备在演唱会上的十二首歌，好在这十二首歌，他几乎都会。现在关键是怎么学得更像！

半个月的时间飞快地过去了，苏眠的身体显得比原来胖一点，精神也变得好了起来。肖子航很长时间没有听见他咳嗽了，更没有像那天那么咳嗽！真没准用不着肖子航上台了。听那位精神病医生说，因为苏眠对别人诉说了自己压抑许久的郁闷，心理会恢复健康。

听说这些情况，肖子航一阵轻松，又一阵失落！如果他没有上台，吴维平答应他的钱不知道还能不能兑现?！如果演出当天，他替苏眠演唱了，他将得到二十万元的酬劳；如果没有替，只是在台下准备着，也会给他五万元的酬劳。

这一段时间吴维平每天给他至少打两次电话，告诉他千万不可掉以轻心。

第二十五章　此题无解

就在演唱会紧锣密鼓筹备的时候，段元生也没有闲着。

段元生没有大智大勇，但是他却有小小的狡黠。别人见过的世面他不一定见过，可是在同一件事情上他能看见别人看不见的东西。

他生在农村，是个超生的男孩，上面还有两个姐姐，按照计划生育的政策规定，本来这个世界上就没有他了，妈妈逃到外地偷着把他生出来。三岁回到本乡本土，家里被罚了一万块钱，对于他的家来说，这可不是小数目。但是爸爸觉得很值。可能是母亲怀着他的时候天天担惊受怕，东躲西藏，村里人觉得段元生有些鬼祟，看人总是躲躲闪闪的，性格也有些孤僻，可不像他的两个姐姐开朗大方，待人也和气。

这么个邻居不看好的孩子，家里却对他娇生惯养，段元生要起混来家里人也从来都是好言相劝。直到八岁的时候，段元生做了一件事才让爸爸对他有了警觉。

段元生有个独立的属于他的抽屉。段元生警告家里人说，谁也不许动我的抽屉，否则后果自负！他在抽屉里架上一个弹弓，放石弹的地方他放了把刀子，然后做了个小小的机关可以不让弹弓发射。谁要是没有拆掉机关就打开抽屉，触动弹弓，刀子就会飞出来伤人！

有一次，爸爸找打火机无意中打开他的抽屉，一把食指长的刀子斜刺里飞出来，差点就扎在爸爸的胳膊上。爸爸抽了他一个大嘴巴，那是他出生以来第一次挨打。

学校的老师说，这个孩子性格有缺陷……

段元生学习还不错，就这样匆匆忙忙地长大了。还上了大学，外表和同学们也差不多，还给人一种很憨厚的样子，实际上在禀赋里少了点东西。

“苏眠分身有术”的新闻引起段元生广泛的联想。他也参加了那次“以正视听”的记者会，尽管吴维平义正词严地宣读了声明，但他和那位《娱乐导报》记者感觉一样：不相信！

他没有那位记者的切肤之痛，可是他却有“切肤之疑”！他的素质和他的经历让他的思维系统中产生了一个“怀疑一切”的“软件”。

他的思维不是眼下社会希望倡导的“无罪推断”——先确定一个人无罪，然后再想方设法地找到那些有罪的证据，如果没有，无罪释放！段元生采取的是“有罪推断”——先确定一个人有罪，然后想方设法地找出证据来证明他有罪！如果没有证据，对不起，先关着！

那些日子里，他简直是得了魔障！无论看见什么广告和产品，他的第一反应就是：这是假的！甚至没有证据说明，也是假的！当然，这也不能全怪段元生，比起正常人，他只不过有些走火入魔。

比如他就确定肖子航“抢”走了他的戴丹，怎么解释也不行！不过话又说回来，他的主观臆断和近于病态的执著让他的确发现了被许多人“忽视”了的秘密！

他想：表面上看来，苏眠在湖州唱歌，他不可能同时在北京接受采访，那个接受采访的只能是个骗子。可是如果在北京接受采访的人就是苏眠本人呢？那个在湖州唱歌的人就是个骗子！

这个想法一出现，段元生又兴奋又害怕！因为这几乎是不可能的！为什么不可能呢？湖州那边要骗的难度太大，而这边骗的难度要小得多！关键是湖州那边有许多证人，比如吴维平，还有广大的歌迷和记者；这边却没有证人，而且苏眠本人也否认！

问题的关键是，在北京的这个骗子能骗一个资深的记者，那边的骗子难道不能骗一大群人吗？如果这个假设成立的话，那个人就是个“大骗子”！

照这个思路想下去的话，怎么找那个“大骗子”呢？一个骗子在北京况且不好找，那么远在外地的骗子就更不好找了……不对，如果说那是个“大骗子”的话，他和吴维平一定很熟，因为吴维平咬定他在外地唱歌，他欺骗的过程一定是和吴维平串通好了的！

吴维平为什么容许一个骗子冒充苏眠呢?！这怎么可能呢？不对！

段元生那些日子就像着了魔，整日呆呆傻傻的。

有一天，他推开自己宿舍的门，发现屋里的人都不认识。以为是同学的朋友，也没有在意，可是屋里的人都愣愣地看着他。

“你找谁?”

“我谁也不找。”

“那你进来干吗?”

“自己的屋还不能进吗?”

一个人笑了：“你看看这是你自己的屋吗?”

就是到了这个时候，段元生也没有意识到自己走错了房间，他还傻傻地问：“你这是什么意思?”

……

有一天，段元生脑子里突然闪过一个念头：不管骗子是哪一个，他长得一定很像苏眠，长得不像是冒充不了的！刚刚以为有了什么重大发现，转念一想，这不是废话吗？自己笑了。

假定那个在外地唱歌的苏眠是骗子！假定啊！那么吴维平一定知道他就是冒名者。如果吴维平知道他是冒名者还跟着一起说谎，说明这个骗子不是孤立的，吴维平也是骗子，起码吴维平是同谋！吴维平为什么要找一个骗子“冒充”苏眠呢？某件商品一畅销，仿冒的产品就立刻出台！造假的人没有一个承认造假，可是他们心里比谁都清楚！吴维平就是这个骗子的“制造者”！因为苏眠最近身体的确不太好！

就像一个天才某日某时突然抓到了灵感，怕忘记了，段元生急忙用笔把刚才的思路记在纸上。

刚才认为是废话的想法为什么总在脑子里转悠呢？因为它不是没有用

处的！

这个骗子长得一定要像苏眠，因此他才能“代替”苏眠出头露面！

苏眠有一个“替身”！谁是这个替身呢？哪个人长得像苏眠呢？

一个人的身影和名字蓦地跳进了段元生的脑海。

这个人是肖子航！如果照着这个结果往回推，过程都能解释得通！

段元生在原地跳起来，一面用手捶着自己的脑袋一面大叫：“肖子航，你也有今天啊！你们的胆子也忒大了！不是遇到我段元生，还真的让你们得逞了！段元生先生，你太聪明了——”

大胆地假设，小心地求证！

段元生还没有激动到失去理智的地步，他需要证明，证明肖子航就是苏眠的替身！

怎么证明呢？当肖子航以苏眠的身份开会或者唱歌的时候，在他的背后大叫一声“肖子航”，如果他一回头，不就证明了吗？不行，这个机会很少。再说就是回头又怎么样？人家可以说，你叫谁我不能回头看看啊？

想了好几天，终于想出了一个办法。

那天下午一点，他在肖子航大学门口给在肖子航身边的“小特工”发了短信。

“肖在不在学校？”

“在！”

段元生以吴维平的名义给肖子航发了短信：

> 苏眠获得本月金曲排行榜第一名，你替他到音乐台做嘉宾，两点我在电台大门口等。我手机没电了，用的别人手机，不用回信。吴维平。

这个短信连发了两次，立刻关机，把一个神州行的卡从手机里取出来。段元生每次做这种鸡鸣狗盗事情的时候，就用个找不到“出处”的卡，打完电话，马上换上自己的卡。段元生做这种事情很精明，基本可以做到天衣无缝！

现在，段元生躲在一个报亭的后面，眼睛紧紧盯着学校的大门口。天大的秘密就要揭晓了！他的心跳得很厉害。肖子航呀，你可千万不要给“吴总”打电话验证啊！该说的我都说清楚了，不用打电话呀！

大约过了半个小时，段元生看见一个很像苏眠的人从大门走出来，手里提着一个大纸袋。定睛一看，可不就是肖子航吗？

段元生屏住了呼吸。其实他离肖子航还有二十多米的距离。

肖子航走到离校门有半里地的胡同口，招招手，坐上了一辆出租车。

段元生不放心，也上了一辆出租车，跟着肖子航。

他眼看着肖子航在电台附近下了车，上衣居然换成了一件白西服，还摘下眼镜，换上了墨镜。活脱脱一个苏眠。

你丫挺就装吧！我以前怎么就没有发现他们那么像啊！

时至今日，一切废话都不必多说了。他急不可耐地给宋万成打电话。因为激动，他的手剧烈地哆嗦！

电话通了，没有人接。突然听到咔的一声。段元生知道宋万成可能开会，或者看到陌生的电话号码不愿意接，把电话挂了。宋总呀！这么重要的电话你怎么不接呀！接着又拨！还是刚才的待遇！再拨的时候，对方关机了。

段元生让出租车直奔宋万成的办公室。好容易到了，宋万成的助手说宋万成到外地去了，有什么事情可以告诉她。这件事情可不是什么人都可以说的呀！段元生想。

看他支支吾吾的样子，助手不耐烦地说：“那就等宋总回来再说吧。”

“非常非常重要的事情，你能打通宋总的电话吗？”

“你打他关机，我打也没有用呀，是不是？”

“你待会儿打，你的号码他接，我的号码他不接。”

助手误会了段元生的意思，以为段元生是个无理取闹的家伙，更不想为他联系了。

站在办公大楼的门厅里，段元生急得团团转。他在想，这个秘密一定要亲自对宋万成说，不能马上告诉记者，这个消息是个爆炸性的！不知道多值钱呢！沉住气，这个秘密过两天也不过时！“货”还是要卖与识家。

肖子航来到电台的门口，等了好一会儿也没有见到吴维平。走到传达室一问，人家往里面打电话，里面说没有约苏眠做节目的事情，不过既然是苏眠来了，太难得，编辑马上下来接。肖子航急忙走开了。

肖子航给吴维平打了电话，吴维平说根本不知道有这么个事，也根本没有给肖子航发过短信。肖子航再从手机调出刚才的号码打过去，关机！他猛然醒悟：上当了！对方要干什么呢？想了一会儿，有些明白，有人在暗处看着他，有危险，但危险多大还不清楚！

五分钟后，吴维平给肖子航来了电话，他单刀直入地问：“刚才你说这件事情有可能是谁干的？”

肖子航想了一下。吴维平接着说：“就在你认识的人里找，说一到两个名字。”

肖子航脑子猛地想起了段元生和戴丹，于是说了出来。停顿了一会儿，吴维平又说：“你马上把那个段元生的情况，哪个学校哪个系给我发过来，尽快！”

电话挂了，从吴维平的态度来看，这件事情有点严重。肖子航思索了一下他对段元生的印象。写下了这样几句话：段元生、男、二十一岁、燕东大学政教系二年级，貌似憨厚实则狭隘偏执死心眼鬼祟。

吴维平回了信：注意微博，及时转发！

接到肖子航短信以后，吴维平打了几个电话，心绪稍稍平和了一些。他知道对于苏眠身份的怀疑已经不是他们偶然的不谨慎造成的，有一个人甚至是一个团队盯上他们了。他的脑海里出现了宋万成阴险的面孔。问题已经很严峻，决不能掉以轻心，既然这是一盘险棋，关键的时候就要下狠招了。

肖子航回到学校已经是下午三点多，他打开电脑上网，点开了苏眠的微博，依然是几条不痛不痒的生活常谈，却有着数量巨大的转发评论。肖子航已经知道，苏眠的微博也是有“专人”维护的，是吴维平所说的“策划包装”的一部分。吴维平在告诫他平时要“小心”的时候，就曾举了一个“例子”：有一次，有位“专人”随随便便在苏眠的微博上写了“！”号就发布了，结果那个数量惊人的转发评论引起了一些人的怀疑，差点形成负面新闻。他又点开微博“排行榜”，首条微博已经被转发了上万条，急忙点开，不看则已，一看大吃一惊！

#正义之声#【官二代凭代考进大学　偷窥明星隐私惹众怒】据可靠消息，燕东大学某系学生段某，被揭发当年高考悉由枪手代考，家中为此付出百万巨款。但有关方面以“时效已过，证据不足”为由，不予追查。段某父亲是东北某省一领导干部，属于官二代。另有人称，段某自小心理不正常，进大学后，因家里的关系与京城某影星接触，竟然与小报勾结，偷窥贩卖影星的种种隐私，某影星曾当面斥其“小人”。

肖子航的眼珠都快瞪出来了。他翻看后面的跟帖，除了绝大部分表示愤怒之外，还有些看上去是有点实际内容的评论，似乎是“熟悉”段某的人。

“得饶人处且饶人，领导也是人。”当然后面免不了招来一顿臭骂。

“我认识这个人，虽然我鄙视他的行为，但他不是官二代。”

还有人写道：“燕大政教系有一个姓段的，他叫段元生！”

“我怎么不知道？我也是燕大的。”后面跟了许多嘲笑的评论，最多的是：“你以为你是谁呀？你不知道，你不知道的多了……”

肖子航明白了，这是吴维平的一着“狠棋”。所谓的“官二代”“高考代考”正是当下社会最能引发愤怒、最被人痛恨的两个“关键词”。他按键想转发一下，又觉得有些不妥，再想想段元生的可恨之处，也就狠狠心按下去。

关于段元生的“事迹”，不到两天就被传得沸沸扬扬，甚至有人专门跑到学校去打听。

吴维平没有忘了那天老李电话中提到的一个人，那天晚上肖子航冒充苏眠去工地，有人向宋万成密告说苏眠本人在公司喝酒。那天晚上在公司的只有两个人，一个是摄像小崔，还有一个就是打扫卫生兼采购的管理员。如果是有意给宋万成提供消息，那不就是卧底了吗?！吴维平真是又气又恨，幸好自己也留了一手，每次叫肖子航来公司的时候，都把其他人打发出去了。这天晚上，他和苏眠在小餐厅吃夜宵的时候，故意当着那个管理员的面说："咱们也应该给段元生发点钱了，不能白用人家呀！"

苏眠第一次与乐队合练的时候，宋万成出现在现场。他特意让段元生跟着他。

两天前，他回到北京，听说了段元生火急火燎找他的事情，就主动给段元生打了电话。

听见了他的声音，段元生几乎要哭出来，宋万成发现段元生有些不正常！

"您可回来了，您知道我这些天是怎么过来的吗？您怎么不接我的电话呀！我都快急死了。"电话里传来段元生抽泣的声音。

"找我什么事?"

"非常重大的事情。"

"到底什么事?"

"电话里不能说，我要见您当面说。"

"你别制造那么大悬念好不好，先说个大概。"

"这个大概就是全部，我要马上见您。"

"你身体没事儿吧?"

"没事！我能为您工作五十年呢！"

这话有些不着调。宋万成想了一下说："好，我在办公室等你。"

一会儿的工夫，段元生来了，上气不接下气。

"怎么回事？慢慢说。"宋万成亲自给他倒杯水。

"电梯总不下来，我爬楼梯上来的。"说着，段元生看了一眼助手。

宋万成挥挥手，助手走了出去，随手关上门。

“说吧——”

“我告诉您，苏眠现在根本不能唱歌，给他唱歌的是他雇的一个替身，名字叫肖子航，那不是个好东西，他把我的女朋友都给戕了。”

宋万成微微眯起眼睛，虽然心中吃了一惊，脸上却不动声色，说：“不要着急，待会儿说女朋友，先说替身的事情。”

“苏眠病了，现在替他唱歌，替他开会的是一个替身……”接着段元生就把他怎么巧使计谋、调虎离山、隔岸观火发现秘密的经过说了一遍，边说边加上自己大段的分析。

宋万成认真地听着，听完了又问：“你还有别的证据吗？”

“这还不够吗？要不，您说需要什么证据，我再去侦察……还有，我的力量有限，您可以找人专门去查，我保证，一查一个准儿！”

宋万成不说话，对于段元生的“报告”他将信将疑，里面有不少合理的成分，但也有些听起来太过玄乎。如果真像段元生说的苏眠的台都由别人来站，那么过两天的第一次合练就是一个很好的验证，还用派什么人调查吗？只要当面和苏眠说说话，再听听他唱歌，是真是假不是一目了然吗？

段元生走了，助手走进来，打开电脑点开微博“排行榜”，宋万成看着看着，渐渐皱起了眉头。

助手又说：“不久前李师傅来电话说，段元生在吴维平那边还领着钱呢……”

“哦，难道他是个双料间谍……”宋万成说完自己先笑了起来。

今天，宋万成以关心老朋友演出的身份来到现场，飞乐的老总看见他心中有些疑惑，但只是一闪念的事情，大家都是圈子里的“朋友”，于是“欢迎欢迎”地把他让到前排就座。

在前面坐了一会儿，宋万成还特意来到后台与苏眠和吴维平聊了一会儿，这就是真正的苏眠啊！紧接着，他寸步不离地跟着苏眠来到前台，看他张嘴。

排练比原来设想的顺利，这次与乐队合练基本没有费什么力气。关键是苏眠的身体没有出大毛病，吴维平的脸上出现了笑模样，有时候也说个手机新段子开开心。

宋万成看了一眼段元生小声问：“你看这个是真苏眠还是替身?”

“是真的苏眠本人吧？我也说不好。”

宋万成笑着摇摇头。

“这次是真的，没准下次是假的呢?”

“好，什么时候是假的你告诉我……”

日子飞快地到了彩排的那一天，离正式演出只有一天的间隔。也就是说，彩排以后苏眠休息一天，转天就是正式演出的日子。

彩排的那天上午，苏眠睡到早晨九点。没有吃早餐，在附近的公园里散步。那一天，为了方便，肖子航就睡在苏眠的家里。他看着苏眠走出家门，大约十点钟的时候，回到家里看电视。然后给几个这次友情出演的歌手打了电话，第一是表示感谢，第二也是提醒他们不要忘记晚上的彩排。

中午十二点半的时候用了午饭。苏眠说心里有些发闷，但只是一小会儿的工夫就没事了。到了两点，苏眠又看看节目单，然后又睡了一会儿……大约五点钟的时候来到体育馆。肖子航紧紧跟在他的旁边，脖子上挂的是红色的全场通行的工作人员证件。按吴维平的安排，今天肖子航化好了装，穿一件有帽子的夹克衫，还坐在场地区的第二排。后天正式演出的时候，他就要在苏眠的单人休息室里化好装“埋伏”下来，一旦需要，他就要立刻顶上，不怕一万就怕万一……

彩排开始前，宋万成居然又特意“亲临”后台，又是和苏眠握手，又是故意大声地说些鼓励的话，没有人知道宋万成的真正目的只是“验明正身”。看见了，摸着了，他才放心了，于是若无其事地返回台下。

彩排进行到中间的时候，苏眠已经唱了七首歌，他好像忘记了自己是个病人。肖子航开始还为苏眠担心，可是当听到他唱的华彩乐段，尤其是唱到高音区的时候，不但底气充沛，声音圆润，而且非常动人。

真是出现了奇迹!

宋万成冷冷地看了段元生一眼，段元生惶恐地低下头。

那天也来了上百个观众，都是关系单位和熟人，掌声也非常热烈!

就在第八首歌的前奏响起的时候，广播里传来休息十分钟的声音。肖子航有些奇怪，休息应该是在第八首歌唱完以后，难怪指挥举着指挥棒在那里发愣!

吴维平出现在台上，走到乐队指挥的身边小声说了几句。指挥做了个手势，乐手们把乐器放在了一边。

吴维平快步走到苏眠的身边，几乎是挽着他的胳膊走下场。在外人看来，那是一种亲热的表示。可肖子航明白，这是很不正常的，他意识到，苏眠一定是出了什么问题。果然，他注意到苏眠走路的姿势——像是喝醉了酒——几乎是靠在吴维平的身上。

幸好在场的人没有在意。

肖子航从座位上跳起，快步向后台走去。

在单人休息室里，肖子航看见了苏眠。他正躺在沙发上吸氧，面色苍白，脸上满是汗水，就像是刚刚洗过澡一样。吴维平不断地用毛巾揩去他脸上的汗水。

“要不要去医院?”肖子航说。

吴维平摇摇头：“不成！现在不能去!”

房间里很安静，看墙上的钟，分针和秒针好像蹭在了一起，那秒针几次试图越过分针继续行走，分针就是不肯让路，发出“嚓嚓”的撞击声。

这表是不是总是这样?肖子航看看自己手上的表，发现时间与墙上的钟时间相仿，这说明分针和秒针撞击的情况是刚刚发生的。

“肖子航，你上吧!”吴维平平静地说。

苏眠挣扎着坐起来：“不——”

吴维平一把按住苏眠的肩膀：“今天是彩排，你如果倒在台上，后天的正式演出就全部完蛋了。”

苏眠泄了气，不再挣扎。不知道为什么，肖子航心中突然有种感动，眼睛湿了。他走到苏眠面前：“你先休息一下，后天再上场。”

吴维平和苏眠的目光一起看着肖子航。肖子航脱下宽大的外衣，把眼镜放进衣兜……走进洗手间。当他再从门里出来的时候，和刚才已经判若两人。

他走到苏眠和吴维平的面前：“行吗？”

门外响起了敲门声。

吴维平点点头。肖子航没有动，眼睛还紧紧地盯着苏眠。大约有半分钟，苏眠举起手朝门口的方向摆摆手。

“放心吧！”说这话的时候，肖子航忽然有了一种见义勇为救死扶伤的豪情。

肖子航跟着舞台监督走上了舞台，站定之后，他朝指挥点点头。

歌曲《生死含笑》的前奏响起来。

吴维平从屋里锁上了门，耳朵紧紧贴在门框上。肖子航的歌声传了过来，前两句过后，一阵掌声响起来。吴维平回过头问苏眠：“听见了吗？”

没有回答。吴维平急忙走到苏眠跟前，苏眠已经是泪流满面！

“你能挺住吗？”吴维平问。

苏眠眼里露出疑问的目光。

“我的意思是我们现在不能马上去医院，会穿帮的。”

“我没有想去医院。”

“你能挺住吗？”

苏眠点点头：“他替我唱几首？”

吴维平一愣：“我看今天就让他唱完算了，你养精蓄锐，等着正式的演出！”

苏眠无可奈何地闭上眼睛。

就在同一个体育馆里，肖子航看过一位外国著名的魔术师表演魔术。那魔术实在是精彩！一位观众“走进”银幕，居然走到银幕里夏威夷的海滩上……这种时空穿越真是让人目瞪口呆！看魔术和看其他的文艺节目不一样，除了欣赏之外，所有看魔术的人都有一个共同的愿望和心理，那就是想“看穿”魔术的破绽。要能看出来的话，还叫魔术吗？明明知道是假的，你却找不出假在什么地方！真有真的魅力，假有假的魅力！

站在台上，一种奇怪的感觉笼罩了他——肖子航就觉得自己在表演魔术！一瞬间，他的全部心思和一招一式都放在不要让观众看出破绽来！越是这样想，心里越是紧张！他的手开始微微抖动，他竭力让自己放松！但是身不由己！明明在唱着歌，眼前却不断出现那天看魔术的场面。这个时候怎么能分心呢？看观众绝对不能实看，千万不要具体看哪个观众的脸，更不能把目光停留在某个脸上。更何况他这个不成熟的不老练的歌手。

肖子航心中一惊，就在第一排，他看见了宋万成和他的女儿。宋万成正襟危坐，面无表情。这个面无表情，其实也是一种表情，这种表情的后面可以隐藏着冷漠也可以隐藏着敌视也可以隐藏着怀疑……段元生居然也人模狗样地坐在宋万成的身后。他不停地伸过头附在宋万成的耳边，说上几句，脸上露出谄媚的笑，尽管宋万成根本不看他的正脸。在肖子航的眼睛里，段元生就是一条狗，他正在用舌头舔主人的肩膀。

段元生还不时地用手指着台上。忽然，宋万成朝段元生猛地摆摆手。段元生走了，再也没有回来。肖子航觉得心被揪到了一起。他竭力告诉自己：不要紧张！不要紧张！

一曲终了，一阵夸张的掌声响起，肖子航心中一喜！那掌声是宋万成的女儿拍的，然而那掌声的作用是关键的，那热烈和真诚让肖子航心里突然充实了。小的虚假往往容易被人识破，而瞒天过海的谎言却根本没有人会怀疑——他没有真假的问题，他只有唱得好不好的问题！想到这里，他心里有了底，他进入了状态，开始了艺术创造！他的眼里不再有具体的哪个观众，观众只是一个整体，只是一大片五彩缤纷的光影！

坐在那里的宋万成和女儿的心思却不一样！根据他得到的情报，苏眠的身体确实不行了，并且知道了苏眠经常看病的消息。可是根据苏眠最近的表现又不太像。前些天听说苏眠与飞乐音像签了合同，他心中非常嫉恨。这个苏眠有病是不是装的，故意做给他看的呢？

他知道，一个歌手在一台个人演唱会上所付出的体能，和一个足球运动员踢满一场国际足球赛所耗费的相差无几，无非是形式不一样罢了。如果苏眠身体有病，他根本撑不起一台演唱会！

前些天，段元生告诉他这个“重大秘密”，他又惊又喜，这才三番五次地亲自“查验”，结果他看到的，摸到的，就是真正的“苏眠”，而不是什么替身！他转而认定段元生有些神经过敏，加上网上的那些传闻，他对段元生的“专业”已经有所怀疑了。因此刚才段元生再一次告诉他，虽然他不能肯定台上的是不是真的苏眠，但是根据可靠消息说，肖子航不在学校！

“你不要再说了，不在学校的多了，都是苏眠的替身吗？”

助手小声对宋万成说：“听说这个段元生因为失恋，到戴丹的大学去闹过事，就是开机仪式那天最后要求发言的那个……”

宋万成猛地想起来了，点点头。

当段元生再一次凑到他身边的时候，他低声然而是很严厉地说：“你没事就先出去吧！”

宋万成不能不说是很精明的人，但是他万万没有想到，此时，台上的“苏眠”真是个替身！

按预先规定，苏眠的这次演出一共要换三次服装，每当友情客串的歌手上台的时候，他就马上去单人间换服装。

这次彩排总算有惊无险地唱了下来。结束的时候，肖子航的衣服全都湿透了。

第二十六章　灵魂出窍

午夜，肖子航换了平常穿的衣服来到医院。

病房是高级的保健病房，是个套间，外间没有人，肖子航推开里间的房门，看见苏眠躺在病床上。

吴维平看见肖子航，迎面拦住了他，拉着肖子航来到外屋。

“情况很严重。大夫说他可能挨不过这个月了……”

“有这么严重！”肖子航大吃一惊，“什么病？”

“半年前就很不舒服，没有查出病，但是免疫力却急剧下降！”

“没有办法了吗？”

吴维平点点头。他的手略显不安地搭在肖子航的肩膀上：“明天只有靠你了……帮他完成心愿吧。”

里屋传来苏眠的声音：“是肖子航来了吗？”

吴维平拉着肖子航走进里屋，来到苏眠的床前。

“怎么样？好点了吗？”肖子航问。

苏眠惨然一笑，没有说话。

看着苏眠的脸，肖子航心中一惊！真是让人不敢相信，才半天的工夫，脸上的血色怎么就全都没有了呢？他的血都流在了舞台上了吗？那绕梁三日的歌声是用血凝成的吗？肖子航的心忽然沉了一下，他坐在苏眠床前的椅子上，许久不说话。他心里突然觉得很悲哀，这样一个金光四射的星就这样陨落了吗？一段老歌蓦地涌进他的脑海，歌中唱道：

昨夜的

昨夜的星辰已坠落

消失在遥远的银河

他想哭。

“唱得怎么样？”苏眠的两眼直盯盯地看着他。

“挺好的。”肖子航回答，“一点毛病也没有，非常顺利。”

“明天你还唱吗？”

“还是你唱，你累了我再替你唱……”

苏眠点点头：“你不用看我现在这个样子，上了台，我就有精神了……你信不信？”

肖子航连连点头：“我当然信！”

“你说，我们两个谁唱得好？”

“当然是你唱得好。”

“说的是实话吗？”

肖子航又点点头。苏眠的手一把攥住了肖子航的手：“你能答应我一件事吗？”

“你说——”

“你一定要唱得和我一样好，行吗？”

“我一定努力！”肖子航原以为苏眠要说什么重大的事情，没想到就是这样一句简单的话。

“你将来干什么？”苏眠问。

“我学的是中文，大学毕业以后可能当个老师。”

“你为什么不想唱歌？”

肖子航说：“想唱歌的人有的是，可是能当上歌星的能有几个啊！”

“你已经是歌星了。”

肖子航笑笑：“我顶着你的名唱歌才是歌星，没有你，我什么也不是！”

苏眠的表情渐渐凝固起来。屋子里很安静，苏眠朝吴维平摆摆手：“你去把东西拿进来。”吴维平走了出去。

苏眠语气和缓地说：“如果有一天我不在了……”

“不要这么说，你会好起来的。”

苏眠摇摇头：“没有关系，我不怕，那一天到来的时候，我准备发表一个声明，我就说，我在一年前已经不能唱歌了，大家看到的是一个叫肖子航的歌手替我唱的，他不但替我唱歌，还替我到塔吊上救人，替我商演，还替我召开记者招待会。那个时候，你站在舞台上，大家先是惊讶！接着他们就会把以前给我的掌声和欢呼全部献给你！”

真是匪夷所思，苏眠是不是在说胡话？肖子航想。

“你不要以为我在开玩笑，我真是这样想的。”苏眠仿佛猜透了肖子航在想什么。

肖子航一愣，心中不免有些感动！他说：“你就是真的这样做了，你还是你，我也还是我，大家会指着我说，看！这就是苏眠的替身！就是一个高级的模仿秀罢了……”

“你——你还不明白出名是怎么回事！一个人要是出了名，他身体的比重就变小了，比重知道吧？”

肖子航点点头。

“比重变小了，变得比空气还小，自己不用费力气，空气就会托着你忽忽悠悠地往上飘，别人会忘了你原来是谁，你自己也忘了你是谁。”

苏眠的语气变得很舒缓：“有时候，我觉得苏眠不是我，苏文斗才是我，我是苏文斗的时候我才觉得真实，其实我做的就是苏眠的替身，现在轮到你来做苏眠的替身了，苏眠是谁？苏眠就是个名字……”

肖子航似乎明白了苏眠的意思，但他还是觉得有点玄。爬到名人的位置上不容易，但当名人并不难。苏眠不说话了，陷入了沉思，两眼盯着对面墙上的一幅油画。

有人轻轻地敲敲门，没等答应，吴维平走了进来。他的手里拿着个手提袋，走到苏眠的身边：“就这样决定了，明天就让肖子航替你唱吧！”

苏眠没有回答。

“还有什么犹豫的，你连站都站不起了。”

苏眠点点头，闭上眼睛。有泪水从眼角流出来。

“来，子航，我们到外屋去商量一下。”

肖子航跟着吴维平走到外间。吴维平从手提袋里掏出一捆钱放在桌上。

“这是十万元。明天演出结束，我再把剩余的给你。”吴维平说。

“我今天是来看望苏眠的，不是来要钱的。”

“我知道，钱也该给你，原来答应只要候场就给你五万，现在彩排的时候你就出场了，这是你应该得的。”

肖子航拎了一下那捆钱，还真是挺压手的。

正式的演唱会，按照吴维平的安排，肖子航不和任何人进行台下的接触，演出前后不接受任何记者的采访。不会见、不应酬任何人——不论是官员还是朋友，以保证不穿帮！离演出还有一个小时的时候，他就一个人静静地坐在休息室里。

演出开始了，当肖子航在升降台上冉冉升到身体露出一半的时候，观众就开始鼓掌！肖子航放眼望去，整个大剧场座无虚席！

那里可能有他的同学和熟人，他们怎么能知道眼前的苏眠就是那个与他们在教室一起上课的肖子航呢！

“你们好！”肖子航洪亮地发一声喊，然后把话筒朝向观众！

“苏眠好——”剧场响起一片热烈回应。

没有人注意到，安全门悄悄地开了一条缝儿，苏眠在吴维平的搀扶下，化了装悄悄来到第二排最边上的一个座位上。从肖子航开始演唱第一首歌的时候，他就开始流泪。第一首歌完了的时候，他觉得台上演唱的那个人就是自己，他的生命和灵魂已经飘飘悠悠地进到肖子航的躯体里。他开始出现幻觉，他凌空升起，飞过乐池，他觉得他和肖子航已经融为一体，站在舞台上，他可以登高望远，他看到了坐在第二排最边上椅子上的那个人，不过是一个躯壳而已。

有人跑上台给肖子航献花。就在这个时刻，肖子航在观众席里看到了苏眠。他举起鲜花向那里招手，似乎是告诉他，你不是说希望我唱得比你还好吗？现在，我已经光荣而成功地实现了你的嘱托！

他的目光不再躲闪，因为他已经没有任何的畏惧！现在就是有人看见了真的苏眠，就是苏眠和他并肩站在台上，人们也会认为肖子航是真的苏眠，而旁边那个人不过是个长得酷似苏眠的模仿者而已。

这一刻，肖子航觉得那个叫肖子航的大学生也已经不存在了，站在这里的就是苏眠本人。

掌声随着花束一起飞过来。“苏眠！我爱你！”的尖叫声格外悦耳！剧场里的声浪就像化成了物质，波涛一样地涌向舞台。歌手就被这声浪凭空托举起来，举在空中。真是飘飘欲仙，不辨东西！这个时刻的感受是没有当过歌星的人根本无法想象的！

突然，前门入口处混乱起来。

那里爆发出一声尖叫：台上的苏眠是假的——苏眠是个替身——

那是段元生！现在他正企图挣脱两个保安的拉扯往前跑。

没有人明白他的意思。神经病怎么也跑到这里来了?！段元生被两个保安一边拽住一只胳膊架出场外！

为苏眠的欢呼再一次响起。刚才的事情可能变成明天媒体报道的一个花絮！刚才在门口周围的观众留下了一个印象——有个神经病来过，说了一句很可笑的话——苏眠是假的！真是幽默搞笑！

肖子航觉得有人从后面拽了他的衣服一下，急忙回头，却没有一个人。不会是有人拽了一下然后跑掉了吧？放眼望去，离他最近的乐队也有十几米远。肖子航愣了一下，又一想，就像小时候，自己的左脚踩了右脚的鞋带……可能是心理作用吧。

……

苏眠的演唱会获得了巨大的成功！

宋万成在台下看得目瞪口呆！他本以为那个被许多人说成病人的苏眠会倒在台上，起码出点忘词或者和乐队合不上的小错误。这个苏眠真是太厉害了！他太大意了，苏眠给他做了个假动作，让他以为苏眠不成了，其实这是苦肉计，他伪装得太像了。

这个世界上没有比肖子航更得意的人了。

铺天盖地的掌声让他又飞快地回过头来。他不再害怕看具体的观众。

这时候他看见吴维平站起身搀扶着苏眠朝门外走去。热情的观众已经拥到了台前，没有人注意到真正的苏眠已经离开了那个喧嚣的大剧场！

肖子航看到了一张熟悉的脸——那是何一梅的美丽的脸庞。尽管有那么多的美丽年轻而狂热的女孩，何一梅的表情却是平静的，别人站着，她还坐在那里。正是因为平静才显得突出吧！

肖子航的目光在何一梅的脸上停顿了几秒钟，就转向了别处。何一梅怎么出现在这个地方呢？当然也不奇怪，如果她来看苏眠的演出当然不奇怪。可是如果她是来看肖子航，那可就大怪特怪了。她当然不会是来看肖子航的，这件事情普天之下只有三个人知道。

可是，比起在演出的场合见到段元生，见到何一梅更让肖子航感到紧张。那毕竟是自己爱着的女孩呀！他的心怦怦乱跳，因此他的脸不敢再回转过去，他不敢再碰到那双眼睛。偏偏在这个时候，那一侧场地里响起有节奏的呼喊："苏眠，看我们！苏眠，看我们这儿！"

肖子航只好抬起头目光投向远处，这才回转身来。他感到那双眼睛仍然牢牢地盯在他的脸上。肖子航努力让自己的表情自然灿烂！

这些日子，肖子航像个演员，又像个特工，短短的一个多月他穿梭在学校、宾馆、体育馆……不停变换着角色。现在好歹是告一段落了。

肖子航在宾馆的房间里洗了澡，洗去烫发的油脂，头发又自然地散开。从衣柜里拿出自己的衣服，穿好，戴上眼镜，对着穿衣镜看着自己。表面上还是一个大学生的模样。可他怎么看，怎么又觉得不像个学生了。

出了宾馆的大门，肖子航随手招呼了一辆出租车。半小时后，他让出租车停在离学校最近的公交车站。他开始步行。

深夜的校门口空空荡荡的。他突然觉得自己的心里也是空空荡荡的，好像这段时间的演出用尽了所有的精力和体力，现在身上一点劲也没有了！

第二十七章　真正的斗争

几天以后的一个晚上，按照吴维平的要求，肖子航来到苏眠家。这是他第一次到苏眠家做客。那是京城北四环和北五环之间的一片小区，里面有公寓楼也有别墅，但疏朗宽阔，树木葱郁。苏眠家就在一个连体别墅里。那房子没有肖子航想象的豪华，他只是感觉客厅特别大，门也格外多。

肖子航看见苏眠，心中一惊，苏眠消瘦得厉害，两腮都有些塌陷了。听说睡了一会儿，刚刚醒来。苏眠指指床边的折椅。吴维平和肖子航坐下来。

“精神挺好的！”肖子航不知道怎么安慰对方。

“肖子航，你代替我好吗？”苏眠说。

“我已经代替你了。”

“以后你还能代替我唱歌吗？”

肖子航点点头。

“我如果死了，你还能代替我唱歌吗？”

“不要这么说，你会好起来的。”

“不——你能代替我唱歌吗？”

“还要怎么代替？”肖子航知道苏眠在说胡话。

“你在听我说话吗？”

“我在听。”

“我是认真的。”

“我知道。”

“我是清醒的。”

“放心，我在听你说。”

苏眠朝吴维平招招手，吴维平走到苏眠的床前。

“请你把我的身份证拿来给肖子航看看。”

肖子航一时没有弄明白苏眠的意思。吴维平取来苏眠的身份证递给肖子航。肖子航在身份证上看到了“苏文斗”的名字。他正在奇怪，只听苏眠说：“我的本名叫苏文斗，苏眠是我唱歌的艺名。苏文斗是个人，苏眠是个神。我和神在一起，我就威力无比。苏眠这个名字就是神头顶上的桂冠，谁戴上它，谁就光芒四射，谁就是明星！你明白吗?!”

肖子航点头称是。

苏眠接着说：“苏文斗走了，他没有力量再承受苏眠带给他的荣誉！可是苏眠没有走，他不会走，他也不能走，那么多人需要他，爱戴他，我的整个团队需要他，你也需要他。现在需要有人戴上苏眠这个神的桂冠！而最合适的就是你！从我离开这个世界的一刻开始，你就以苏眠的名义唱歌。苏眠没有死，他没有离开这个世界，他仍然活着，光辉灿烂地活着！”

说到这里苏眠提高了声音。他剧烈地咳嗽。肖子航看见他的眼睛里燃烧着两团小火苗。

肖子航飞快地看了吴维平一眼，分明在问：你明白他的意思吗?

吴维平以同样的眼神回复了他。

“吴维平，拿纸和笔来！”

吴维平把纸和笔送到苏眠的怀里。苏眠捧着纸和笔，用发抖的手开始写字：

> 我虽然死了，但是我还活着，因为肖子航代替了我！肖子航就是苏眠！苏眠的歌还活着。唱歌！永远唱歌！

“如果大家知道苏眠不在了，他唱得再好也没有用，他成不了苏眠！”吴维平说。

苏眠的嘴唇微微撇了一下，露出了笑容：“吴老师，你这么精明的人，怎么连这一点游戏都不会做呢？我死了，就是苏文斗死了，而不是苏眠死了。不用鲜花不用追悼会，鲜花和掌声我承受得太多了。不要声张，不要让任何人知道，因为在舞台上，苏眠还活着，还在照样唱歌！这个游戏是我的创意，很精彩的创意，你们也可以看成是一个行为艺术……好，不说这些虚的了，我的意思就是肖子航代替我，我不在了，肖子航也不在了，只有苏眠还在！”

肖子航和吴维平这次是彻底地明白了苏眠的意思！

肖子航惊呆了。房间里安静了。

“这是多么巨大的一笔财富啊！我想带走，可是带不走。我想给别人，但是没有办法给！”

“你不要说了，这怎么能行呢？”肖子航说。

苏眠的眼神集中起来，聚成了两条灼人的光束：“怎么就不行呢？这是多么伟大和美好的事情啊！”

肖子航转过脸。

吴维平拍拍肖子航的肩膀，两个人一起走到门厅。院子里的空气带着清新和凉意扑面而来，几只小飞蛾一次次地向门厅顶上的灯撞击。

吴维平递给肖子航一支烟，又帮他点着。

“这怎么可能呢？古今中外也没有听说过这样的事情啊！”

吴维平也给自己点了一支烟。

青色的烟雾在黑暗的夜幕下显得格外清晰和袅娜，似乎每一丝都不愿意就这样无声无息地消失在空气中。它们先是舞蹈，再是哭泣，然后才恋恋不舍地飘散。一支烟已经燃完了，吴维平说：“肖子航，你没有想过这件事情的可能性吗？”

肖子航一愣，扭过脖子：“苏眠是让病‘拿’的，才这么说，你怎么也这么说呢？”

“这件事情乍一听确实有点怪异！可是静下心来慢慢一想也不是没有道理。你先听我说，我们分析一下这件事情的利与弊。”

“没有任何可操作性，根本没有办法!”肖子航打断他。

“肖子航，别着急，你听我把话说完……”

肖子航又点燃一支烟。

“我问你，如果你的一个亲戚突然去世，有一大笔遗产要你继承，你要不要?”

“我当然要。”

“我再和你说，苏眠的无形遗产是巨大的，可是随着他的去世，这些无形资产全部要跟着消失，这是多大的损失啊！而你肖子航，也只有你肖子航有条件继承下来。别人没有做过的，并不意味着我们就不能做。年轻的时候不敢做出格的事情，难道要等到七老八十吗?再者说了，我们并不是在策划一个阴谋，要去谋杀谁，要去抢劫谁，我们没有伤害任何人，而且这是苏眠愿意的，换句话来说，这是苏眠恳求你做的，这是苏眠临死前的愿望！我们再换一个角度，也就是站在你肖子航的立场来说……你一个大学生，就是一个优秀的大学毕业生，你还要面临找工作的问题。找到工作，你能挣多少钱?和一个歌星能比吗?就是你将来也唱歌，你能有苏眠的名声吗?你要奋斗，你要出道，等你再成名，不用我说，你知道这要花费多少时间，多少金钱，多少坎坷！我告诉你，有才华的歌手多了，他们不一定成名！还需要机遇，没有机遇他就是个神仙也没有用。而你的机遇就摆在眼前，我们何乐不为呢?”

肖子航默默地听着，他没有想到吴维平说了这么多，看来他思考这个问题不是一时半会儿了。

“你顶替了他，并不是顶替他去死，而是阳光灿烂地活着！你还是你，你的本质还是肖子航，你的父母还是你的父母，你的思想还是你的思想，你的生命还是你的生命，不过就是换了一种生活的方式而已。在这个世界上，有多少人梦寐以求想当歌星，甚至不惜付出高昂的代价……可我们……”

“说着容易，做起来不可能。我肖子航就在这个世界上消失了，这怎么可能?”

“怎么是消失了呢?就是当了苏眠，你肖子航不是还活生生地站在我面前吗?你的身份证还是肖子航，就像苏眠的本名是苏文斗一样。以前是苏文斗扮演苏眠，现在是肖子航扮演苏眠。我考虑过了，如果你同意的话，这些东西都是一般的技术问题，比我们包装一个歌星的难度小多了……”

“你说什么，难度小多了?”

“对！就你目前的情况，难度就更小。你是大学生，老家又在外地，认识的人那么少……几个步骤就可以搞定!”

肖子航看着吴维平的眼睛。

“你到学校申请退学回老家，考大学难，退大学还难吗？找个理由就走了，对同学对老师就说回老家了，然后就断了和他们的联系！第二步，告诉你的父母一个好消息，就说你在这里歌唱得好，进了一家演出公司，艺名叫苏眠，再说收入很高，这也不妨碍回家探亲，身份就是歌手，怎么啦？你的父母会怀疑吗?”

吴维平不愧是苏眠的经纪人，说着这些险象环生的举措怎么就像编故事那样简单容易!

“第三步，在这里就用肖子航的名字买一个新房子住下来，我告诉你，苏眠没有什么非常密切的朋友，你也用不着担心。”

“苏眠没有女朋友吗?”

吴维平想了一下说：“以前有，现在没有，以前的女朋友也没有来往了。”

“他的父母呢?”

“他的父母在外地的一个小县城，他从离开那里就没有再回去过!”

“难道也不让他的父母知道他去世的消息吗?”

“知道，当然要让他们知道。要让他的父母来，他的房子他的钱，当然要给他的父母一部分。关键是苏眠怎么写他的遗嘱，他让你代替他，说不定还要留给你一笔财产，而且希望你以他的身份继续他的事业！退一万步来说就是把财产都给了他的父母，你得到的无形的财产也是一笔巨大的财富啊！……”

“你想了这么多?”肖子航的心动了。吴维平的话不是没有道理啊!

门厅的玻璃门咚咚地响。苏眠站在门后。

“哟！你怎么出来了。”两个人吓了一跳，就像活见鬼。以苏眠的身体状况，他是很难自己下地的。

两个人急忙拉开玻璃门，回到房间里，把苏眠扶到了床上。

走在小区的林荫道上，那段著名的独白忽然涌到肖子航的脑海：活着还是死去，这真是个问题！

他将要永远以苏眠的身份在这个世界活着！如此重大的人生转折，他没有相应的激动或者紧张，仿佛是今天听了一件在电视里报道的、发生在其他国家和其他人身上的事情一样，只是觉得这个世界上无奇不有，什么事情都可能发生一样！一个人的欢乐和痛苦似乎都需要体力和精力，如果没有，你想欢乐也欢乐不起来，你就是想痛苦也没那个资格！

肖子航坐出租车回了学校。开车门的一瞬间，他忽然想起如果有一天真的成了苏眠，拥有自己的小汽车还真的不成问题了！他没有兴奋，而是长长地叹了口气。

宿舍的门没有锁，轻轻一下就推开了。四周看看，有两个空床。那两个北京的同学可能回家了，今天是星期天，这么晚了，按说他们应该回来啊？

躺在床上，肖子航知道他马上就会进入梦乡。可是，脑袋挨上枕头的时候，却没有了睡意，看看手机上的时间，现在已经是夜里两点钟了。

如果真要这样改变人生的话，他要把事情的来龙去脉告诉何一梅。他要离开学校，他不再上学，他一夜之间从一个学生忽然变成了一个歌星！如果还要与何一梅相爱，不说清楚是无论如何也不行的。这件事情怎么和她说呢？如果实话实说，她肯定会大吃一惊！这是免不了的事情。可是接下来，她会理解吗？她会同意保持他们的关系吗？可能会吧？肖子航的面容和本质都没有变，还是那个实实在在的肖子航。

他不是已经多次“代替”苏眠了吗？现在就是继续嘛！原来苏眠没有死，怎么替都觉得正常，可是如果苏眠死了，怎么就发生了这么大的变化！有了这么大的压力！

肖子航辗转反侧，理不出个头绪。

还有一种可能，何一梅也可能是异常高兴地抱住他问：“是真的吗？”当她听说是真的以后，没准她会非常高兴地欢呼！

可是，她值得这样信赖吗？万一她要是把这个秘密告诉别人怎么办？

犹豫再三，肖子航还是没有下定这个决心。他突然想起，这些天何一梅没有给他打电话了。

一个月以后，苏眠已经报病危了。

他的父母已经来到了北京。吴维平考虑再三，决定让肖子航也见见他的父母。

“这样好吗？”

“好！”吴维平肯定地说。

在医院病房里，肖子航看到了一对非常朴实的老人，和一个比苏眠年龄稍大一些的女人，是苏眠的姐姐吧。他们强作欢颜地坐在苏眠的床前，肖子航的到来并没有引起他们的格外注意。吴维平向苏眠的家人介绍说：“这是苏眠的好朋友肖子航。”又对肖子航说：“这是苏眠的爸爸妈妈和姐姐。”

三个人看着肖子航还是没有太注意，只是握握手点点头。

吴维平凑到苏眠的耳边轻轻地说：“苏眠，肖子航来了。”

苏眠睁开眼睛，看见肖子航，他的眼睛睁大了：“你们都过来。”

大家围拢在他的床前。

他指指枕头。枕头角下，露出两个信封。吴维平忙把信封抽出来，递给苏眠。

苏眠把信递给姐姐。姐姐打开信：

亲爱的爸爸妈妈姐姐：

我离开这个世界以后，我恳求肖子航以苏眠的名义继续唱歌。他拥有我生前所有的权利和义务。他以我的名义所做的一切都是我同意的。他做的其实就是我做的。

谢谢！

苏文斗

某年某月某日

另一个信封里是苏眠写的两张遗嘱。其中一张是关于财产的处理，他把所有的财产分成六份，三份分别给他的父母姐姐，一份留给了吴维平，一份赠送给肖子航，还有一份后面的名字是空着的。

吴维平问他："能告诉我这个名字吗？"

苏眠似乎在冥思苦想，但好像又是装的——明明想好了，但是不肯说。

"写这些东西不过就是个万一，过两天你的病没准就好了，你还那么年轻！"吴维平说。

苏眠的姐姐，苏文秀忽然大声喊起来："文斗，这名字你还不敢写呀，你对不起孟莲呀，我们全家都对不起人家呀！"

一旁苏文斗的父亲低下了头。苏文秀讲了苏文斗离家以后孟莲的遭遇。换了个角度，听起来大不一样。

两个月了，孟莲没有接到苏文斗的信。她的心里就像长了草，那草几乎是以每天一尺的速度疯长，几乎填满了孟莲的心房。

有一天，她对苏文秀说："苏文斗一定是出事了，我要到省城去找他！"

孟莲来到省城，没有苏文斗的电话，她只知道，苏文斗在省艺校上学。在火车站，她向人家打听省艺校在什么地方，人家几乎都不知道。她又辗转来到省话剧团向传达室的人打听。对方想了半天说："省艺校还有吗？不是和省艺大合并了就是取消了。"

孟莲心中慌乱起来。

对方说："如果还在的话，地址是幸福三大街。"

孟莲又找到幸福三大街。果然那里有个艺校。不过门口的牌子上写的是：振艺明星艺术学校。不知道苏文斗是不是就在这个学校里呢？

这个学校不像孟莲想象中的艺校——主楼、花坛、操场、练功房！学校很拥挤，有些杂乱，学校里居然还有人摆摊卖东西，像是职工宿舍的大杂院。孟莲一路问到了一个楼房面前，看样子还有点规模。

一个老头在门口摇着扇子。

"请问，这是艺校吗？"

“就算是吧。”

“怎么就算是呢?”孟莲有些疑惑。

“这里只有一个培训班。”

“您知道有个叫苏文斗的同学吗?”孟莲急忙问。

老头的眼神变得专注起来:“苏文斗!原来倒是有一个。”

什么叫原来有一个呢?这老头说话总是不明不白的。来不及多想,孟莲又问:“求求您告诉我,他现在在哪儿?”

“你是他什么人啊?”老头眯起眼睛。

这老头真是有毛病,太啰嗦。没有办法,孟莲怕他不给找,只好编了个瞎话:“我是他妹妹,有急事找他。”

老头笑了:“长得倒是像他妹妹,也这么好看。可是妹妹怎么还到这里来找他呢?你不知道他的情况吗?”

“他不在这里吗?”

“你今天遇到我算是你有运气,你要是找别人,还真不知道他到哪里去了!”

“他在哪儿?”

“一个电视剧剧组到咱们艺校选演员,把他给选上了。拍电视剧去了。”

苏文斗没有病,也没有出别的事情。孟莲悬着的一颗心放下来了。埋怨苏文斗没有和她联系的心情也消失了。他一定是到一个偏僻的地方去了。

“您知道到什么地方吗?”

“那我可就不知道了。”老头摇摇脑袋。

“走了多长时间,什么时候回来?”孟莲又问。

“哎哟,时间可是不短了,起码一个多月了……你去里面问问老师,他们肯定知道。”

孟莲走进楼里,敲开一个办公室的门,和一个男老师说明了情况。

那位老师友好地笑笑:“巧了,明天就回来。”

孟莲暗自高兴。她找了一个离学校不远每天五块钱的旅馆住下了。那个房间在地下。一个屋有二十个铺。孟莲和衣躺了一夜。她想象着盼望着第二天和苏文斗相见的情景。天快亮的时候才迷糊了一会儿。

第二天一早，孟莲就赶到学校，在离门口不远的地方等，她没有吃东西，她怕在吃东西的那会儿，苏文斗凑巧回来，碰不到。连去个厕所都是一路小跑……

一直等到中午时分，一辆白色的面包车从远处驶来，孟莲眼巴巴地盯住那辆车由远及近。她认定苏文斗就在那辆车上。

果然，车子停在了学校的门口。

孟莲站在离车大约有二十米的一棵树下。如果苏文斗从车上下来，她会慢慢走过去，在他背后小声地叫他……也不知道从这个学校选了几个演员？如果不光是苏文斗一个，那就不方便了。下了车几个人在一起，她怎么好贸然过去呢？想到这里，孟莲的心又乱起来。问题复杂了，什么时候他会一个人呢？要总是和别人在一起怎么办？

车门开了，车上跳下一个小伙子，很帅，穿得也很酷。孟莲认出来了，那就是苏文斗，现在他留了长头发……不知道是省城“打扮”了他，还是电视剧组“打扮”了他。

苏文斗的形象和当下那些电视里的青春偶像很相似，如果以前不认识他，简直就是个演员！孟莲自己都能听见自己的心跳。

苏文斗还在等什么人。

车上又跳下一个女孩！不知道是没有站稳，还是故意表示亲昵。她居然一下子就跳到苏文斗的怀里。孟莲心中一动。她听见车上的人哄了起来。

苏文斗在女孩的额头上亲了一下。然后把她放在旁边的地上。

孟莲尽管心里很不舒服。但她想，拍电视剧，他们一定扮演一对情侣。这也是没有办法的事情。

她呆呆地站在那里，不知道要不要走过去。

车上就下来他们两个人，面包车开走了。

天上突然下起了蒙蒙细雨。人们都四散避雨。苏文斗和那个女孩没有动。就这样互相看着。接着他们拥抱在一起热吻起来，树影婆娑，细雨蒙蒙，背景是江南那狭长而空旷的小街……不远的地方，另一个女孩眼里含着泪水看着他们……这真是一幅凄美的图画啊！

孟莲默默地回了家。苏文秀问她找到苏文斗没有，她摇摇头。她的脸明显地消瘦了。她坐卧不安，她变得迟钝，到后来几乎没有办法做成一件事。在厨房里，她经常是举着刀发呆，不知道要干什么。有一天老板娘走进厨房，看见孟莲这个样子，吓了一跳。后退了几步到门口，做好随时准备逃跑的姿势，然后放平了声音问："孟莲——孟莲——你怎么啦？"

喊了两遍，孟莲都没有回答。老板娘叫来老板。老板把门敲得咚咚响，孟莲这才回过头，好像是被吓了一跳，才从梦中惊醒一样。她抱歉地微笑着，显得十分惶恐。

……

后来饭馆不敢要她了。孟莲母亲去世早，她跟大姨住在一起，有一天大姨问孟莲："你实话告诉大姨，你和苏文斗有没有那事呀！"

"没有！"

"真的没有？"

"真的没有。"

"那你还这么伤心干什么呀！他不给你来信，他就是再找了别人！孩子，你别傻了！振作起来吧！"

孟莲居然说："大姨，你不知道，我要是跟他有那事倒好了……"

大姨奇怪地问："什么意思？你怎么这么傻呀，你以为有了这事就能把他拴住？不可能，忘恩负义的男人，没这事的时候，他还对你好，有了这事，他没准才不要你呢！"

孟莲哭着说："大姨，你不明白呀！"

她又跟苏文秀问了苏文斗的地址和联系电话。结果电话已经是空号了。

大姨说："人家既然不愿意见，何必找没脸。"

"就要问问为什么。"

大姨陪着她来到省城。那个"培训班"已经解散了，听人家说苏文斗在省城的歌厅唱歌。她们问遍了省城的所有歌厅，并没有一个叫苏文斗的人在歌厅唱歌！

苏文斗就像蒸发了一样，从此没有了消息。半年以后的一天，孟莲在电视上看到了苏文斗！她急忙叫大姨来看，还好心告诉了苏文秀。

那一天夜里，孟莲讲了苏文斗上艺校前前后后的经过。

大姨惊呆了："孩子，你怎么那么傻呀！你干吗要去帮苏文斗那个忙呀！"

听人说，苏文斗改名叫苏眠了，已经在北京唱歌了。这时候，孟莲已经灰心了。

大姨却不想善罢甘休，她带着孟莲来到北京，按大姨的话说，旧社会秦香莲还能进京找到陈世美呢，新社会咱就不信找不到一个苏文斗。

苏眠已经成了名人了，比普通人好找一些。他们在派出所和一位好心人的帮助下终于找到苏眠的经纪人吴维平的电话。电话里吴维平问："你们到底是他什么亲戚？"

大姨说了句：远房亲戚。

吴维平笑着说："想和歌星认亲的多了，你们不觉得这样很无聊吗？"

"我们可以见见苏眠吗？"大姨说。

"什么事情，你告诉我，我全权代表他！"

"你代表不了，我们一定要见苏眠本人！"

电话挂了。

后来，大姨又一次找到吴维平，交给他一封信，让他一定要转交给苏眠。一个月过去了，什么消息也没有。突然有一天大姨接到一个电话。

"你是谁？"大姨问。

"我是苏眠的朋友。"

"苏眠在哪儿？我要见他。"

"苏眠看了你的信，他问你要干什么。"

"我要一个公平的结果。"

"什么样的结果才算是公平呢？"

“苏眠必须当面对孟莲说清楚，他为什么抛弃了她？”

“苏眠让我告诉你，他对孟莲的遭遇非常难过。但是这不怨他。”

大姨突然觉得那个声音有些熟悉，于是说：“你就是苏文斗！”

电话里没有了声音。过了好一会儿。电话里又说：“你听我把话说完……苏眠在省城的时候接到一个电话，说孟莲已经嫁给剧团的副团长了……”

听见这话，大姨浑身一哆嗦：“胡说，这是谁打的电话？”

“……”

“你为什么不问问孟莲本人？”

“她既然做出那样的决定，我怎么好再问。”

“你这是造谣，你这是为了逃避责任。”

“我没有逃避。”

“为什么不敢说电话是谁打的？”

“我可以告诉你电话是谁打的，但现在为时已晚。电话就是我的父亲打的。”

“你就这样把自己的责任推得一干二净吗？”

“没有，我要感谢孟莲一辈子。”

“你要来看看孟莲。”

“你不要为难我，这是不可能的事情。”

电话断了。大姨没有想到会是这样的结果，一时愣在那里。可这种事情怎么告呢？这是一笔良心账啊！不讲良心的时代，这种账可以不认的。孟莲只是在一旁默默地流泪。

大姨只好带着孟莲回了家，万万没有想到，一个月后，孟莲从一个盘山路的悬崖边上掉下去了，幸亏被一个司机发现送到医院，虽然被救活了，身体也没落下残疾，只是性格大变，很少说话，如果说，就是反反复复的一句：

“其实我没想死，就是一脚踩空了！”

泪水顺着苏眠的脸颊流淌下来。

姐姐苏文秀看着看着，忍不住抽泣起来，她急忙走出房门，苏眠的父母也跟了出去。

过了一会儿，肖子航听见外面传来嘤嘤哭声。吴维平急忙关上房间的门。

又过了一会儿，三个人陆续从外面走进来，都刚刚洗了脸。一进门，每个人都紧紧盯着肖子航的脸，显出惊讶的神色。

“这是我的好朋友，我病的时候，他替我唱歌，我不在的时候，他也替我唱歌，你们要帮助他，你们不要难过，我没有死，他就是我！”苏眠吃力地说。

父母和姐姐失声痛哭。

听见这话，肖子航的眼泪也忍不住了。

为了给苏眠会诊，或者说抢救苏眠，医院特意请来了精神康复中心的医生。

“我就是唱歌的苏眠，原名苏文斗，一直没有告诉你。”苏文斗说。

“上次你告诉我了，谢谢你对我的信任！”

医生走到室外，询问住院处内科医生关于苏眠的病情。

内科医生摇摇头：“你治疗精神，我治疗身体，不知道我们谁能起死回生？”

精神医生问：“苏眠到底得了什么病？请跟我说实话。”

“我和你说实话，我们从头到脚查遍了，他没有什么器质性的病。”

“真的吗？那他怎么会是这样？”

“我也从来没有遇到过这种情况。可能有一种怪病我们还不知道吧。”

医生又回到苏文斗的床前。肖子航和吴维平站在一边。

“你还有什么要问吗？”苏文斗说。

“你是名人，你不想写书吗？”

“不写。”

“身体好了也不写吗？”

“不写，写出来心里就空了！”

“我告诉你一个好消息。”

苏眠眼睛一亮：“还能有什么好消息？”

“你没有任何器质性的病，你的病全都来自精神上的。”

苏眠惨然一笑：“你不用再鼓励我了，精神有这么大的作用吗？”

“你的心中有几十把锁，有的打不开，有的锈住了，你别着急，只要找到钥匙，锈了都不怕，一点润滑油就管用，我们能打开一把就打开一把……”医生说。

“就算你说的都是真的，对我有什么用呢？”苏眠又咳了起来。

“想看看你过去的老朋友吗？”

“谁？”

“你想见谁？”

苏眠不说话了，他闭上眼睛。医生又说：“苏眠，照我说的去做，你一定会好起来的，你这么年轻，给我们一年的时间好吗？”

第二十八章　秘　密

为了表示郑重，肖子航特意找了一家高级餐厅，早早就预订了一个隐秘的角落。

“有一件重要的事情我一定要告诉你。”肖子航说。

“你别吓唬我好吗？”

“不是吓唬你，这件事情确实很重大。我说了你要保守秘密！”肖子航表情变得很严肃，手却不由自主地抖动起来。他把手放在桌下。

肖子航想抽烟，但是为了给何一梅留下好印象，忍住了。何一梅却说：“你想抽烟吧？抽吧！”

肖子航愣了一下说：“你怎么知道我想抽烟？”

“直觉……”何一梅没有什么表情。

肖子航燃起了一支烟。何一梅静静地看着他。

“你这么看我，我都紧张了。你是不是不愿意我抽烟？”

“那么我也抽一支！”就好像一个人要自杀，另一个说，你要是死，我马上跟着你一起死。

“别别，我掐了吧！”

“你还是抽吧。快说你的重大秘密！”何一梅笑了一下。看见何一梅的笑，肖子航的心才稍稍安定了。

肖子航把他从到电影厂门口找工作，到给苏眠当替身，后来替苏眠开演唱会的情况说了一遍。说到在演唱会上，在现场看到了何一梅。他停住了，紧紧盯着何一梅的眼睛。

烟灰缸里已经有了三四个烟头。

何一梅的表情很奇怪，似乎有惊讶，有怀疑，有审视，有嗔怪，但又好像什么也没有。

何一梅没有马上说话。不知道她对这件事情是什么反应，肖子航心里很着急。

“这件事情是不能说的，但是我喜欢你，我不能不对你说。”肖子航补充说。

肖子航诉说的时候，何一梅是个很好的听众。她不但是专注地听，还不时地问一些细节，总是在肖子航停顿的时候，她抬起头投入地问道：“后来呢？”

可是等肖子航全部说完了，何一梅却没有了反应。或者说何一梅没有表达她的反应。肖子航心里没有了底。

“你说的都是真的吗？”何一梅终于抬起了头。

“真的。”

“你以前怎么没有告诉我？”

“好像没有到时候。”

“现在到时候了？”

“是——”

“为什么？”

“因为我要面临一个重大的变化。”

“什么变化？”

肖子航把苏眠让自己永远代替苏眠在台上唱歌的事情说了。

“你答应他了吗？”

肖子航点点头。何一梅嘴角动了动，似乎要哭。她的眼睛里出现了一丝愁苦和悲哀。

“你怎么了？”

“没有什么，”何一梅苦笑一下，“我就是觉得这件事情太离奇了。”

“是，不要说你觉得离奇，我都觉得像做梦一样。”

“谢谢你能这么信任我，把这么重大的事情告诉我……你还上学吗？”

“我准备退学，就说老家需要我回去，或者说上不起了……不过我人根本不离开北京。咱们还可以在一起。”

“肖子航这个名字还有吗？”

肖子航犹豫了一下，说：“还有啊，我身份证上还是肖子航，苏眠是艺名！”

“那个曾经上大学的肖子航还在吗？”

“当然还在！就是换了身份而已。”

何一梅忽然冷笑一下说：“这么重大的秘密，你告诉了我，就不怕我告诉别人吗？”

肖子航愣住了，何一梅说的不是没有道理，这不是游戏呀！他呆呆地看着何一梅：“我们是什么关系呀！就是再为难，我也要和你说实话呀！”

何一梅沉默了一会儿释然地说：“你既然告诉了我这么大的秘密，我也告诉你一个秘密，好吗？”

“好啊！”肖子航来了精神。

“你还记得我上次对你说的表姐吗？”

“当然记得。那天你说我们一起去看她，也不知道为什么又没有去，我还奇怪呢！”

“为了我的表姐，我才决定接近你！”

肖子航一时没有明白何一梅的意思。

“我一直关注你，因为我觉得你长得太像苏眠了。我的表姐就是一个苏眠的粉丝，他们这些苏眠的粉丝自称‘梦丝’！也有梦死的意思。他们对苏眠的痴迷已经到了走火入魔的程度，他们中最极端的人就公开说，能和苏眠吃一顿饭或者喝一次茶，死了也值得。我表姐就是最极端的一个。”

听到这里，肖子航忽然想起，前些年一个女粉丝为了能在台上与某影星相见，不惜倾家荡产，更离奇的是，她的父母居然还都支持！肖子航想着身上不由感到一阵阵发冷。

“你给苏眠当替身的事情，我有感觉，所以当你说到那些事情的时候，我并不感到惊讶。那天苏眠的演唱会，我看见了你，你也看见了我。我当时就觉得站在台上的不是苏眠，而是你肖子航……”

“你怎么会有这样的感觉？”肖子航大吃一惊。

“你看我的眼神那一瞬间就让我相信，那就是你！”

真是匪夷所思，肖子航苦笑着摇摇头：“这么说，我们能走到一起就是因为你的‘梦丝’表姐？”

何一梅叹了口气：“爱一个人很多时候并不是从爱的起跑线上出发的，但这并不妨碍在终点上有爱在等着他……”

肖子航心中又有了些温暖。

“让你去看我的表姐，我觉得有些自私，有些疯狂，甚至有些丑陋。我不愿意让一个喜欢我的人去做这件事情，所以那天医生告诉我表姐有些不好的时候，我就让你回家了。可是回到家我又想，你要是见到我表姐，能够对她恢复病情真的有好处……我真是很纠结！肖子航会怎么看我？”

肖子航把手放在何一梅的手上：“不要再说了，一点也不疯狂，一点也不丑……”

“我们都知道这个世界很疯狂，可是我们无可奈何。这个人如果不是我的表姐，是个外人，我会嘲笑她，鄙视她。可是当她就是我的亲人的时候，尤其是看到我的姨妈姨父为女儿不惜变卖家产，陪着女儿一路追随观看苏眠的演唱会，也不管自己是听懂还是听不懂那些歌……现在又为了女儿的病情伤心流泪，我就觉得这个病人就是我的一只手、一只脚，他们失手、他们失足我们都有切肤之痛。”

肖子航忽然想起今天一个重要的结论还没有定下来，那就是如果他真正当了苏眠的替身，以苏眠的面目出现，他们的关系会不会产生影响？于是他说：“该说的我都跟你说了，我们还这样吗？”

何一梅愣了一下，说：“你原来是肖子航，现在变成了苏眠，我面对的到底是谁呢？我们还适合在一起吗？”

“我只是替苏眠唱歌，苏眠其他的事情我怎么能管呢？”

“能分得那么清楚吗？我不会当任何人的粉丝！”何一梅脸上露出一丝惨淡的笑容，站起身来，“我去一下洗手间。”

肖子航吓了一跳，以为何一梅就要离他而去，顿时觉得脑子里是一片空白。

过了一会儿，何一梅回来了，可能是洗了脸，泪痕不见了，脸上又重新出现了往日的微笑。

与何一梅分开以后，肖子航回到学校，已经是半夜一点了。

躺在床上，他觉得这是自己最后有数的几次躺在这间狭小的房间里，再过几天他就要离开了，离开学校，离开他的大学生活。一种怀恋和珍惜的情感油然而生。

人们常常以为在人生的道路上多几个选择，人才是自由的，肖子航却体验到了另外一种滋味。选择多，人就要犹豫，犹豫的时候人就要痛苦。当某一个选择摆在你面前的时候，即便再好的选择也是一种估计，它不是一条一眼就可以望到尽头的道路。它只是一个出发点，只是一种想象！因为那条道路是随着人生的变数在随时更改着它的方向、坡度、坎坷。路上的天气怎么样？遇到的人怎么样？就是路边的车站也在随时变化。如果别无选择多好啊！没有别的路，那么不论眼前的路怎样艰难你也要走，脚下可能费劲，可是省了多少犹豫的苦恼啊！

人在选择的时候，思维是这样的，选择往右边走的时候，马上就会想起左边那条路的优点和好处，可一旦决定往左走的时候，右边那条道路的好处马上就跳了出来。

开始，肖子航在决定永远代替苏眠的时候，他看到了这条道路给他带来的好处，可现在一旦决定了，自己原来的生活又向他频频招手，有多少东西让他割舍不下?!何一梅那含混的答复也让他觉得有些沉重。

肖子航捶了一下自己的脑袋，自己是不是就是那种“庸人常自扰”的庸人啊！

人生的许多苦恼有时候并不是因为选择太少了，人生的苦恼有时候恰恰是因为眼前的选择太多了。

这时候，如果有个声音对他说：“肖子航！你别无选择！”那该多好啊！

他的时间已经不多了。肖子航昏昏睡去。

苏眠的个人演唱会获得了巨大的成功！微博上的粉丝数剧增，报纸的娱乐版几乎每天都有关于苏眠的消息，飞乐音像公司更是决定乘胜追击，与吴维平商定下个月苏眠要开始全国十大城市的巡演！以后怎么样不敢说，就现在而言，苏眠的人气指数已经上升到他步入歌坛以来的最高点！

宋万成“迫害”苏眠的心思没有了，他要好好地“利用”一下苏眠。

苏眠巡演会的海报贴在城市繁华的大街上，就是路边的那种十米长五米宽的巨型广告。

没有人知道真正的苏眠还躺在医院里。

几天来，宋万成多次催促苏眠和他签约——戴丹编剧的那部电影他这次真的准备开拍，当然离不开苏眠主演。片酬三百万，还可以再商量……

外地的几家著名演出公司也先后给吴维平打来电话，照这样下去，苏眠两年的活也干不完。最让吴维平高兴的是有广告商找上门来了，要知道作为一个名人，广告的酬金是他们收入的大头啊！

苏眠的巡演会首先在京城举行。

肖子航唱完第一首歌《希望你能忘记我》，果然是不负众望，台上台下一片掌声和欢呼。

第二首歌的伴奏还没有响起之前，肖子航举着话筒走到舞台前沿，他深深地给观众鞠躬。然后说：“各位朋友，各位来宾，现在我自我介绍一下我是谁。”

台底下先是愣了一下，接着便是粉丝们的高声呐喊：“苏眠——”

肖子航用充满情感的声音说：“我不是从‘星光大道’走到这个舞台上来的，我也不是从‘超级男声’走上来的，更不是从‘全国青歌大奖赛’走上来的，我是从一个没有人知道的秘密通道走上来的……”

台下一片笑声。苏眠以前是没有这么幽默的。

“一年前，我是一个普通的大学生，我到北影厂的门口想找一份群众演员的工作，当时有人找到了我，让我给苏眠主演的一部电影当替身演员。我不知道当时的苏眠已经得了病，我就答应了。一年来苏眠的病越来越重，我慢慢知道了，他需要一个替身来为他演唱……”

台下有人开始小声地议论，声音越来越大，有人大声喊起来：“你要干什么？你在说什么，听不明白——”

“我今天要告诉大家，真正的歌星苏眠已经得了病，他现在还躺在医院里……现在站在你们面前的我不是苏眠，我的名字叫肖子航，一个月前的苏眠个人演唱会就是我唱的。”

台下一片惊叹之声。但是当肖子航再次开口的时候，剧场又是一片寂静。

“按道理说一个人说谎话很难，但我越来越发现，在我们这个时代，说实话更难！今天我站在这里，就要说实话……今天我冒着两个风险说实话，我说了实话以后，有人会说我是骗子，你们会骂我，会用东西砸我，甚至会诉诸法律，我都没有任何怨言，因为我的确欺骗了大家。还有一个风险就是大家在情感上受到的伤害，许多人热爱苏眠，是苏眠的粉丝……当他们知道原来是另外一个人站在这里，会是多么的愤怒与伤心。

“苏眠嘱咐我，希望我继续以他的名义唱下去，继承他的鲜花和掌声，我答应了他。可是我的良知告诉我，我不能继续这样，我在这里先给苏眠鞠一个躬！我对不起你，我违背了对你的承诺。我还要给大家鞠个躬，我对不起你们！

“今天，我想把这个演唱会变成为苏眠祝福的演唱会，希望他早日恢复健康！大家如果想继续听下去，我非常感谢，如果不想听下去，我们会给大家退票，我给大家造成的精神上的损失和伤害我无法补偿，但是我以我赤诚的良心面对大家，我想大家会原谅我的。我的名字叫肖子航！”

台下一片安静，许多人掏出了手机，估计是在发微博，有些人开始打电话。让肖子航感到惊讶的是没有一个人站起来离开。

剧场里没有强烈的举动和声音，人们可能一下子蒙住了，不知道怎么应对这样一个突如其来的“事件”。在剧场最后排，紧靠安全门的地方坐着一个女生，她是何一梅。

她站了起来，愣愣地望着台上。泪水从眼角流淌下来，她打开手机给肖子航发了一条短信，估计肖子航只要打开手机就会看见。

“欧毕拜克!”

就在这个时候，肖子航突然看见剧场所有的安全门一起打开了，无数观众拥了进来。他们一边拥向舞台一边高声呐喊：我们早就知道你是假的，但我们喜欢你！那些人临近了，他突然发现那些人没有表情，只是瞪着死羊一样的眼睛看着他。而那个手伸在最前面，似乎要来抓他似的观众，竟然就是那位《娱乐导报》的记者……

肖子航一下子醒了过来。他从床上坐了起来，满身都是汗水……

刚才发生的一切都是梦境!

第二天早晨，肖子航给何一梅打了电话，说如果何一梅需要的话，他愿意去医院看望何一梅的表姐。

当天下午，一辆出租车驶上了郊区的公路，车上除了肖子航和何一梅之外，还有表姐的父母。汽车开了很远很远，经过一个岔路口的时候，肖子航看到了一个路标：白家庄。白家庄路标的下面，另一个路标非常显眼——久安疗养院。

“怎么走?”司机问。

“右转弯——”

一片茂密的树林后面，一座白色的建筑物出现在眼前。司机把车停下来。“久安疗养院”的牌子挂在大门口。

肖子航以前只在电视和电影里见过精神病医院。那些病人不是疯子就是傻子，他们站在屋里聊天，偶尔有人走过，他们会怪叫一声，把你吓个半死。还会哈哈笑着从身后把手蒙在你的眼睛上……严重的病人会被医生绑在床上电击……

走在楼道里，过了一道门，又是一道门，那氛围让肖子航心中有些不安，精神病人不都是怕刺激吗？表姐看到“苏眠”，她会兴奋，不是病就更加重了吗？

一间病房的门开了，洁白的窗帘被微风策动，缓缓摇摆，一张棕色的沙发上坐着一个人。不知是身体太瘦，还是身材微小，映入眼帘的只是铺展到沙发的黑黑长发……医生走到了病人跟前：“二十床，有人看你来了。”说完，医生走了。

何一梅和苏眠走到沙发前。

表姐的脸有点消瘦，很苍白。那是一张非常年轻的脸，尽管有病，但还看得出那是一张非常美丽的脸。何一梅说，表姐只比她大一岁。那是一张显得非常善良的脸。如果不说的话，没有人以为她是个病人。只见表姐慢慢睁开眼睛，眼睛显得格外大。看见何一梅，她的黑眼珠微微动了一下。

何一梅微笑着，故作轻松地说：“表姐，你看谁来了？”

表姐的眼珠在眼眶里骨碌骨碌地移动着，最后停在了肖子航的脸上。

“你好！”按照何一梅的嘱咐，肖子航凑上前说。

表姐的嘴唇咧了咧，好像要哭，又好像是打招呼。肖子航没有想到何一梅的表姐身体这样虚弱。肖子航被何一梅感动了。为了表姐，她真动了心思！

不管什么方式，不管多么艰难，表姐要见苏眠的要求都是合情合理的。

那是一种美丽动人的渴望！表姐的嘴唇动了动：“坐……”

一个“坐”字让肖子航两行眼泪顺着脸颊流淌下来。

肖子航没有坐，他只是微笑地看着表姐。

“表姐，你看谁来了？”何一梅又重复了一遍。

表姐的眼神又聚焦在肖子航的脸上，表情却显得茫然，好久好久，好像在追溯逝去的时空。

“他是苏眠——”何一梅附在表姐的耳边轻轻地说。

表姐的嘴角绽出一丝微笑，她好像要站起来。何一梅去扶她，她却又坐回去了，忽然说：“当时请你来，你不来。现在没有请你，你倒来了……”

肖子航点点头说：“好好养病，出了院你和表妹一起看我的演出好吗？”

表姐的爸爸妈妈笑容可掬地在一旁帮腔："苏眠听说你有病，特意来看你的。"

表姐点点头说："你不是苏眠，但是长得有点像，苏眠比你成熟，更有男人味儿。你是苏眠的弟弟，可是苏眠没有弟弟……"

大家都愣住了，何一梅猛地闪过一个念头，怎么精神病人比正常人的脑子还要清楚呢，也可能是这些苏眠的"梦丝"对苏眠太熟悉了？

离开医院回城里的路上，表姐的父母一个劲地说谢谢，还总说"你这么著名的歌星"……到现在他们可能也不知道眼前的"苏眠"是真是假。

第二十九章　变　数

半个月以后，肖子航来到医院，再一次见到苏眠的时候，发现苏眠居然比十几天前气色好了许多。吴维平告诉他，还有一个好消息，那位被双规的范局长已经正式移交司法部门处理。当地检察机关来了电话，苏眠和范局长的腐败没有任何牵连，谢谢一直配合他们的工作，只是被范局长勒索的二十万元钱拿不回来了。

肖子航不太了解范局长敲诈苏眠钱财的这个事，因此也没有什么切肤之痛。只是看吴维平的表情，知道这是一件大好事！

苏眠坐在沙发上，微笑地看着肖子航，那表情好像看着自己的下级，而不是救命恩人。他的那位精神恢复中心的心理医生也在，现在他坐在对面不住地重复着一句话："我早就说过，你心里有几十把锁，我们能打开一把是一把……"

吴维平说："苏眠还说了，等到病好了回老家一趟，看看乡亲和老朋友。"

一个念头在肖子航脑海里飞快地一闪，苏眠身体要是恢复了，他会不会反悔？哀求他定的那些约定会不会作废？

一切正常，苏眠和吴维平都没有和肖子航谈反悔的问题，事情还朝着约定好的方向进行着。让人高兴的是喜事一件连着一件。

肖子航的爸爸打电话来，说寄来的五万块钱解决了家里迫在眉睫的问题，肖子航为这个家做出了巨大的贡献。肖子航笑笑，心想，要不是怕把爸妈惊着，他本来可以寄去十万的……

奇迹出现了，接下来发生的事情居然与肖子航在梦境里经历的几乎一样。

飞乐音像公司来找吴维平，说公司要乘胜追击，希望在一个月以后，开始苏眠的“全国十大城市巡演会”。宋万成更是亲自登门拜访，说他已经找了当下最红的导演，要拍一部由苏眠主演的电影……

这些天发生的事情太顺利了，让肖子航都感到怪异。最让他吃惊的就是那张在梦里出现过的海报，现在真的出现在了京城最繁华的大街上，和梦中的一模一样，肖子航留着洋葱一样的发式，银灰色的西装，一条蓝色的领带系在腰间……

苏眠的巡演会首先在京城举行。

肖子航唱完第一首歌《希望你能忘记我》，台下一片掌声和欢呼。

第二首歌的伴奏还没有响起之前，肖子航举着话筒走到舞台前沿，他深深地给观众鞠了个躬。然后说：“各位朋友，各位来宾，现在我先自我介绍一下我是谁。”

台底下先是愣了一下，接着便是粉丝们的高声呐喊：“苏眠——”

肖子航用诙谐和充满自信的声音说：“我不是从‘星光大道’走到这个舞台上来的，我也不是从‘超级男声’走上来的，更不是从‘全国青歌大奖赛’走上来的，今天我要告诉大家，我是缪斯之神送给人类的礼物……我还要告诉大家，有人谣传我得了病，有人甚至造谣说我是假冒的，他们为什么这样说，因为那些可怜的人没有能力站在这个舞台上！今天我要大声地说：可怜的人，我原谅你们……”

台下一片笑声。苏眠以前是没有这么幽默的，他也没有这样的文化。

肖子航接着说：“亲爱的朋友们，我是苏眠，我爱你们，苏眠永远和你们在一起！”

在剧场最后排，紧靠安全门的地方坐着一个女生，是何一梅。她站起来，愣愣地望着台上。泪水从眼角流淌下来。